Lost Secrets

Lara Steel

LOST SECRETS

Erotischer Roman

Lektorat: Klara Jung
Satz: Lara Steel
Umschlaggestaltung: Aileen Nicholson
Grafiken und Titelbild: Aileen Nicholson

Kontakt: lara.steel.mail@gmail.com

ISBN-13: 978-1492770688

ISBN-10: 149277068X

I

„Einen *was*?"

Heather war sich bewusst, dass ihre Stimme etwas schrill geworden war und ganz zweifellos war das auch ihr Gesichtsausdruck, doch sie konnte einfach nicht anders. Fassungslos starrte sie ihren Vorgesetzten an, der mit stoischer Ruhe die diversen Auszeichnungen, die er sich in seiner langen Polizeikarriere erworben hatte, an der Wand betrachtete.

„Einen Partner", wiederholte er, ohne Heather anzusehen. „Sie wissen schon, einen Kollegen, der Ihnen den Rücken freihält."

„Ich habe Ihnen schon hundert Mal gesagt, dass ich keinen Partner mehr will!" Sie blies sich eine ihrer roten Strähnen aus der wuterhitzten Stirn.

„Was Sie wollen, ist mir *scheißegal*, MacLean! Wir haben jetzt schon vier Tote in vier Monaten. Wir kommen nicht weiter. Und ich will, dass Sie mit jemandem zusammen daran arbeiten."

Nun drehte er sich herum und stützte beide Hände auf den schweren Eichentisch.

„Heather, auch wenn ich es vor diesen eingebildeten Affen da draußen abstreiten würde: Sie sind mein bester Inspector. Aber Sie schaffen es nicht alleine. Ich will, dass Sie mit jemandem zusammenarbeiten. Mit jemandem, der verdammt noch mal weiß, was er tut!"

„Ich will aber mit niemandem zusammenarbeiten!"

„Sie werden ihn mögen", antwortete der Chief Inspector, was Heathers Gesichtszüge unmittelbar einfror.

„Sagen Sie nicht, Sie haben sich schon einen ausgesucht."

Nun lächelte Drake. Das geschah selten und wenn überhaupt, dann meist aus Schadenfreude.

„Sie werden ihn mögen“, wiederholte er, drückte auf einen Knopf an seinem Schreibtisch und sagte „Bringen Sie Moore rein!“ Dann sah er wieder Heather an, deren Wangen vor Zorn fast so feuerrot waren, wie ihr Haar.

„Vielleicht, wenn Sie nett zu ihm sind, bringt er Ihnen sogar morgens Kaffee mit“, spöttelte er.

Sie öffnete gerade den Mund zu einem deftigen Fluch, als die Tür aufging. Heather drehte sich in ihrem Stuhl um und musste erst einmal den Kopf höherheben, weil dort, wo normale Köpfe stehender Menschen sein sollten, nur Schultern waren. Breite Schultern. Verdammt breite Schultern! *Ach, du Schande!*

Vor ihr stand ein zwei Meter großer Kerl mit hellblondem Haar, tiefblauen Augen und einem absolut tödlichen Gesichtsausdruck. Er war in eine Art schwarze Kampfuniform gekleidet und darunter zweifellos so bewaffnet, als würde er gleich ein Drogenlabor ausräumen wollen. Und zwar im Alleingang.

Okay, dieser Kerl würde ihr definitiv keinen Kaffee mitbringen!

Sein Blick streifte Heather und blieb dann an Drake hängen.

„Sir“, sagte er. Seine Stimme war voll und tief … und kalt.

Heather blickte ihren Vorgesetzten an und rollte vielsagend mit den Augen. Als könnte er durch ihren Hinterkopf hindurchblicken und hätte dabei die Geste bemerkt, sagte Moore „Ma’am.“

Ma’am? Heather fuhr herum und funkelte ihn schweigend an, während er sich setzte.

„Moore, das ist Ihr neuer Partner, Inspector Heather MacLean. Sie ist mein bestes Pferd im Stall.“

Moore nickte sie an und sie imitierte die Geste automatisch.

„Heather, das ist Eric Moore. Er ist uns zugeteilt worden."

„Zugeteilt?"

„Ich bin Mitarbeiter des MI6", erklärte Moore, scheinbar nicht weiter gewillt jemanden für sich sprechen zu lassen. Heather sah ihn groß an. Sie hasste es überrascht zu wirken, aber verdammt nochmal, sie war überrascht!

„MI6?", wiederholte sie möglichst gefasst, woraufhin er nickte.

„Das dürfte dann erklären, warum sie eine wandelnde Asservatenkammer mit der Ausstrahlung eines Kühlschranks sind."

Eric blinzelte einmal und wandte sich dann Drake zu. „Ich mag sie", stellte er trocken fest. „Sie hat so eine liebliche, feminine Art!"

Während der Chief Inspector lachte, sog Heather wütend die Luft in ihre Lungen.

„Leck-!"

„Heather!", unterbrach sie Drake schnell und zwang das Grinsen aus seinem Gesicht. „Kommen Sie runter! Moore ist ein fähiger Mann und wird Sie bei dieser Sache unterstützen."

„Das heißt, er arbeitet für mich?"

„Oh nein. Sie beide arbeiten für mich. Das bedeutet, Sie sind gleichberechtigt."

Heather sollte doch der Schlag treffen, wenn sie nicht gerade ein schadenfrohes Zucken in Moores Mundwinkel gesehen hatte. Sie betrachtete sein Profil und konnte sich nicht entscheiden, ob er aussah, wie ein Model, das sich nebenher etwas als Profikiller dazuverdiente … oder umgekehrt.

So oder so: sie hasste ihn jetzt schon!

„Und damit das klar ist, Heather. Nur Sie und ich wissen, wer Moore wirklich ist. Für alle anderen ist er Inspector bei Scotland Yard. Und bleibt das auch. Klar?“

Sie lächelte süßlich.

Er konnte sie doch kreuzweise am … „Glasklar, Sir.“

„Wie schön.“

Als ein hastiges Pochen an der Tür zu hören war, sah Heather aus dem Augenwinkel, dass Moores Hand zu seiner Waffe schnellte.

Auf der Hut war er, das musste man ihm lassen.

„Ja?“

Drakes Sekretärin streckte den Kopf herein. Ihr Blick verfing sich in Moores Gesicht und glitt in ein dümmliches Grinsen ab.

Heather rollte mit den Augen. *Oh, Mann!*

Als sich die Sekretärin wieder gefangen hatte, wurde ihr Blick ernst. „Wir haben eine neue Leiche“, sagte sie gefasst.

„Dasselbe Muster?“, fragte Drake.

„Ja, Sir. Ein Mann diesmal.“

„Danke, Monica.“ Er stand seufzend auf. „Suchen Sie Inspector MacLean und Inspector Moore die Adresse raus. Sie fahren hin. Rufen Sie die Spurensicherung an.“

„Ja, Sir. Die Spurensicherung ist schon unterwegs, Sir.“

Nachdem die Sekretärin verschwunden war, stand Heather auf.

Moore tat es ihr gleich und sie bemerkte ärgerlich, wie weit er sie überragte. Neben ihm fühlte sie sich wie ein kleinwüchsiger Struwwelpeter.

„Hängen Sie sich rein, Heather“, sagte Drake.

Sie nickte und hatte dasselbe flaue Gefühl im Magen, das sie immer hatte, wenn sie auf dem Weg zu einem Tatort war. „Ich gebe alles, Sir.“

*

„Ich fahre!“, erklärte Heather und riss Moore den Zettel mit der Adresse aus der Hand. Er blickte ruhig auf sie herab, runzelte aber dennoch die Stirn, bevor er schweigend auf der Beifahrerseite einstieg.

Sie ärgerte sich darüber, dass sie sich so befangen fühlte in seiner Gegenwart. Sie wollte keinen Partner mehr, verdammt! Damals hatte sie sich geschworen nur noch alleine zu arbeiten; hatte sich geschworen überhaupt alleine zu bleiben. Und nun setzte man ihr diesen Kerl vor die Nase!

Rücksichtslos schoss sie aus der Parklücke, ignorierte das wütende Hupen und Bremsen hinter sich und beschleunigte den Wagen auf eine ihrer Laune angepasste Geschwindigkeit.

„Es tut mir sehr leid, wenn Ihnen meine Gesellschaft ungelegen kommt“, sagte Moore plötzlich und ohne erkennbare Gefühlsregung.

Sofort fühlte sich Heather in der Defensive. Was dämlich war, angesichts der Tatsache, dass er sich gerade bei ihr entschuldigt hatte.

„Ich arbeite gerne allein“, erklärte sie wage.

„Ich weiß.“

„Woher?“

Als sie zu ihm hinübersah, musterte er sie mit seinem eisblauen Blick. „Ich kenne Ihre Akte.“

Heather konnte nicht verhindern, dass ihr sämtliche Farbe aus dem Gesicht wich, während Wut und Schmerz in ihr aufstiegen.

Das Wort *Scheißkerl* lag ihr auf den Lippen. Aber da sie ihrer Stimme nicht traute, schwieg sie.

„Ein Scheißkerl wäre ich, wenn ich Ihre Akte gelesen und Ihnen nichts davon gesagt hätte.“

Nun sah sie doch zu ihm auf. „Können Sie Gedanken

lesen?"

„Nein, aber Gesichter." Als sie nicht antwortete, sprach er weiter. „Wir arbeiten nur bei diesem einen Fall zusammen. Danach sind Sie mich los. Und ich versichere Ihnen, dass ich auf mich aufpassen kann."

Sie schluckte trocken. Widerwillig sah sie ein, dass ihr dieser Kerl trotz ihrer üblen Laune versuchte die Hand zu reichen. Und außerdem kam sie bei diesem Fall wirklich nicht weiter. Vielleicht war er eine sinnvolle Hilfe.

„Kennen Sie die Akte über die Mordserie?", fragte sie und war fast begeistert, wie sie seinen Versuch einzulenken umschifft hatte.

Eric nickte ernst. „Ich weiß alles darüber", erklärte er und hatte dabei einen Unterton, den Heather nicht einzuordnen vermochte.

*

„Emma, hi!" Heather begrüßte die Forensikerin mit einem freundlichen Händedruck.

„Heather, Morgen." Sie sah kurz zu Eric auf.

„Das ist mein neuer Kollege, Eric Moore. Er arbeitet mit mir an dem Fall."

Er nickte Emma einen Gruß zu. „Ma'am!"

„Hi", antwortete diese und Heather wollte doch der Schlag treffen, wenn sie nicht rot wurde. Gott, was dieser Kerl auf manche Frauen für eine Wirkung hatte, war ihr restlos schleierhaft.

„Wo ist er?", fragte Heather, um zum Thema zurückzukehren und schlang sich die langen roten Haare im Nacken zu einem Knoten, wobei sie Erics Blick auf sich spürte.

Sie standen mitten auf einer sattgrünen Wiese, die Sonne schien, die Vögel zwitscherten. Es war einfach grotesk idyllisch.

„Hier drüben.“ Emma zeigte zu einer Art Bach und ging dann voran. „Diesmal ist es, wie gesagt, ein männliches Opfer.“

Heather warf einen zweiflerischen Blick zu Eric empor, dessen Gesicht ernst und wie in Stein gemeißelt regungslos war. Im Sonnenlicht war sein Haar fast weiß. Er sah tatsächlich gut aus. Natürlich nur, wenn man auf die Wikingernummer stand. Was Heather nicht tat!

„Ist kein schöner Anblick“, warnte Emma und zog sich einen Mundschutz über.

Heathers Magen zitterte. Sie konnte auch nach zehn Jahren im Polizeidienst noch nicht das dicke Fell aufweisen, das sie für diesen Job eigentlich brauchte. Als ihr Blick auf den aufgedunsenen, graubläulich verfärbten Körper traf, der noch immer im Flussbett lag, verlor sie für einen Augenblick den Halt an dem steilen Hang und rutschte weg.

Erics Arm schoss mit so unvermittelter Geschwindigkeit vor und packte sie um die Taille, dass sie für Sekunden nur von ihm gehalten wurde, bevor sie endlich ihren Stand erneuern konnte. Röte schoss ihr in die Wangen. Und sie unterdrückte einen heftigen Fluch, während sie sich widerwillig bedankte.

Genau der Eindruck, den man hinterlassen will, um zu bekräftigen, dass man problemlos alleine zurechtkommt!

„Geht es?“, erkundigte sich Eric und steigerte ihre Verlegenheit damit ins Unendliche.

„Es ist rutschig“, gab sie wage zurück und zwang sich wieder den Leichnam anzusehen.

„Wer hat ihn gefunden?“

Dank Erics Frage hatte Heather ein paar Sekunden mehr, um sich zu fassen.

„Der Zeitungsjunge. Er war unten bei diesem …“,

Emma blickte auf ihren Notizblock, „Jameson. Irgendein Künstler, der da unten wohnt." Sie zeigte den Hügel hinab.

„Warum ging der Junge hier entlang?", fragte Moore.

„Er sagte, er wollte ein paar Blumen pflücken."

Heather runzelte die Stirn. „Blumen?"

„Heute ist Muttertag."

Praktisch zeitgleich stöhnten Eric und Heather.

Emma sah amüsiert zwischen den beiden hin und her, während sich Eric und Heather ebenfalls ansahen. Sie konnte sich kaum vorstellen, dass dieser bis an die Zähne bewaffnete Schrank jemals ein Baby gewesen sein sollte, das eine Mutter hatte. Wie die wohl aussehen mochte?

Emma räusperte sich und zog damit wieder die Aufmerksamkeit auf sich. „Nun jedenfalls gehe ich davon aus, dass er etwa eine Woche hier schon so liegt."

Eric beugte sich über den leblosen Körper, der einen nicht unerheblichen Verwesungsgeruch verströmte.

Heather zwang sich, genauer hinzusehen.

Nicht einmal die grausame Fratze des Todes hatte es geschafft, die Reste von Schönheit und Jugend aus seinem Gesicht verschwinden zu lassen. Er konnte höchstens achtzehn oder zwanzig Jahre alt sein.

Der arme Junge.

„Weiß man, wer er ist?" Eric betrachtete die nackte Brust, die von mehreren Einstichen entstellt war.

Emma schüttelte den Kopf. „Noch nicht."

„War es derselbe Täter?", fragte Heather.

„Ich kann es noch nicht hundertprozentig sagen, aber es sieht so aus. Die Größe der Einstiche ist identisch. Er hat Fesselmale an den Handgelenken und die Leiche liegt wieder im Wasser. Also, ja … ich denke, er ist das fünfte Opfer."

Heather überkam plötzlich Übelkeit. Auch wenn es das Unprofessionellste war, was sie tun konnte, so grub sie doch die nackten Finger in den aufgeweichten Boden und kletterte die Böschung hinauf weg vom Wasser.

„Wir sehen uns in der Pathologie, Emma“, sagte sie im Weggehen – oder eher Wegkriechen -, und floh vor der erdrückenden Unumstößlichkeit des Todes.

Als sie sicher war, dass Emma sie nicht mehr sehen konnte, ließ sich Heather kurzerhand ins Gras plumpsen. Sie steckte den Kopf zwischen die Knie und atmete tief durch, um die Übelkeit zu vertreiben. Als plötzlich ein Schatten auf sie fiel, erstarrte sie.

„Ach, … Sie sind ja auch noch da“, nuschelte sie in ihr Hosenbein, ohne aufzusehen und klammerte sich an ihren Atemrhythmus. „Wenn Sie jemandem erzählen, dass Sie mich so gesehen haben, töte ich Sie.“

Eric nickte. „Würde ich auch nicht anders machen.“ Kurzerhand setzte er sich neben sie, woraufhin Heather widerwillig aufsah. Er hielt ihr ein kleines Fläschchen entgegen. Einen silbernen Flachmann.

„Das ist der gute Loch Lomond“, ermunterte er sie, als sie zögerte. „18 Jahre gereift.“

„Sie dürfen im Dienst nicht trinken.“ Sie klang halbherzig und schwächlich.

„Ich bin vom MI6, ich darf alles.“ Während er die Flasche aufschraubte, lächelte er tadelnd. „Haben Sie denn noch nie James Bond gesehen?“

Unweigerlich musste auch Heather lächeln. „Falls es Ihnen noch nicht aufgefallen ist, ich versuche Sie wegzuekeln. Und Sie machen es mir verdammt schwer, wenn Sie immer so freundlich sind. Das ist unfair.“

„Ich bin eben ein mieser Scheißkerl“, sagte er und schob ihr die Flasche so weit ins Gesicht, dass sie sie zwangsläufig in die Hände nahm. Nach kurzem Zögern genehmigte sie sich einen großen Schluck, der in ihrer Kehle brannte und die Magengegend wohlig wärmte. Sie gab Moore die Flasche zurück.

„Ich heiße übrigens Eric."

Heather sah ihm in die eisblauen Augen und nickte bedächtig. Wahrscheinlich konnte man an schlimmere Partner geraten.

„Eric", sagte sie. „Heather."

„Angenehm."

„Aber für das Wort lieblich muss ich Ihnen noch eine reinhauen!"

Sein Mundwinkel zuckte. „Wenn Sie schnell genug sind … jederzeit."

Sie stöhnte genervt, war aber gleichzeitig froh, dass die Übelkeit langsam nachließ. „Was halten Sie davon, wenn ich runter zu diesem Künstler gehe, und sie sehen oben im Gutshaus nach?"

Er zog die Stirn kraus. „Wollen wir es nicht lieber anders herum machen? Sie wissen schon … Gespräch unter Männern, Gespräch unter Frauen?"

Energisch schüttelte Heather den Kopf. „Sie ist eine Bekannte meiner Mutter. Lieber würde ich mir von Ihnen den Arm brechen lassen, als mich mit ihr zu unterhalten."

Er zog sie auf die Füße und hielt sie einen Augenblick zu lange fest. „Ich würde es auch ganz sanft machen", sagte er leise, und aufgrund seiner unerhörten Nähe und seiner Stimmlage, wusste Heather für Sekunden nicht, wovon zum Teufel nochmal er eigentlich sprach.

Dann fiel es ihr wieder ein.

Knochenbrüche! Alles klar!

Sie lächelte und entzog ihm ihren Arm.

„Bis gleich! Wir treffen uns am Wagen."

□

*

Heather folgte einem schmalen Trampelpfad, der sie direkt durch das kniehohe Gras zu einem alten Cottage brachte, das plötzlich und wie selbstverständlich vor ihr auftauchte. Es war weiß gekalkt, reetgedeckt und hatte fröhliche blaue Fensterläden. In dem kleinen Garten waren ganz offenbar Tomaten und Gurken an der Hausmauer angepflanzt worden und Rhododendren bildeten einen wogenden, bunten Zaun.

Als sie auf die mit Kies bedeckte Einfahrt trat, bemerkte sie neben der Haustür eine außergewöhnlich filigran und schön gearbeitete, lebensgroße Statue einer nackten Frau, die sich verschämt in ein Laken schmiegte. Sie wusste nicht, aus welchem Stein sie gefertigt war, aber da er weiß und von grauen Adern durchzogen war, tippte sie auf Marmor.

„Vorsicht!“

Eine aufgeschreckte Männerstimme ließ sie herumfahren. Neben ihr schlug plötzlich ein Felsblock auf dem Kies auf, die Kieselsteine spritzten wie Geschosse durch die Luft. Heather hielt sich schützend eine Hand vor die Augen, doch mehrere der Steine trafen sie an der Stirn, als sie zu Boden ging. Sie spürte, wie sie herumgedreht wurde. Dunkelbraune Augen fixierten sie sorgenvoll.

„Geht es Ihnen- … Heather?“

Sie wollte antworten, doch ganz plötzlich wurde ihr schwarz vor Augen.

*

Als Heather aufwachte, saß ihr der Schreck noch so sehr in den Knochen, dass sie keuchend auffuhr. Ihr fiel dabei ein kaltes, feuchtes Tuch von der Stirn ins Gesicht, das sie in ihrem Delirium von sich schleuderte wie eine giftige

Schlange.

Blinzelnd startete sie einen Versuch ihre Umgebung wahrzunehmen. Sie war in einem niedrigen Raum mit hellen Wänden und zwei kleinen Fenstern, durch die die Sonne auf einen alten Perserteppich fiel. Sie selbst lag auf einer Chaiselongue und war bis zur Taille mit einem Quilt zugedeckt.

„Oh, du bist wach!"

Heather fuhr herum und griff instinktiv an ihren Hosenbund. Doch ihre Waffe war nicht da. Im Türrahmen stand ein Mann, dem sein braunes Haar lässig in die Stirn fiel. Er trug ein legeres Leinenhemd über einer abgetragenen Jeans und sah trotz des helllichten Tages auf eine unterschwellige Art düster aus.

Düster wurde auch Heathers Stimmung, denn sie kannte ihn nur zu gut.

„Was zum Teufel treibst du hier?", fragte sie und zuckte vor Schmerz zusammen. Irgendetwas stimmte mit ihrem Kopf nicht.

„Ja, ich freue mich auch, dich zu sehen!" Der junge Mann kam zu ihr an die Chaiselongue, setzte sich auf die Kante und drücke ihren Oberkörper wieder in die weichen Polster. Sofort wurden die Kopfschmerzen etwas erträglicher.

„Wo ist meine Waffe, Mills?" Verdammt, ihr hätte der Name Jameson gleich bekannt vorkommen müssen!

„Auf dem Tisch", gab er zurück und zeigte an ihr vorbei. „Ich fühle mich in Lebensgefahr, wenn du bewaffnet bist."

Heather schlug versuchsweise ein Auge auf. Als sie in seine unergründlich dunkelbraunen Augen blickte, hatte sie den Moment wieder vor Augen, in dem sie sich von seinen Verführungskünsten hatte um den Finger wickeln lassen. Das würde ihr ganz sicher nicht noch einmal passieren.

Als sie diesmal versuchte sich in eine sitzende Position zu

rappeln, half er ihr – wenn auch mit tadelnder Miene -, nahm sie bei der Schulter und stützte sie, bis sie sich ausbalanciert hatte.

Als sie Mills diesmal ansah, empfand sie eine Mischung aus Wut und Nervosität. Ihre letzte Begegnung war kurz und stürmisch gewesen. Und definitiv nichts, worauf man eine Zukunft aufbauen konnte. Und sie wollte auch keine Beziehung! Nie wieder!

Dies Mills zu erklären, hatte sie Monate gekostet, und nun lag sie halb bewusstlos auf seiner Couch.

„Wann bist du umgezogen?", fragte sie ihn. Gleichzeitig durchsuchte ihr Blick den Raum nach dem Tisch, auf dem angeblich ihre Waffe liegen sollte. Ohne Waffe fühlte sie sich nackt.

„Kurz nachdem du mich verlassen hast." Er ging zum Tisch und hob unbeholfen die Pistole in seine Hände, während Heather seine gut gebaute Kehrseite betrachtete. Seine breiten Schultern verjüngten sich zu seinen Hüften hin, deren Rhythmus wie ein köstliches Echo in ihrem Schoß wiederklang.

Ein Prickeln durchlief ihren Körper, dessen eigenem Gedächtnis man offenbar nichts vormachen konnte. Energisch schüttelte Heather den Kopf, um das unwillkommene Gefühl los zu werden.

„Mills, ich habe Dich nicht verlassen."

„Du wolltest mich nicht wiedersehen."

„Wir hatten keine Beziehung", rechtfertigte sie sich.

„Deine Schultern sind die schönsten, die ich jemals gesehen habe", stellte er unvermittelt fest.

Heather blinzelte irritiert.

„*Was?*"

„Schultern", erklärte er, noch immer mit ihrer Waffe in der Hand, was Heather zwangsläufig nervös machte. „Du hast schöne Schultern und einen wunderschönen Hals.

Und diese blutrote Mähne … du hast mir nie erlaubt dich zu zeichnen.“

„Und das werde ich auch jetzt nicht!“

Er hob abwehrend die Hände und lächelte düster.

„Mills“, setzte sie nach und versuchte sich an einem geschäftsmäßigen Gesichtsausdruck. „Bitte. Es gibt einen Grund, warum ich hier bin.“

„Und der wäre?“

Als das Bild der Leiche vor ihrem inneren Auge auftauchte, war ihre Professionalität zurück. „Ich bin hier wegen eines Mordes, der unweit des Hauses geschehen ist.“

Auf Mills‘ Gesicht verwandelte sich das Lächeln in blanken Schrecken. „Oh Gott, Heather. Tut mir leid. Das wusste ich nicht.“

„Das hoffe ich auch für dich“, gab sie zurück und setzte sich weiter auf. Als nächstes wollte sie ihre Waffe einfordern. „Hör‘ zu, ich komme später noch einmal, wenn mein Gehirn wieder einigermaßen rundläuft. Am besten morgen. Ich möchte dir gern noch ein paar Fragen stellen.“ Eine gehässige Stimme in ihrem Hinterkopf wies sie darauf hin, dass sie nicht nur wegen der Fragen wiederkommen wollte.

„Natürlich.“ Mills streckte ihr den Arm hin, um ihr beim Aufstehen zu helfen, den sie nach kurzem Zögern ergriff.

In diesem Moment ertönte ein lauter Knall und die hölzerne Cottagetür flog knackend gegen die Wand.

Eric stand breitbeinig und mit gezogener Waffe in der Tür. Er wirkte so tödlich und unausweichlich wie eine der biblischen Plagen und in diesem Augenblick war Heather verdammt froh, dass er auf ihrer Seite war.

Während Jameson in der einen Hand Heathers Arm und in der anderen ihre Waffe hatte, verharrte er regungslos.

Eric nickte in seine Richtung. „Probleme, MacLean?“

Heather entzog sich Mills‘ Griff und nahm ihm ihre Waffe aus der Hand. Mit ein paar routinierten Handgriffen kontrollierte sie Sicherung und Munition und steckte dann die kleinkalibrige SIG Sauer in ihr Waffenholster.

„Alles bestens. Ich hatte eine Begegnung mit einem Felsblock.“ Etwas unsicher sah sie zu Jameson auf und hatte vor Moore plötzlich das Gefühl sich rechtfertigen zu müssen. Sie strich sich die Bluse glatt und straffte die Schultern.

„Ich melde mich bei Ihnen, Mr. Jameson.“

„Oh, jetzt bin ich schon *Mr. Jameson* …“

Verdammt! Heather sah Eric an, der die Braunen in die Stirn zog. Und sie wurde doch tatsächlich rot.

„Mills, ich melde mich bei dir.“

Mit diesen Worten verschwand sie aus dem Cottage. Sie kam nicht besonders weit, da packte Eric sie am Ellbogen und zog sie mit sich.

„Was zum Teufel fällt Ihnen ein, sich von diesem Kerl entwaffnen zu lassen? Kennen Sie ihn etwa?“

Heather zerrte an ihrem Arm, doch Erics Finger waren wie Schraubstöcke. „Ich wurde nicht entwaffnet.“

„Oh, dann war das wohl eine Sinnestäuschung, dass er Ihre Pistole in der Hand hatte.“

„Er wollte sie mir wiedergeben.“ Heather hatte Mühe auf dem Kies mit Erics Schritten mitzuhalten und funkelte wütend zu ihm empor.

„Sie benehmen sich wie eine verfluchte Anfängerin!“

„Lassen Sie mich in Ruhe! Sie sind nicht meine Mutter!“

In diesem Moment fiel ihr der Muttertag wieder ein. Und Erics Miene nach zu urteilen, ging es ihm nicht besser.

„Heather?“

Beide fuhren herum. Jameson kam ihnen über den Kies nach und hatte zweifellos Erics Standpauke mitangehört. Heather wäre am liebsten im Erdboden versunken. Schon wieder.

„Du hast deine Brieftasche liegen gelassen.“

Als Mills ihr das braune Portemonnaie gab, brannte sich Erics vorwurfsvoller Blick in ihren Scheitel wie ein glühendes Eisen.

Oh, Mann!

„Danke.“

Als sie nach der Brieftasche griff, hielt Mills sie noch einen kurzen Moment lang fest, so dass sich ihre Finger berührten. Sein Blick streifte Heathers Augen und löste ein Zittern in ihr aus.

„Wir sehen uns also morgen?“, fragte er mit tiefer Stimme, ignorierte dabei Erics Anwesenheit geflissentlich.

„Also … eigentlich …“

„Du hattest doch noch Fragen“, setzte er nach und nickte Richtung Böschung.

Oh ja richtig, die Fragen! Es geht nicht um irgendwelche anstößigen Zeichentermine und schöne Schultern! Beinah war sie erleichtert.

„Natürlich. Ich komme morgen Vormittag vorbei. Wenn dir das passt.“

Er lächelte und wirkte dabei auf subtile Weise dunkel und anzüglich. „Ich freue mich.“

Eric atmete tief ein. Ein untrügliches Signal sich zum Gehen zu wenden.

„Bis dann“, sagte Heather hastig und drehte sich um.

Bis sie den Wagen erreichten, sagte keiner von Ihnen ein Wort.

„Ich fahre“, bestand Eric. „Sie haben heute ja leider nicht alle Tassen im Schrank. Und ich hoffe, dass das wirklich nur an irgendwelchen Felsblöcken liegt, von denen sie getroffen werden. Und nicht an einem vergeistigten Ex-Lover!“

Woher zum Teufel …? Heather riss empört den Mund auf, doch Eric war bereits eingestiegen und hatte den Motor gestartet. Er ließ die Scheibe herunter.

„Beifahrersitz oder Fußmarsch?"

Er sah nicht aus, als würde er bluffen. Heather kochte innerlich und stieg ein.

„Sie sind eine verdammte Landplage, Moore!", knurrte sie.

„Ich soll Sie und Ihre Mutter übrigens von Lady Carrington grüßen."

Heather stöhnte. Dieser Kerl wusste wirklich, wie man Beleidigungen parierte.

„Sie erkundigt sich außerdem nach Ihrem werten Befinden und dem aktuellen Familienstand."

Eric lächelt schadenfroh und Heather stöhnte noch etwas lauter, schlug dabei die Hände über dem Kopf zusammen. *Es gibt solche Tage …*

„Was haben Sie ihr gesagt?"

„Ich habe sie gebeten die Hand von meinem Oberschenkel zu nehmen. Die musste sie dort wohl versehentlich liegengelassen haben, nachdem sie sich vor lauter Bestürzung über die Mordnachricht regelrecht in meine Arme geworfen hat … Und da gibt es wirklich eine *Menge* zu werfen!"

Heather nahm die Hand vom Gesicht und lächelte. „Tatsache?"

Eric nickte und bog auf die Hauptstraße ab. Sein Profil wirkte wie in Stein gemeißelt, doch seine Mundwinkel zuckten amüsiert.

„Lady Carrington hält sich offenbar eher für eine Art Lady Chatterly. Wenn mir eine knapp Sechzigjährige die Hand aufs Bein legt, sollte es bitte meine eigene Mutter sein."

Heathers Lächelnd verschwand. „Das Wort Mutter wird heute inflationär gebraucht!"

„Was stimmt denn nicht mit Ihrer Mutter?"

Sie sah starr hinaus auf die Straße. „Mit meiner Mutter stimmt laut ihr selbst alles. Nur mit mir nicht.“ Wieso zum Teufel erzählte sie ihm das? „Ich erfülle nicht ganz ihre Erwartungen … um das mal vorsichtig auszudrücken.“

„Das kenne ich.“

Nun schnellte Heathers Kopf vor Überraschung herum. „Woher?“

„Tatsächlich bin auch ich weit davon entfernt die Erwartungen meiner Eltern zu erfüllen.“

Sie musterte ihren neuen Kollegen. Ihr fiel nichts auf, was zu beanstanden war.

„Außer, dass sie ein nerviger, aufsässiger, besserwisserischer …“

Eric hob die Hand. „Danke, danke.“

„Und Sie wirken, als könnten Sie mit einer Waffe umgehen.“ Das war das Maximum an Lob, das er von ihr bekommen würde.

Er schnaufte tief durch und betrachtete Heather aus seinen hellblauen Augen. Im Sonnenlicht waren sie fast Türkis.

„Meine Eltern“, sagte Eric, „sind Pastoren.“

Ihr blieb der Mund offen stehen. „Ach du Scheiße … beide?“

„Sogar schon in zweiter Generation.“

Sie verzog das Gesicht. „Das ist fies.“

„Allerdings.“

Für einige Minuten schwiegen sie. Als Big Ben in Sicht kam, knurrte Heathers Magen.

„Was halten Sie davon, wenn wir erst in die Pathologie fahren und dann kurz etwas essen, während wir den Fall durchsprechen?“

Bei der Erwähnung des Wortes Pathologie zogen sich Heathers Eingeweide unwillkürlich zusammen.

Doch sie wollte nicht schon wieder dastehen, wie ein Waschlappen.

„Gute Idee“, befand sie deswegen und schwieg dann.

*

Nach dem Besuch in Emmas Gruselkabinett wussten Heather und Eric nur, dass es sich offenbar um denselben Täter handelte, der auch die anderen vier Opfer ermordet hatte. Der Junge war genau wie die anderen nach mehrwöchiger Gefangenschaft regelrecht hingerichtet und in ein fließendes Gewässer gelegt worden.

Wer er war, wusste man noch nicht.

Eric saß Heather gegenüber an einem großen Besprechungstisch, auf dem sie alle relevanten Akten, Berichte und Fotos ausgebreitet hatten und schob ihr einen Pizza-Karton hin.

„Sind das Artischocken?“, fragte sie, während ihr der verlockende Basilikumduft frischer Pizza in die Nase stieg.

„Allerdings.“ Eric öffnete einen zweiten Karton und schob sich ein Stück Pizza zwischen die Lippen. Dann fiel sein Blick wieder auf die Unterlagen, während Heather kauend die Autopsieberichte der vorhergehenden Opfer studierte.

„Die einzige Gemeinsamkeit, die mir auffällt, ist, dass alle Opfer jung sind und offenbar keine Familie haben.“

Eric nickte. „So bleibt das Verschwinden möglichst lange unbemerkt.“

„Und keiner ist älter als 21. Alle sind blond.“

„Oder rotblond.“

Heather griff instinktiv nach einer ihrer feuerroten Strähnen.

„Und alle Opfer haben helle Augen.“

Sie zog die Stirn kraus. „Denken Sie, das ist von

Bedeutung?"

„Natürlich. Überlegen Sie doch nur, wie oft der Mörder seinen Opfern in die Augen sieht. Er nährt sich von ihrer Angst und Verzweiflung. Sie weinen und vermutlich betteln sie ihn an; flehen um ihr Leben."

Eine Gänsehaut breitete sich über Heathers Arme, als Eric sprach.

„Ich glaube, er hat Angst vor dunklen Augen. Dunkle Augen erinnern ihn an jemanden, vor dem er sich fürchtet, der ihm etwas angetan hat. Vielleicht wurde er selbst einmal entführt."

„Ich kann eine Liste anfordern von früheren Entführungsopfern."

„Gut. Sortieren Sie sie so, dass die mit dunkeläugigen Entführern oben stehen."

Heather nickte und machte sich eine Notiz. „Warum glauben Sie, es ist ein Mann?", fragte sie dann.

„Weil 98 Prozent aller Serienmörder männliche Weiße zwischen 30 und 45 sind." Er wischte sich die öligen Lippen mit einer Serviette ab.

„Trotzdem bleiben noch zwei Prozent übrig und unser Profiler meinte, es könnte auch eine Frau sein, weil es sowohl männliche, wie auch weibliche Opfer gibt. Das und die Tatsache, dass keine sexuellen Übergriffe stattgefunden haben, deutet darauf hin, dass das Verbrechen auch nicht sexuell motiviert ist."

„Was für meine Entführungs-Trauma-Theorie spricht."

„Irgendwo müssen die Opfer untergebracht sein, bis sie getötet werden. Das dürfte ja wohl kaum in einer gewöhnlichen Mietswohnung sein. Und ich glaube auch kaum, dass der Mörder die Leichen stundenlang durch die Weltgeschichte fährt. Alle Opfer wurden in einem Radius von 25 Kilometern rund um London gefunden."

„Aber es ist nur ein Opfer. Man könnte es überall verstecken. In jedem x-beliebigen, abgelegenen Haus. Ihr galanter Künstler könnte sie in seiner Abstellkammer einsperren, und niemand wüsste davon."

Heather kniff die Augen zusammen. „Er ist nicht mein Künstler. Er ist ein alter Bekannter … und vor allem ein Zeuge, der seine Grenzen nicht kennt. Und die werde ich ihm morgen mit aller Deutlichkeit aufzeigen."

„Man darf gespannt sein. – Aber zurück zum Thema! Ich werde den Pathologen bitten die Leiche auf spezielle Mineralien an der Haut oder vielleicht Erdreste zu untersuchen, die darauf hindeuten, wo die Leiche gewesen sein könnte."

Heather lachte freudlos. „Die Leiche hat eine Woche im Wasser gelegen. Was wollen Sie da schon finden?"

„Vielleicht legt unser Mörder sie ja genau aus diesem Grund ins Wasser. Um irgendetwas loszuwerden, was vielleicht ein Hinweis sein könnte."

„Möglich."

Heather und Eric besprachen sämtliche Details, doch nichts davon brachte sie wirklich weiter. Als Eric schließlich seine Mutter wieder einfiel, beschloss auch Heather noch ihre Mutter anzurufen und ließ ihn im Besprechungsraum alleine zurück.

Es tutete nicht ein einziges Mal, dann war Elisabeth Anne Norrington-MacLean in der Leitung.

„Heather!" Die Stimme ihrer Mutter war theatralisch, vorwurfsvoll und natürlich auch immer etwas weinerlich. „Ich habe mir schon solche Sorgen gemacht!"

Heather runzelte die Stirn. „Warum?"

„Weil du dich noch nicht gemeldet hattest! Heute ist doch Muttertag!"

„Ich weiß, deswegen rufe ich ja an!"

„Aber so spät!" Nur ihre Mutter schaffte es erleichtert

und verletzt zu klingen; und zwar gleichzeitig.

„Mutter, es ist noch nicht einmal sieben Uhr abends."

„Man weiß ja nie, was in deinem schrecklichen Beruf alles passieren kann! Du könntest erschossen oder entführt worden sein, jemand hätte dich ausrauben können."

Interessante Reihenfolge.

„Es geht mir bestens, Mutter. Und mein Beruf ist nicht schrecklich!"

„Er *ist* schrecklich. Schrecklich gefährlich!" Sie stöhnte und Heather wusste, dass sie sich in diesem Moment halb ohnmächtig den Handrücken an die Stirn hielt. „Warum kannst du nicht einfach einen reichen, netten Mann heiraten und ein paar entzückende Kinder in die Welt setzen?"

Heather wurde allmählich wütend. Ihr gefiel nicht, in welche Richtung dieses Gespräch lief. Doch ihre Mutter war noch lange nicht fertig. Sie hatte offenbar nur Luft geholt.

„Wenn du eines von meinen Corgie-Mädchen wärst, wärst du ja völlig zuchtuntauglich."

„Mutter! Ich habe wirklich kein Interesse daran mich mit deinen dackelbeinigen, fetten, dauerläufigen Hündinnen vergleichen zu lassen!"

Ihre Mutter, die passionierte Welsh Corgie - Züchterin sog erschrocken die Luft ein. „Aber du magst doch unsere Hunde!"

„Natürlich!" Heather sprang von ihrem Stuhl auf. „Aber ich *bin* kein Hund! Vielleicht, wenn ich einer wäre, hättest du ein wenig mehr Verständnis für mich."

„Wie kannst du so etwas nur sagen, Heather? Du bist genauso halsstarrig wie dein schottischer Vater es war."

Okay, Stufe Zwei auf der Streit-Richterskala!

„*Ist*, Mutter! Ist! Nur weil du ihn verlassen hast, lebt er trotzdem noch immer!"

Oder vielleicht auch grade deswegen.

„Er hat mich verlassen! Uns, Heather! Weißt du, was ich für eine schwere Zeit hatte als alleinerziehende Mutter?"

Heather nahm ihre Pistole und zielte auf ein imaginäres Ziel an der Wand. „Er bezahlt dir heute noch immer mehr Unterhalt als ich im Monat verdiene. Ich denke nicht, dass du jemals in finanzieller Bedrängnis warst." Wie zum Teufel hatte dieses Telefonat nur so schief laufen können? „Alles, was ich wollte, war dir alles Gute zum Muttertag zu wünschen!"

Kurzes Schweigen am anderen Ende der Leitung. „Kommst du denn am Dienstag zu meiner Teegesellschaft?"

Heather ließ Kopf und Waffe auf den Tisch fallen. „Mutter, ich bin auf einer Teegesellschaft so fehl am Platz, wie der Papst im Swingerclub."

„Heather! Was kennst du nur für schreckliche Wörter?"

„Welches meinst du? Papst oder Swingerclub?"

Sie grinste kurz, während ihre Mutter am anderen Ende der Leitung offenbar Luftnot bekam, lenkte dann aber wieder ein. „Ich sehe zu, dass ich am Dienstag vorbeikommen kann."

„Oh, wie schön, Schätzchen! Dann bis übermorgen."

„Bis dann, Mutter."

Heather legte auf und war – wie nach jedem Telefonat mit ihrer Mutter – absolut KO. Sie sammelte sich kurz und verließ dann das Revier.

Am nächsten Tag würde sie erst einmal den undurchschaubaren Mills Jameson unter die Lupe nehmen, und diesmal wäre sie verdammt nochmal bei Sinnen!

*

„Moore! Moore? Sind sie dran?“

Eric klemmte sich sein Telefon zwischen Wange und Schulter und wischte sich die Hände mit der Papierserviette ab. „Ja, Sir.“

„Gibt es etwas Neues?“

Eric starrte auf die Bilder der Leiche. „Es wurde noch ein Opfer gefunden.“

„Ist -“

„Es ist nicht Jane, Sir.“

Am anderen Ende der Leitung hörte er das zittrige Ausatmen und wusste, dass Sekunden vergehen würden, bis Abercrombie sich wieder gefangen haben würde.

„Diesmal ist es ein junger Mann, Sir“, berichtete er, um die Zeit zu überbrücken. „Wir kennen ihn nicht, er lag in einem kleinen Bach unterhalb von Carrington House. Er lag dort schon etwa eine Woche.“

„Genauso lange, wie Jane schon fort ist.“

„Es tut mir so leid, Sir. Wir arbeiten mit Hochdruck daran.“

„Diese MacLean, die Drake in den höchsten Tönen gelobt hat, ist sie wirklich so gut?“

Eric dachte an den bewusstlosen Wirbelwind auf Jamesons Couch, der sich wie ein blutiger Anfänger hatte entwaffnen lassen. Davon, dass sich ihr beim bloßen Anblick einer Leiche schon der Magen umdrehte, gar nicht zu sprechen. „Sie ist sehr engagiert, Sir.“

„Soll ich Ihnen jemand anderen geben?“

Da war sie! Seine Chance diese feuerrote Zicke loszuwerden. Dennoch zögerte er. Sein Instinkt sagte ihm, dass sie eine gute Polizistin war. Und er hatte ihre Akte gelesen. Was MacLean im Alleingang schon aufgedeckt hatte, dafür brauchte es so mancherorts ein ganzes Sondereinsatzkommando.

„Nein, Sir. Sie ist gut. Wir arbeiten gut zusammen.“ Es

war immerhin nur eine halbe Lüge. „Wenn ich ihr von Jane erzählen dürfte, würde uns das vielleicht helfen, den Kreis der -“

„Nein! Nein, Moore! Bitte!“

„Sie ist vertrauenswürdig, Sir.“ … hoffte er zumindest.

„Moore, ihr Vertrauen in Ehren. Aber wenn irgendetwas davon an die Öffentlichkeit gelangt und meine Frau erfährt es … es würde sie umbringen.“

Eric seufzte.

„Natürlich, Sir. Wie Sie wünschen.“

Abercrombie atmete noch einmal tief durch.

„Moore, bitte …“

Er brachte den Satz nicht zu Ende. Aber das war auch nicht nötig.

„Wir tun alles, was in unserer Macht steht, Mr. Abercrombie.“

„Danke, Eric.“

Dann war die Leitung tot.

*

Obwohl sie sich die ganze Autofahrt über eingeredet hatte, dass sie nicht nervös war, musste sich Heather doch eine gewisse Aufregung eingestehen, als sie in die gekieste Einfahrt von Mills Jameson bog.

Es war nur eine einzige Nacht gewesen, die sie miteinander verbracht hatten.

Und wenn ihre dämliche, in den Augen ihrer Mutter so perfekte Schwester sie nicht auf diese grässliche Vernissage geschleppt hätte, wäre sie Mills überhaupt nie begegnet. Aber dank ihres restlos fehlenden Kunstverständnisses und einer nicht unerheblichen Menge kostenlosem Champagner war sie wohl an diesem Abend weitaus entspannter gewesen, als es normalerweise gut für sie war.

Aus irgendeinem Grund hatte Mills sie vom Moment der Ausstellungseröffnung an nicht mehr aus den Augen gelassen. Heather atmete tief ein. Dieser Mann verstand es mit seinen Händen nicht nur Marmor in Form zu klopfen, soviel stand fest!

Als sie den Blick hob, sah das kleine Cottage in der milden Nachmittagssonne einfach zauberhaft aus. Die Hecke wogte im sanften Wind und verströmte einen intensiven Blütenduft.

Etwas verwundert war sie dennoch. Beim letzten Mal hatte Mills Jameson noch in einem Londoner Loft gewohnt, mit der gewollten Unordnung und Weitläufigkeit, die man allen Künstlern wohl unterstellte anzustreben. Da war das Cottage wirklich ein frappierender Szenenwechsel.

Nachdem sie den Motor ausgestellt hatte, blieb sie noch einen Augenblick hinter dem Steuer sitzen, kontrollierte ihre Waffe und verbarg sie dann wieder im Halfter unter ihrer dünnen Jacke. Sie trug einen dezenten dunkelgrauen Hosenanzug und hatte ihr üppiges, rotes Haar im Nacken zu einem Knoten gefasst.

Mit einem tiefen Atemzug stieg sie aus und hielt vorsichtshalber nach fallenden Marmorblöcken Ausschau. Die Luft schien rein zu sein.

Das Cottage hatte keine Türglocke, und so klopfte Heather energisch gegen die blau gestrichene Holztür. Da sie offenbar nicht geschlossen, und schon gar nicht verriegelt gewesen war, schwang sie mit einem leisen Quietschen auf.

Vielleicht war eingebrochen worden? Sofort war Heather in Alarmbereitschaft und zog ihre Waffe, spähte vorsichtig ins Innere des kleinen Hauses. Es war weit und breit niemand zu sehen.

„Hallo?“ Sie trat einen Schritt über die Stufe. „Ist hier jemand?“

Als sie keine Antwort erhielt, ging sie weiter in das kleine Cottage hinein. „Mills? – Mills, bist du hier?"

Ein Türbogen führte in einen weiteren Raum. Die Waffe schussbereit ging sie dorthin und lief Mills direkt in die Arme.

Indem sie ein erschrockenes Geräusch ausstieß, richtete sie die Waffe auf ihn. Sie musste heftig blinzeln, weil ein undefinierbares, weißes Puder herumstaubte.

Mills trug nur eine zerschlissene, helle Jeans, die ihm tief auf den schmalen Hüften saß. Die wohlgeformten, flachen Muskeln seines Oberkörpers waren nur mit weißem Staub bedeckt.

„Du meine Güte!" Heather nahm die Waffe herunter und bemerkte dabei, dass ihr dunkelgrauer Anzug voller Staub war.

„Heather …" Auch er schien überrascht zu sein. „Ich habe dich nicht hereinkommen gehört." Er sah an sich hinab und setzte ein entschuldigendes Lächeln auf. „Ich habe gearbeitet. Bitte verzeih den Aufzug. Wobei … nichts, was du nicht schon mal gesehen hättest."

Heather begriff, dass das weiße Pulver offenbar Marmor war. Sie schob die Waffe in den Holster und nickte, ohne auf seinen Seitenhieb einzugehen.

„Mir tut es leid. Ich hatte geklopft, und als niemand aufmachte …" Sie sah zu ihm empor und wurde beim wissenden Blick seiner dunklen Augen schlagartig nervös. Was lächerlich war! Moore hatte Recht, sie benahm sich wie eine verdammte Anfängerin.

„Kein Problem. Seit dein neuer Freund meine Tür eingetreten hat, schließt sie nicht mehr richtig. Normalerweise ist das in dieser Gegend aber unkritisch."

„Leider ist diese Gegend nicht so sicher, wie wir gerne glauben möchten, Mills." Dass sie ihm nicht widersprach, als er auf Eric anspielte, schien ihn nur für einen kleinen

Moment stocken zu lassen. Dann lächelte er wiederum und berührte sie an der Schulter. „Heather …“

Sie erstarrte und versuchte sich an einem souveränen Gesichtsausdruck. „Mills … wenn du Zeit hättest, würde ich dir gerne ein paar Fragen stellen.“

„Natürlich. Ich …“ Er sah entschuldigend an sich hinab. „Macht es dir etwas aus, wenn ich kurz unter die Dusche springe? Ich staube wie ein Müllerbursche.“

Sie nickte. „Ich warte hier.“

„Wenn du möchtest, sieh‘ dich gerne im Haus um. Hier hinten ist mein kleines Atelier.“ Er führte sie im Kreuz quer durch den Raum zu einer weiteren Tür. „Die meisten Arbeiten sind noch nicht fertig“, räumte er ein. „Einige aber fast. – Ich weiß natürlich nicht, ob dich das interessiert …“

Sie betrachtete eine Statue, die größer war als sie selbst. Eine Frau, die auf dem Rücken lag, den Kopf im Nacken. Es sah fast lüstern aus. Plötzlich kam sie sich schäbig vor, weil sie so gar nicht zu würdigen wusste, was er arbeitete. „Doch, ich sehe es mir gerne an. Danke.“

„Ich hoffe, du hast mein Anliegen von gestern noch nicht vergessen.“ Als seine Lippen plötzlich an Heathers Ohr waren, fuhr sie zurück und funkelte ihn aus ihren bernsteinfarbenen Augen an. Obwohl sie wütend war, konnte sie nicht verhindern, dass ihr Herz wild pochte.

„Ich habe ein ausgezeichnetes Kurzzeitgedächtnis“, gab sie schnippisch zurück. „Wenn du dich jetzt bitte beeilen könntest, Mills. Ich habe noch einen Schreibtisch voller Arbeit.“

Er deutete eine Verbeugung an, ohne seinen Blick von ihr zu lösen und ohne zu antworten. Dann ging er hinaus.

Missmutig bemerkte Heather, dass sie etwas zittrig ausatmete. Keine Ahnung warum, doch dieser Kerl machte sie nervös, wenn er sie nur ansah. Jeder Blick war wie eine

Berührung, die sie postwendend in etwas zurückkatapultierte, bei dem ihr Körper nackt mit dem seinen verschlungen gewesen war.

Sie sah sich in dem Atelier um. Es war ein großes Oberlicht eingelassen, das man bei dem ältlich wirkenden Cottage gar nicht vermutet hätte. Die Wände waren tapeziert mit Tuscheskizzen, bei denen mit nur einer Handvoll Pinselstrichen Gesichtsausdrücke, Posen, Gefühle ausgedrückt wurden, so eindringlich und intensiv, dass Heather regelrecht erschauderte. All diese Dinge hatte sie an diesem einen Abend kaum wahrgenommen und er kam ihr nun noch mehr wie ein völlig Fremder vor.

Langsam schritt sie den Gang entlang, der zwischen den an der Wand aufgestellten Bildern und der in der Mitte gestapelten leeren Leinwänden und Staffeleien ausgespart war.

Mills Jameson hatte ganz augenscheinlich eine Schwäche für Akte. Und schon nach kurzem Blättern in den hüfthohen Bildern war ihr klar, dass er sich hier nicht ausschließlich auf das weibliche Geschlecht beschränkte; und auch nicht nur auf junge und wohlgeformte Körper.

Was Heather aber am meisten faszinierte, waren die Gesichter. Gefesselt betrachtete sie das Portrait einer nackten Frau, deren Gesicht eine in Tusche gehaltene Andeutung von Licht und Schatten, von Gefühl und Schmerz war.

Sie wirkte auf eine verstörende Art anziehend und unweigerlich dachte Heather darüber nach, was wohl für eine Stimmung beim Zeichnen geherrscht hatte, wie Mills mit seinem so offensichtlich hingebungsvollen Modell umgegangen war; wie er mit ihr gesprochen und ob er sie berührt hatte. Und wenn ja, wie er sie berührt hatte …

„Gefällt es dir?“

Seine Stimme war plötzlich so nah an ihrem Ohr, dass

Heather zusammenfuhr und die Leinwand unsanft gegen die Wand knallen ließ. Sie machte einen Schritt zur Seite und starrte den frisch geduschten Künstler vorwurfsvoll an. Die feuchten Strähnen fielen ihm in die sonnengebräunte Stirn und er lächelte auf eine Art, die ihren Puls in die Höhe schießen ließ.

„Du solltest dich nicht an mich anschleichen, wenn ich bewaffnet bin“, erklärte sie und strich sich unnötigerweise eine nicht vorhandene Strähne aus der Stirn.

„Ich habe mich nicht angeschlichen“, erklärte er und streckte die Hand nach ihr aus. „Du warst nur so vertieft, dass du mich nicht gehört hast.“

Als seine Fingerspitzen über ihre Kehle hinauf zu ihrem Kinn glitten, riss Heather die Augen auf.

Was fiel diesem verdammten Mistkerl ein? Was erlaubte er sich …? Und was erlaubte sie sich, weil sie ihn gewähren ließ. Seine Fingerspitzen waren kühl und leicht wie ein Windhauch.

„Ich habe noch ein paar Fragen, Mills.“ Das war die Rettung! Zumindest vorerst.

Er lächelte und ließ die Hand fallen. „Natürlich. Gehen wir ins Wohnzimmer.“

Erst als er ihr den Rücken zukehrte und davonging, bemerkte sie, dass sein Oberkörper noch immer nackt war. Ein Zucken in ihrem Unterleib ließ sie nach Luft schnappen, während sie ihre Hand um den kühlen Griff ihrer Waffe legte.

„Willst du dir nicht erst etwas anziehen?“, fragte sie.

„Ich gehe gern barfuß.“ Er setzte sich auf eine Couch und bot ihr neben sich Platz an. Am liebsten hätte sie sich weit von ihm entfernt auf irgendeine Tischkante gesetzt, vorzugsweise in der Nähe einer Tür, um eine eventuell erforderliche Flucht zu gewährleisten, doch sie wollte nicht wirken, als würden sie seine willkürlichen Gesten so nervös machen. Also setzte sie sich neben ihn und atmete den frischen Duft ein, der seiner gebräunten Haut entströmte. Einen Duft, den sie kannte, von dem sie wusste, wie er sich veränderte, wenn er erregt war, wenn seine Haut feucht wurde.

„Ich spreche nicht von den Schuhen", sagte sie schroff und zog Stift und Zettel aus der Tasche, „sondern von deinem Oberkörper."

Er sah an sich hinab und mit einem provokanten Lächeln wieder auf. „Mache ich dich nervös?"

Heather grinste schief. „Nicht, solange du keine geladene Waffe in der Hand hast. – also, nun zu meinen Fragen." Sie schlug ihren Block auf und zwang ihren Herzschlag in geregelte Bahnen. „Ist dir in den letzten zwei Wochen irgendjemand Fremdes aufgefallen? Jemand, der nicht in die Gegend gehört und sich auffällig benommen hat."

Mills Jameson zog die Stirn kraus. „Was verstehst du unter auffällig?"

„Auffällig ist jemand, der beispielsweise eine Leiche in den Bach wirft", gab sie ärgerlich zurück.

Seine Finger berührten ihren Arm. „Nein, das wäre mir sicherlich aufgefallen", erklärte er und strich über ihren Ellbogen.

Heather sah an sich hinab. „Ist vielleicht jemand mit einem Lieferwagen, oder einem Kombi hier entlanggefahren?"

„Nein, Niemand. Ich bin fast den ganzen Tag hier im Cottage und arbeite. Ich fahre höchstens einmal die Woche in die Stadt, um einzukaufen." Er beugte sich über sie und Heather hielt für einen Moment den Atem an. Sie schielte zur Tür. Wo war ein verdammter Fluchtweg, wenn man ihn brauchte?

„Darf ich dich zeichnen, Heather?"

„Nein!"

„Warum nicht?“

„Ich bin im Dienst.“

Er strich über ihren Haaransatz. Und es fühlte sich viel zu gut an. Gott, ihr Körper reagierte, erinnerte sich.

„Gott, ich will dich nicht nur zeichnen, Heather. Ich will so viel mehr!“, raunte er und küsste sie unvermittelt, bog ihren Kopf mit seinem Mund auf ihrem zurück und stieß seine köstliche Zunge zwischen ihre Lippen.

Heather gab ein protestierendes Geräusch von sich, doch er ließ nicht von ihr ab, überwand ihren Widerstand. Ihr Atem zitterte. Sie wollte, Gott, und wie sie es wollte, doch … hatte sie nicht noch irgendwelche … Fragen …?

„Mills, ich-“

Er löschte ihren Versuch zu sprechen und jeden halbwegs sinnvollen Gedanken mit seiner Berührung aus, zog sie in die Höhe, ohne sich von ihr zu lösen.

„Ich will es nicht hören, Heather“, hauchte er zwischen zwei Küssen, seine Hände strichen über ihren Oberkörper, der unter der fordernden Geste erbebte.

„Fast ein halbes Jahr ist es her, seit ich dich berührt habe.“ Seine Finger schoben sich unter ihren dünne Blazer und streiften ihn ihr über die Schultern. „Endlose Monate, Heather, in denen ich nur an dich gedacht habe; daran gedacht habe, was ich mit dir tun möchte.“

Wieder küsste er sie. Heather war so überwältigt vom Ansturm seines Verlangens, dass sie nur die Augen schließen und zittrig ausatmen konnte. Erst jetzt bemerkte sie, ihren eigenen Hunger, der durch ihre monatelange Enthaltsamkeit nur noch größer geworden war.

Sie hielt sich an seinen nackten Oberarmen fest, spürte die flachen Muskeln im Spiel darunter, fühlte seine Hitze.

„Ja“, seufzte er. „Fass mich an!“

Heather riss die Augen auf und betrachtete Mills schönes Gesicht, das plötzlich hart vor Erregung war. Sie strich mit beiden Händen von seinen Armen über seine Brust, ertastete das Beben seiner Bauchmuskeln und strich hinab zum Bund seiner Jeans. Dann stellte sie sich auf die Zehenspitzen und küsste ihn, während sie mit einer Hand seine Härte streichelte.

Sein sehnsuchtsvolles Stöhnen überschlug sich als lustvolle Woge in ihrem Schoß.

„Komm mit!“ Obwohl er die Worte nur flüsterte, klang es wie ein Befehl.

Er brachte sie die Treppe hinauf, wo das komplette Obergeschoss ein weitläufiges Schlafzimmer war. Das breite Bett war schlicht und mit einem weißen Laken bezogen.

„Zieh' die Waffe aus“, verlangte Mills.

Heathers Puls ging unregelmäßig, während sie sich den Holster abschnallte und mitsamt ihrer Pistole auf den Dielenboden gleiten ließ.

Keine Sekunde später stürzte sich Mills regelrecht auf sie, riss an ihrer Bluse, bis die Knöpfe abplatzten und zog sie ihr über den Kopf.

Als sie nur noch in Unterwäsche vor ihm stand, griff er mit beiden Händen in ihre Locken und ließ sie versonnen durch seine langen Finger gleiten.

„Meine Flammengöttin“, raunte er ehrfurchtsvoll, und noch bevor Heather es schaffte, sich über diesen Ausbruch an Lyrik zu wundern, hatte er ihr schon den BH ausgezogen und küsste ihre Brustwarzen, die unter seiner Liebkosung augenblicklich zu kleinen, dunklen Perlen wurden.

Seufzend presste sie die Schenkel zusammen. Sie wollte ihn in sich haben, wollte spüren, wie seine Härte ihr pulsierendes, erhitztes Fleisch dehnte, immer und immer wieder hineinstieß, wie er es schon einmal getan hatte.

„Mills …“ Ihre Finger öffneten den obersten Knopf

seiner Jeans. Die Gier seine pochende Erektion zu befreien, sie zu sehen und zu berühren, fraß sie regelrecht auf.

„Wenn du wüsstest, was ich alles mit dir tun will, Heather.“ Als sie seine Hose geöffnet und über seine nackten Pobacken hinuntergeschoben hatte, weidete sie sich am Anblick seines harten Fleisches und umfasste es. Mills stöhnte auf.

Ihre Hand streichelte über den heißen, geraden Schaft, die samtige Haut glitt über seinen harten Kern und seine Spitze schwitzte einen Lusttropfen, bei dessen Anblick sich Heather unwillkürlich die Lippen leckte.

„Gott, Heather. Du hättest mich nicht verlassen sollen. Das fühlt sich so gut an.“ Mit geschlossenen Augen und augeworfenen Lippen genoss er ihre Berührung.

Heather saugte den Geruch nach Seife und Sex, der von seinem Körper ausging, in ihre Lungen. Sie wollte nichts hören von Verlassen und Beziehung, sie wollte nicht denken, sie wollte nur fühlen; ihn in sich fühlen.

Als sie von ihm abließ, öffnete er wieder seine Augen. Sie stieg aus ihrem Slip und beobachtete fasziniert, wie sich Mills’ Blick auf ihre Scham senkte, wie sein Fleisch beim Anblick des kleinen, rotgelockten Dreiecks zwischen ihren Schenkeln wild zuckte.

Mit einer Bewegung, die sie nicht hatte kommen sehen, stieß er sie aufs Bett und stieg über sie. Seine Kiefer mahlten angestrengt, während er ihre Schenkel auseinanderschob und sich dazwischen kniete.

Als seine Zunge ihre empfindlichste Stelle berührte, kam sie beinah, krallte sich in die Laken und beobachtete wie Mills Kopf sich zwischen ihren Beinen bewegte, lauschte dem Saugen seiner Lippen.

„Ich halte das nicht lange aus“, hauchte sie, doch Mills hatte keine Gnade und leckte sie gekonnt.

Kurz bevor sie kam, verringerte er das Tempo und die Intensität, ließ sogar kurz ganz von ihr ab, wartete, bis der Höhepunkt sich wieder entfernte und nahm seine süße Folter dann wieder auf.

Er saugte ihre Perle zwischen die Lippen, teilte ihre Scham mit seiner heißen, langen Zunge und stieß in sie hinein als köstlicher Vorgeschmack auf das, was kommen sollte. Ihr Unterleib zitterte und bebte, schmerzte vor Verlangen.

„Oh Gott, bitte!“, keuchte sie, doch er ließ wieder von ihr ab, kurz bevor ihr Höhepunkt sie erlöste.

Zu Heathers absoluter Überraschung stieg er sogar ganz vom Bett. Sie stützte sich auf die Ellbogen und beobachtete, wie er zum anderen Ende des Raumes ging, dort etwas von einem Regal nahm und zu ihr zurückkehrte.

Er hatte einen langen Tuschepinsel in der Hand und ein Fässchen Farbe. Sein nackter Körper war von einem Schweißfilm überzogen und sein erigiertes Glied ragte stolz und verlockend empor.

„Ich wollte dich schon immer malen“, erklärte er mit seinem triumphierenden Lächeln, tauchte den Pinsel in das Fässchen und kam zurück aufs Bett. Wieder verschaffte er sich Platz zwischen ihren Schenkeln, betrachtete ihre geschwollene, heiße Mitte, die vor Feuchtigkeit glitzerte und leckte sich die Lippen. Dann senkte er die Pinselspitze auf ihre Scham und berührte damit ihre Perle. Heather stöhnte auf und ließ ihren Kopf zurück in die Kissen fallen, ob des ungewohnten Gefühls: kühl und feucht und gleichzeitig weich wie eine Zunge.

Mills umkreiste mit dem Pinsel ihre Schamlippen, zeichnete ein undefinierbares Muster darum, bevor er zu ihrer empfindlichsten Stelle zurückkehrte, diese mit sanften Pinselstrichen quälte und lockte, bis Heather sich vor Verlangen nach mehr aufbäumte.

„Ich wusste, es gefällt dir“, sagte er leise, beugte sich über sie und küsste sie, während er mit dem Pinsel noch immer ihre Mitte umkreiste, neckte und reizte. Heather bog sich ihm hilflos entgegen, saugte seine Zunge in ihren Mund und stöhnte, als sich Mills wieder aufrichtete, um den Pinsel von neuem in die Farbe zu tauchen.

Als er diesmal ihre Mitte damit berührte, war er gnadenlos. Mit einem Arm presste er Heathers Schenkel auseinander und ließ gleichzeitig die Pinselspitze über ihre Scham tanzen. Heather presste die Augen zusammen, als die Vorboten des Höhepunktes ihre Muskeln anspannten. Sie krallte sich in die Laken, reckte Mills und seinem lustvollen Pinselstrich das Becken entgegen und kam mit unvorhersehbarer Wucht in einem lauten Schrei.

Noch während sie die Wellen ihres Höhepunktes ritt, drang Mills mit einem kraftvollen Stoß in sie ein. Er passte perfekt und ließ sich von den letzten Kontraktionen ihres Orgasmus massieren, glitt hinein und wieder hinaus, mühelos in ihrer überschwänglichen Nässe, die sich zusammen mit der Tusche mittlerweile auf ihrem gesamten Unterleib verteilt hatte.

Während Heathers Körper nicht wusste, wie er all die überbordende Lust bewältigen und verarbeiten sollte, riss Mills ihre Hüfte zu sich empor und stieß gierig in sie hinein, keuchte vor Verlagen und feuerte sie von neuem an. Als er kam, schrie er ihren Namen, und krallte seine Hände so sehr in ihr Fleisch, dass es schmerzte.

Schwer atmend glitt er aus ihr heraus. Erst jetzt erkannte Heather, dass die Tusche, die er benutzt hatte leuchtend rot war. Sie verteilte sich über ihre schwitzenden Körper. Ihr erdiger Geruch vermischte sich mit dem ihrer Haut. Heather rieb ihre Schenkel aneinander, das Verlangen war zurück und mit fiebrigen Augen sah sie Mills ins Gesicht.

„Ich will noch mehr“, sagte sie herausfordernd und ließ

die Schenkel auseinanderfallen.

Sofort zuckte sein Glied, das gar nicht die Gelegenheit gehabt hatte, wieder ganz zu erschlaffen, und richtete sich von neuem auf. Er lächelte triumphierend und strich sich das feuchte, braune Haar aus der Stirn.

„Du sollst alles bekommen von mir." Er beugte sich über sie und küsste sie gierig, leckte über ihren Kiefer und Hals hinab zu ihrer Brust, wo er an ihren Brustwarzen saugte, bis sie stöhnte.

Er war schon wieder bereit. Sein hartes Glied presste sich fordernd gegen ihren Bauch und ließ sie aufstöhnen. Mit einer gierigen Geste, drehte er Heather herum, so dass sie auf dem Bauch lag. Er küsste ihr Schulterblatt und aus dem Augenwinkel sah sie, dass er wieder nach Fässchen und Pinsel griff.

„Ich muss hier noch ein paar Striche ergänzen", erklärte er konzentriert und ließ die feuchte, kühle Pinselspitze über Heathers Rücken gleiten. Sie erschauderte unter der Berührung. Niemals hätte sie es für möglich gehalten, dass es erotisch sein könnte, sich bemalen zu lassen. Und das war es offenbar auch für Mills, der mittlerweile schwer und unregelmäßig atmete.

Heather erhob sich auf alle Viere und bot ihm ihr Hinterteil dar. Als sie den Kopf drehte, beobachtete sie seinen faszinierten Blick auf ihre Kehrseite. Der Pinsel glitt wie von selbst in das Fässchen und vervollständigte irgendeine Linie auf ihrem Rücken, während sich Mills hinter ihr in Position brachte.

„Ich wusste, du verstehst mich", raunte er und drang quälend langsam in sie ein, während er nicht aufhörte, seine Linien mit dem Pinsel weiterzuziehen, auch wenn seine Hände dabei zitterten. Heather spreizte die Beine weit um ihn vollständig in sich aufnehmen zu können. Sie stöhnten gleichzeitig, während Mills sich wieder aus ihr herausgleiten ließ, wieder in sie eindrang und jede Nervenfaser in ihrem Inneren entflammte und zum Kochen brachte.

Es fühlte sich einfach unglaublich an, die kühlen, sanften Pinselstriche auf ihrem Rücken und im Gegensatz dazu der harte Schwanz, der sie dehnte und ausfüllte, der schon wieder aus ihr herausglitt und wieder hineinstieß, härter diesmal, gieriger. Heather stemmte sich ihm entgegen, wollte jeden Millimeter auskosten, jede Berührung, jedes Muskelzucken, jedes Keuchen und Stöhnen. Es dauerte nur wenige weitere Stöße, bis sein Rhythmus drängender wurde, der Pinsel auf ihrem Rücken nur noch fahrige Bewegungen machte.

„So wollte ich dich … schon immer“, presste er zwischen zwei seiner kraftvollen Stöße hervor. „Ich wollte dich schon die ganze Zeit so reiten.“ Er ließ den Pinsel fallen und rieb mit seinen Händen über ihren vor Farbe feuchten Rücken, riss ihre Hüften an seine heran und stieß mehrere Male so brutal zu, dass sie aufschrie vor Schmerz und Lust, bevor er das Tempo wieder verlangsamte.

„Mein Kunstwerk ist noch nicht vollständig“, sagte er dann plötzlich und drehte Heather auf den Rücken. Eingenommen von dem Strudel aus Lust und Verlangen, in dem er sie ertränkte, war ihr Blick glasig. Sie nahm den Pinsel, den er ihr hinstreckte und tauchte ihn in das Fässchen, dann sah sie ihn fragend an.

Er lächelte. „Überall muss meine Farbe sein … an dir, und in dir.“

Heather sog die Luft ein und beugte sich über Mills. Als sie sein hartes Fleisch mit ihren Lippen umschloss, schrie er auf vor Lust. Er war so kurz davor, das spürte sie.

„Nicht …!“ Obwohl er sich ihr entziehen wollte, gelang es ihm nicht und die Begierde überwältigte ihn. Vorsichtig stieß er zwischen ihre Lippen, während er ihren Hinterkopf mit seiner Hand umfing. Heather spürte, wie ihre Feuchtigkeit sich über das Laken verteilte, sie wollte, dass er in ihrem Mund kam, sie wollte es spüren, das lustvolle, hilflose Zucken. Doch mit letzter Selbstbeherrschung zog er sich zurück.

„Böses Mädchen", erklärte er keuchend und funkelte sie aus seinen dunklen Augen bedrohlich an. „Dafür musst du bestraft werden."

Er nahm ihre Hand mit dem Pinsel, führte sie in das Tuschefässchen und dann an seine Erektion. Als der erste Tropfen Tusche seinen harten Schaft berührte, sog er hart die Luft zwischen die Zähne und schloss die Augen.

Heather betrachtete das Spiel aus Farbe und Haut, aus hervortretenden Adern und lustvollem Pulsieren voller Faszination. Sie malte einen Stich von seiner Spitze bis zur Wurzel und wieder zurück, umkreiste dann die glänzende Eichel, vermischte dort die Farbe mit dem einzelnen Tropfen, der sich schon vorgewagt hatte, und malte noch eine geschwungene Linie, folgte einer der dicken Adern, die vor Lust hervortraten.

„Genug", herrschte Mills und riss ihr den Pinsel aus der Hand. „Stütz dich an der Wand ab", verlangte er, heiser vor Lust.

Heather gehorchte, dreht sich um, und hob die Arme, um sich damit an der Wand am Kopfende des Bettes abzustützen.

Ihre Beine zitterten vor Erregung, als Mills von hinten über ihren Po streichelte. Sie fühlte sich ihm ausgeliefert in dieser Position und wunderte sich darüber, wie sehr sie das erregte.

Er wand seine Hand in ihre Locken und zog ihren Kopf daran so weit zurück, dass er seine Lippen an ihr Ohr bringen konnte.

„Ich will, dass du für mich schreist, Heather!“

Sein harter Schaft streichelte an ihrer Scham entlang; halb Verheißung, halb Drohung.

„Ich werde dich zum Schreien bringen, hörst du?“

Er zog noch etwas fester an ihren Haaren und schob seine Hand zwischen ihre Pobacken. Seine Handfläche massierte ihre Hitze, während sein Daumen Farbe über ihren Anus verteilte. Als die Spitze seines Daumens dagegen drückte, keuchte sie auf, bereits zu erregt, um sich gegen den ungewohnten Vorstoß zu wehren.

Mills lächelte und brachte sein Glied in Position.

„Halt dich fest!“, verlangte er und drang gleichzeitig mit Glied und Daumen in sie ein.

Heather schrie auf, wie er prophezeit hatte. Die Invasion in beiden Körperöffnungen überwältigte sie, dehnte sie, schmerzte und war köstlich zugleich.

„Oh, ja …“ Er zog sich etwas zurück und stieß wieder in sie. „Oh … Gott, ja.“ Seine freie Hand legte sich von vorne auf ihre Scham und streichelte sie, während er wieder zustieß, den Daumen dabei krümmte und sie spüren ließ, wie vollständig er von ihr Besitz ergriffen hatte.

Es dauerte nicht lange, da übermannte Heather ein Höhepunkt, der sie zucken und zittern ließ, der Mills Glied und seinen Daumen mit gierigen Kontraktionen verschlang. Stöhnend stieß er wieder und wieder in die bebende Grotte, die Heathers Geschlecht war.

Willenlos und aufgelöst vor Lust ließ sie es geschehen, ließ es zu, dass ihre Lust von neuem wuchs, bis sie jedem harten Stoß gierig entgegenfieberte. Mills Daumen glitt aus ihr heraus, als sein Rhythmus nur noch hemmungslos und hart war, ihre beiden Körper emporpeitschte und köstlich quälte.

Sie hatte kaum noch die Kraft sich abzustützen und

seinem wilden Ritt standzuhalten, und doch verlangte es die Lust, und der sich aufbauende Höhepunkt ließ ihr keine Wahl. Seine Hüften stießen gegen ihr Hinterteil, seine schweren Hoden trafen bei jedem Stoß auf ihre Hitze.

„Komm noch einmal!“ verlangte Mills heiser und wie auf seinen Befehl hin, löste sich ihr Körper in einem weiteren Höhepunkt auf, der sie schreien und zucken ließ, die allerletzte Kraft aus ihren Armen sog, so dass sie vornüber sank. Der Höhepunkt dauert an und an, während Mills seine Fäuste neben ihrem Kopf auf dem Bett abstützte und sie mit heftigen Stößen ritt, bis er mit einem Mal verharrte, steif wurde und mit einem letzten intensiven Stoß aufschrie und zu einem wilden Orgasmus kam, der sich mit ihrem verband und sie schließlich beide kraftlos in sich zusammensinken ließ.

*

Als Heather aus der Umkleidekabine des Reviers trat, hatte sie außerordentlich schlechte Laune.

Es war eine Sache, sich zu einer leidenschaftlichen Nacht hinreißen zu lassen, aber das Ganze zu einer zweiten Nacht *und* dem dazu passenden Nachmittag auszudehnen, und das ausgerechnet mit jemandem, mit dem man keine Beziehung wollte und sich danach wie eine Professionelle heimlich, still und leise aus dem Haus zu stehlen … das war reichlich dämlich.

Sie zupfte sich ihre eng anliegende, schwarze Trainingshose zurecht, zog das Tanktop nach unten und stieß die Tür zum Fitnessraum auf.

Mit offenem Mund blieb sie stehen und ihre ohnehin kühle Laune stürzte direkt in arktische Regionen ab, bei dem Anblick, der sich ihr bot.

Eric lag auf der Hantelbank und stemmte etwas, das offenbar über 100 Kilogramm waren. Hinter ihm stand ein Kollege, um die Hantel abzusichern, doch er hatte rein gar nichts zu tun; ganz im Gegensatz zu den vier weiblichen Polizisten, die sich ihre Handtücher um die dürren Hälse gehangen hatten und in regungslosen Posen, dümmlich grinsend dabeistanden.

„Und neun … und zehn!“ Eric legte die Hantel in die Gabel und setzte sich auf. Er trug nur ein schwarzes Muskelshirt und sein hellblonder Haaransatz war feucht. Als sein Blick Heather fand, grinste er breit.

„MacLean!“ Er rubbelte sich mit einem Handtuch über den Kopf und Heather konnte nicht anders, als seine imposanten Oberarme zu bewundern. Unweigerlich kam ihr der Vergleich mit Mills in den Sinn. Ein Künstler und Verführer. Und Eric: eine tödliche Kampfmaschine mit – das musste sie zugeben – kollegialen Qualitäten.

Trotzdem war sie sauer. Sie funkelte eine der Polizistinnen an. „Heute gibt er keine Autogramme, Mädels!“

Dann ging sie zu Eric und verscheuchte den Kollegen hinter der Hantelbank mit einem feindseligen Blick.

„Müssen Sie diese 007-Nummer jetzt schon im Fitnessraum abziehen?“

Eric sah zu Heather auf und seine türkisfarbenen Augen leuchteten fröhlich. „Wie kommt es eigentlich, dass Sie immer so mies drauf sind?“

Heather kochte. „Das liegt einzig und allein an Ihnen“, log sie. „Ich wollte einfach nur hierherkommen und ein paar Übungen machen, und dann sehe ich Sie und Ihre private Fankurve, die nicht genug davon kriegen kann, zuzusehen, wie Sie eine viertel Tonne stemmen!“

„Es waren nur 120 Kilo.“

„Oh!“ Heather lächelte ironisch. „Mein Fehler.“

„Was für Übungen wollten Sie machen?"

„Ein bisschen Kampfsport, um mich abzureagieren." Erst als es raus war, begriff sie, worauf Eric hinauswollte.

Oh nein! Auf keinen Fall!

„Haben Sie schon ein passendes Opfer gefunden?"

Heather sah sich hilfesuchend um. *Verdammt!*

Dann ließ sie resigniert die Schultern fallen und sah zu Eric auf, der sie triumphierend anlächelte.

„Noch nicht."

„Gut, dann melde ich mich freiwillig." Er hing sich das Handtuch um und ging zu dem Bereich des weitläufigen Raumes, der mit dünnen Matten ausgelegt war.

„Sie wissen doch noch gar nicht, welche Kampfsportart ich trainieren will", versuchte sie es noch einmal.

„Das spielt keine Rolle. Ich kann sie alle! – Überraschen Sie mich einfach!"

Da Heather etwas in der Art hatte kommen sehen, nickte sie nur schicksalsergeben und fragte sich verzweifelt, ob es an diesem Kerl wohl irgendeinen Schwachpunkt geben konnte. Grimmig starrte sie zu ihm empor und hob beide Hände, stellte sich in einer stabilen Position auf und machte einen Schritt zur Seite. Eric tat genau dasselbe, bewegte sich wie ihr Spiegelbild.

Sie taxierte seinen Körper und sah ein, dass sie höchstens dann eine Chance hatte, wenn sie Gesicht oder Gelenke angriff. Oder sie musste ihn überraschen. Musste ihre Schwäche zu ihrer Stärke machen! Das war es!

Sie startete einen halbherzigen Versuch Eric mit einem Fausthieb anzugreifen. Mit einer Bewegung, die so blitzartig war, dass sie nach Luft schnappte, griff er ihren Arm, schlang den seinen um ihre Kehle und hielt sie fest. Ihren Rücken an seine Brust gepresst, sein Atem auf ihrem Scheitel.

„Oh Gott, Heather! Das kann doch nicht Ihr Ernst

sein“, spottete Eric. „Diese Klein-Mädchen -“

Weiter kam er nicht, denn Heather war empor geschnellt und hatte ihren Hinterkopf gegen seinen Kiefer geschlagen, so fest, dass es knackte. Eigentlich wollte sie seine Nase treffen, doch sie war zu klein. Eric stöhnte leicht, lockerte aber seinen Griff nicht. Sie sprang ihm auf den kleinen Zeh und endlich war sie frei. Schnell wirbelte sie herum und stellte mit einiger Genugtuung fest, dass sein amüsierter Blick echtem Ärger gewichen war.

Außerdem hatten sie mittlerweile Zuschauer.

Eric fing sich schnell, ließ sich mit einer Bewegung herab und fegte mit seinem Unterschenkel Heathers Beine vom Boden, so dass sie flach auf dem Rücken landete. Er wollte sich auf sie stürzen, doch sie war schneller, rollte sich weg und war wieder auf den Beinen.

„Na sieh mal einer an“, bemerkte er süffisant. „Da ist ja doch noch jemand aufgewacht. Wie war es eigentlich mit Ihrem Picasso gestern?“

„Falsches Thema!“ Sie schlug ein Rad, was Eric verblüffte. Als ihre Beine an der höchsten Stelle waren, griff sie mit den Fußknöcheln nach seinem Hals, bekam ihn zu fassen und riss ihn mit sich zu Boden. Sie krabbelte auf seine Brust, drückte ihren Daumen mit aller Kraft in die empfindliche Stelle an der Kehle, wo sich die Schlüsselbeine trafen.

„So schlimm gewesen?“, keuchte er.

Sein muskulöser Körper bäumte sich mit einer kraftvollen Bewegung auf und Heather wurde abgeworfen, wie von einem bockenden Pferd. Plötzlich war er über ihr. Sie strampelte und traf ihn schmerzhaft am Knie, doch dann erneuerte er seine Position und hielt sie gnadenlos unter sich gefangen.

Heather griff mit beiden Händen nach seinem Gesicht, presste Mund und Nase mit aller Kraft zu, doch Eric wischte ihre Hand mit der seinen weg, hielt ihre Arme über ihrem Kopf zusammen.

Restlos fixiert, blieb Heather nur noch ein wütendes Funkeln als Waffe.

„Nicht schlecht …" Wenigstens war er auch etwas außer Atem. „… für ein Mädchen!"

Und praktisch das ganze Revier sah zu. Einige lachten, andere tuschelten … irgendjemand sagte „Das stell ich bei Youtube ein."

„Fahren Sie zur Hölle, Moore!"

Noch einmal wand sich Heather unter ihm, bäumte sich auf. Plötzlich berührte sie ihn in einem anderen Winkel und stieß mit der Hüfte gegen die Stelle seines Körpers, die sie eigentlich mit einem herzhaften Fußtritt hätte erwischen sollen.

Er war erregt. Sie konnte seine imposante Härte spüren, wie er so über ihr lag und sie festhielt, und offenbar keine Anstalten unternahm, sich von ihr herunterzubewegen. Heather riss die Augen auf und fand seinen hellblauen Blick. Beide atmeten schwer vor Anstrengung, und verharrten regungslos.

Der Moment dehnte sich aus, wurde ewig … schwerelos. Sie wand sich noch einmal, rieb sich an ihm, wie aus einem urtümlichen Impuls heraus. Anstrengung und eine unwillkommene Scham färbten ihr die Wangen rot. Erics Griff um ihre Handgelenke wurde leichter. Das hätte Heather ausnutzen können, um sich zu befreien. Doch sie tat es nicht. Sie blieb einfach unter ihm, und spürte plötzlich jede Kontur seines Körpers auf dem ihren überdeutlich. Ihre Blicke verhakten sich ineinander. Und dann senkte sich Erics Gesicht langsam zu ihrem.

Im Trainingsraum war es so still geworden, dass man eine Stecknadel hätte fallen hören.

Erics Gesicht schwebte über dem von Heather, so dicht,

dass sie dachte, er würde sie küssen. Doch seine Lippen glitten zu ihrem Ohr.

„Keine Ahnung, wie wir aus dieser Nummer wieder rauskommen“, flüsterte er.

Aber Heather wusste es. Sie schlug ihren Kopf hart gegen sein Ohr, so dass er ein wenig das Gleichgewicht verlor. Dann wand sie sich schnell aus seinem Griff, schlug ihm denn Ellbogen ins Kreuz, so dass er flach auf der Matte lag und kletterte auf seinen Rücken. Mit aller Kraft presste sie die Knie in seine Nieren und bog seine Arme nach hinten.

„Aber ich“, erklärte sie mit zusammengebissenen Zähnen und hörte, wie die Zuschauer anfingen zu applaudieren.

Schnell stieg sie von Eric herab, um nicht sofort wieder abgeworfen zu werden und trat von den Matten. Sie spürte, dass sie noch immer puterrot im Gesicht war. Teilweise aus Scham, teilweise aus Verunsicherung. Diese verdächtige Beule zwischen Erics Beinen hatte sie sich definitiv nicht eingebildet, dafür war sie schlichtweg zu groß gewesen.

Als sie zu ihm hinübersah, stand er schon wieder. Obwohl er sich vor dem noch immer klatschenden Publikum verneigte und dabei unbeschwert wirkte, bemerkte Heather, dass er nachdenklich war. Auch wenn sich ihr Ellbogencheck offenbar negativ auf seine Erregung ausgewirkt hatte.

Das wurde ihr langsam alles zu viel. Sie drehte sich um, und ging aus dem Trainingsraum zu den Umkleiden.

Mit grimmigem Gesicht zog sie frische Kleider aus ihrem Spint und schlug die Tür zu. Dahinter tauchte Erics Gesicht auf.

„Gott! Moore!“ Sie knüllte ihr frisches T-Shirt vor ihrer Brust zusammen, in der ihr Herz einen schreckhaften Sprung gemacht hatte. „Ich -“

„Tut mir leid."

Heather zog eine Braue in die Stirn. „Bitte?"

„Es tut mir leid." Er wirkte aufrichtig. „Ich hätte Sie nicht in diese Lage bringen dürfen. Ich fange nichts mit Kolleginnen an, das wollte ich Sie nur wissen lassen. Trotzdem machen mich solche Rangeleien extrem an. Das kann ich nicht verhindern."

Heather blinzelte irritiert. „Gibt es irgendeinen Filter zwischen Ihrem Gehirn und ihrem Mund?"

„Nicht, wenn ich versuche ehrlich zu sein."

Und das war er zweifellos. Sie seufzte. „Kein Problem. Wenigstens haben Sie mich zum Schluss gewinnen lassen. Das war sehr freundlich. Auch wenn ich normalerweise keine Almosen brauche …"

„Gern geschehen."

Er setzte sich auf die schmale Bank und Heather starrte auf ihn hinab. Solche Rangeleien machten ihn also an? Generell? Oder nur mit Frauen? … vermutlich nur mit Frauen.

Nur mit schönen Frauen? Hielt er sie für schön? Sie schüttelte den Kopf.

„Aber duschen darf ich allein, oder?"

Ohne zu antworten, stand er auf, zögerte noch einmal kurz und umfasste dann mit beiden Händen ihre Schultern. „Heather, ich kann Ihnen doch trauen, oder?"

Sein forschender Blick verwirrte sie endgültig. „Natürlich können Sie mir trauen."

„Ich meine, was den Fall angeht. Sie behandeln doch alle Informationen vertraulich?"

„Natürlich." Dann begriff sie. „Haben Sie etwa noch mehr Informationen? Informationen über den Fall?"

Erics Gesicht war wieder wie steinern. Er griff in den Spint, holte ein frisches Handtuch heraus und legte es Heather um die Schulter, strich es mit seinen großen, muskulösen Händen über ihrem Oberarm glatt.

„Wir treffen uns draußen", sagte er, indem er vor ihr zurücktrat. Dann war er fort.

*

Frisch geduscht eilte Heather aus dem Revier und sah sich suchend um. Die ganze Zeit hatte sie sich gefragt, welche Informationen Eric noch haben konnte. Eine Frage, die alle Gedanken an Ringkämpfe und Tusche auf ihrem Körper in den Hintergrund drängte.

Ein Hupen ließ sie herumfahren. Eric saß in einem violetten Sportwagen, dessen Marke sie nicht kannte, der aber unmoralisch teuer aussah … und schnell.

Sie ging zu ihm. Als sie das Auto erreichte, beugte er sich über den Beifahrersitz und öffnete die Tür.

„Steig' ein!"

Heather zog die Stirn kraus, setzte sich aber auf den Beifahrersitz und zog die Tür zu. „Seit wann sind wir denn beim Du?"

„Jeder, der in diesem Auto mitfährt, wird von mir geduzt. Gewöhn' dich dran!"

Verwundert betrachtete sie Erics entschlossenen Gesichtsausdruck, als er anfuhr. Er wirkte ernst und auf eine neue Art aufgewühlt, falls das möglich war.

„Wohin fahren wir?"

„In deine Wohnung."

„*Was*? Warum?"

Eric schaltete hoch und beschleunigte. Dann blickte er sie bedeutungsvoll an und legte den Zeigefinger auf die Lippen. Dann sagte er „Das weiß du ganz genau, Schätzchen!"

Heather riss Mund und Augen auf, doch Eric zeigte auf das ältliche Autoradio des Sportwagens und dann auf sein

Ohr. Sie begriff sofort. Offenbar war der Wagen verkabelt. Sie nickte.

„Oh, Eric“, seufzte sie in gespielter Hingabe. „Endlich …“

Er grinste breit und zwinkerte ihr zu, dann fuhren sie weiter.

Ganz offenbar wusste Eric über Heathers Adresse genauestens Bescheid. Er parkte den Sportwagen auf ihrem Parkplatz, ging um den Wagen herum und hielt ihr die Hand hin. Aufgeregt griff sie danach, verschränkte ihre Finger in den seinen, was sich gleichzeitig ungewohnt und vertraut anfühlte, und ließ sich zum Haus bringen. Nur sicherheitshalber, falls sie auch beobachtet wurden …

Bis sie im zweiten Stock und damit in Heathers Wohnung angekommen waren, sprachen sie beide kein Wort. Eric schob Heather durch die Wohnungstür und schloss hinter ihnen ab. Dann zog er einen Umschlag aus seiner Jacke und ging wie selbstverständlich zum Esstisch.

Aufgebracht verschränkte sie die Arme vor der Brust. Was sollte diese Nummer nun eigentlich bedeuten?

„Eric, *Schätzchen …*?“, fragte sie ironisch.

„Schon okay, deine Wohnung ist sauber.“

Sie zog sich ihren Esstischstuhl zurück und setzte sich neben ihn. Eric wirkte in ihrer Wohnung, wie ein Riese in einer Puppenküche; in einer Puppenküche, die er kannte.

„Waren … warst du schon einmal hier?“

Er zog einen Stapel Papiere aus dem Umschlag. „Nur einmal, ganz kurz.“

Sie keuchte erschrocken. „Ohne, dass ich hier war? Das ist Hausfriedensbruch!“

„Du warst hier.“ Er sah sie aus seinen grellblauen Augen

mit verstörender Intensität an. „Dieser Entchen-Pyjama ist einfach der Hit!“, erklärte er lächelnd und legte seine Pistole auf den Tisch.

Heather konnten nicht verhindern, dass ihre Gesichtszüge entgleisten. Er war in ihrer Wohnung gewesen? Während sie zu Hause war? War in ihr Schlafzimmer spaziert? Hatte sie im peinlichsten Schlafanzug gesehen, den es auf diesem Planeten gab? Sie war sprachlos. Und das war bei Gott ein Ausnahmezustand.

„Ganz im Ernst“, fuhr Eric fort, als hätte er keinen Schimmer wie empört Heather war, „so einen Flanell-Pyjama hätte ich nicht an dir erwartet. Irgendwie sexy. Ich habe noch nie eine Rothaarige im Bett gesehen.“

Da war sie wieder. Die ungefilterte Gedankenwelt des Eric Moore.

„Im Bett gesehen oder gehabt?“, fragte Heather mürrisch.

„Beides. – Hast du etwas zu trinken?“

„Zu *trinken*?“ Sie stemmte die Fäuste in die Hüften. „Merkst du eigentlich gar nicht, dass ich vor Wut koche?“

Eric sah auf und nickte. „Doch, aber ich versuche nicht darauf einzugehen, sondern die Situation zu deeskalieren. Wie bei einer Geiselnahme?“

Geiselnahme? Heather starrte auf die Unterlagen, die Eric auszubreiten begann und wusste nicht, ob sie über die Dreistigkeit dieses Kerls lachen oder weinen sollte. Sie entschied sich für keine der Optionen und fragte stattdessen:

„Was sind das denn nun für Informationen?“

Erics massige Schultern spannten sich an, bevor er sich wieder Heather zuwandte. Der amüsierte Gesichtsausdruck war verschwunden. In diesem Moment wirkte er so düster und gefährlich, dass Heathers Herz irrationalerweise zu klopfen begann.

„Vor zehn Tagen wurde eine junge Frau entführt. Wir haben die Befürchtung, dass sie dem Serientäter in die Hände gefallen ist."

„Wer ist wir?"

„Ihr Vater und ich."

Heather zog die Stirn kraus. „Und wer ist ihr Vater?"

„Brian Abercrombie."

„Der Brian Abercrombie."

Eric nickte.

„Leitet er nicht den MI6?"

„Nicht mehr. Als ich angefangen habe, hat er die Scharfschützen ausgebildet. Dann stieg er auf, ging aber schon sehr bald danach in Ruhestand. Seine Frau ist herzkrank und konnte mit der gefährlichen Arbeit nicht mehr leben."

Wie lange das wohl her sein mochte … „Wie alt bist du?"

Eric lächelte kurz. „Ein Jahr jünger als du."

„Du bist ziemlich uncharmant."

„Aber dafür seh' ich umwerfend aus."

„Hattest du nicht irgendwelche wichtigen Informationen?"

„Richtig! – Also … Abercrombies Tochter ist seit ziemlich genau dem Moment verschwunden, wo das letzte Opfer getötet wurde."

„Hat er dich bei uns eingeschleust? Damit du sie findest?"

„Ja, aus unterschiedlichen Gründen vertraut er mir. Auch wenn ich keinen Ansatz habe, was dieses Mädchen angeht; wer sie entführt haben könnte, und vor allem, wohin."

Heather betrachtete Eric nachdenklich, der sich mit der Hand durchs Haar fuhr. Er trug noch immer nur das Muskelshirt. An seiner massigen Schulter hatte er eine Narbe, vorne und hinten. *Glatter Durchschuss*, dachte sich Heather.

„Passt sie denn in das Opferschema?"

„Ja, sie ist hellblond und hat wasserblaue Augen.“ Eric machte eine Pause und spannte sich dabei so an, dass seine Kiefermuskeln unter den hohen Wangenknochen zuckten. „Ich kenne sie, seit sie acht Jahre alt ist. Sie ist wie ihre Mutter, zart und schwach. Wenn er sie hat, wird es sie zerbrechen. Sie wird nicht so lange durchhalten, wie es wahrscheinlich die anderen Opfer getan haben.“

„Kennst du sie und ihre Familie so gut?“

Eric sah zu ihr auf. Sein Blick war ein eisblauer See aus Schmerz. „Sie waren seit ich zwanzig bin die Familie, die meine Eltern mir verweigert hatten zu sein, nachdem ich zum Geheimdienst gegangen bin.“ Er atmete tief durch. „Brian Abercrombie hat so viel für mich getan, Heather. Ich will ihm Jane zurückbringen. Ich muss sie ihm einfach zurückbringen!“

Sie nickte verstehend. „Hast du ein Bild von ihr?“

Er wühlte in seinen Unterlagen und förderte mehrere Fotos zutage und gab sie Heather. „Das meiste davon sind Schnappschüsse. Aber man sieht schon, dass sie vom Typ her genau in sein Täterprofil passt. Sie ist jetzt siebzehn, also jung genug, hellblond.“ Er seufzte. „Sie ist für den Täter perfekt. – Hier sind noch Bilder vom Fotografen. Da sieht man ihr Gesicht besser. Sie sind schon ein Jahr alt, aber trotzdem … - Heather?“ Er schob sein Gesicht zwischen ihres und das Portraitbild. „Heather? – Was ist los?“

Sie sprang mit solcher Heftigkeit vom Tisch auf, dass der Stuhl zurückflog. Den Blick noch immer starr auf das Portrait gerichtet, auf dem sie das Gesicht sofort erkannt hatte. Ihr wurde übel. Speiübel. Hastig stürzte sie ins Bad und konnte gerade noch vor der Kloschüssel auf die Knie sinken, bevor sie sich übergab.

Das Blut schoss ihr vor Anstrengung in die Wangen.

„Was ist denn los, verdammt? Kennst du sie? Hast du sie

gesehen?“ Eric stand hinter ihr, doch das hielt Heathers Brechreiz leider nicht auf. Ihr schossen Tränen in die Augen, als sie erneut würgte.

„Wagen … holen!“, keuchte sie. „Sofort!“

„Das ist das erste Mal, dass ich jemanden gleichzeitig kotzen und befehlen höre. – Darf man wenigstens fragen, wohin es geht?“

„Jameson“, brachte Heather mühsam hervor. Als nur noch Galle kam, sank sie zurück auf die Knie, erleichtert dass ihr Magen leer war. „Zu Mills Jameson.“

Eric packte sie unter den Armen, zog sie auf die Beine und schob sie zum Waschbecken. Über den Spiegel hinweg fand sein Blick den ihren. Sein Gesicht war wieder die steinerne Maske des Kämpfers.

„Ich warte genau zwei Minuten.“ Dann war er weg.

Heather spülte sich den Mund aus und sank mit einem Handtuch kraftlos auf den Boden.

Mein Gott, was hatte sie nur getan?

Das Gesicht auf Mills Portrait, die hingebungsvolle Frau. Es war ganz unzweifelhaft das entführte Mädchen gewesen. Aber vielleicht hatte er sie nur gezeichnet. Vielleicht hatte er gar nichts mit der Entführung zu tun. Vielleicht hatte sie doch nicht mit einem irren Mörder geschlafen …

Plötzlich durchzuckte sie noch ein Gedanke, so schlagartig und unvermittelt, als hätte ihr sadistisches Unterbewusstsein damit nur bis jetzt gewartet, um sie zu quälen.

Als sie Mills am ersten Tag von dem Mord erzählt hatte, hatte sie ihm nicht gesagt, wo er geschehen war. *In der Nähe*, hatte sie gesagt. Doch als er ihr ihre Brieftasche hinterhergebracht hatte, hatte er bei der Erwähnung in Richtung Böschung genickt, so als wüsste er ganz genau, wo die Leiche gelegen hatte.

Er hat mit mir gespielt, schoss es ihr durch den Kopf, *ein irres, sadistisches, perverses, tödliches Spiel.*

Wut und Kampfgeist trieben sie auf die Füße. Sie stolperte durch ihre Wohnung nach draußen und erreichte mit letzter Kraft in den wackligen Beinen Erics Wagen, der sofort losbrauste.

*

„Also!" Eric schoss mit solcher Wucht um die Kurve, dass Heather sich in den Haltegriff krallen musste.

„Also was?", fragte sie, während sie versuchte den bitteren Geschmack im Mund zu ignorieren.

„Wo hast du sie bei ihm gesehen?"

„Auf einem Bild. Einer Tuschezeichnung." Wenn sie darüber nachdachte, was direkt nach der Atelierbesichtigung geschehen war, drehte sich ihr aufs Neue der Magen um.

„Und es war sicher Jane? Es war nur eine Zeichnung." Erics eisblauer Blick fixierte Heather; für ihren Geschmack viel zu lange, um noch einen Überblick über den Straßenverkehr zu behalten.

„Hundertprozentig." Den hingebungsvollen Ausdruck auf ihrem Gesicht hatte sich Heather ins Gedächtnis gebrannt. Es war nicht der Gesichtsausdruck einer Geisel gewesen, vielmehr der einer Geliebten. Doch allein schon Mills' Wissen um den Fundort der Leiche machten ihr klar, dass sich das zweifellos auch für dieses Mädchen bald ändern würde. Oder schon geändert hatte.

Mein Gott! Was wenn sie schon tot gewesen war, während sie mit Mills … schlagartig wurde ihr wieder übel. Mit fahrigen Bewegungen kurbelte sie das Fenster des Oldtimers herunter.

„Nicht ins Auto kotzen, klar?"

Sie hielt das Gesicht aus dem Fenster und schnappte nach Luft. „Glasklar", hauchte sie.

*

Als das Cottage vor Ihnen auftauchte, verschwand Heathers Unwohlsein und wich einer kaum zu bändigenden Wut, die sich zu einem nicht unerheblichen Maße auch gegen sich selbst richtete.

Nachdem der Wagen zum Stehen gekommen war, warf Heather einen Seitenblick auf Eric, der mit finsterer Miene seine Waffen kontrollierte. Er erweckte nicht den Eindruck, als wollte er auf Verstärkung warten. Und wenn sie ehrlich war, wollte sie das selbst nicht.

Je weniger Leute bei dieser Festnahme dabei waren und was auch immer hören konnten, das Mills ihr in seiner Wut und seinem irren Zorn an den Kopf werfen würde, desto besser.

„Sollen wir uns aufteilen?“, fragte sie und steckte ihre Pistole zurück in den Holster.

Eric schüttelte den Kopf. „Wir sind nur zu zweit. Wir gehen zusammen. Um das Cottage herum ist nichts als freies Feld, keine Deckung. Er wird es schwer haben zu fliehen.“ Er blickte finster auf sie hinab. „Um genau zu sein“, korrigierte er sich, „wird es ihm nicht gelingen.“

Er straffte die Schultern und richtete sich auf. Dieser Mann war eine Kampfandrohung an alles und jeden und Heather hatte in diesem Moment das Gefühl, dass sie mit ihm an ihrer Seite besser dran war, als mit einem kompletten Sondereinsatzkommando.

Eine Welle der Nervosität überrollte sie bei dem Gedanken daran, was sie wohl in diesem kleinen Haus erwarten würde.

„In deiner Akte habe ich gelesen, dass du eine passable Scharfschützin sein sollst“, raunte Eric ihr ins Ohr, kam ihr dabei so nahe, dass es kitzelte.

Heather zuckte zurück und sah nickend zu ihm auf. „Auf tausend Meter gibt es nichts, was ich nicht treffe."

„Die Frage ist nicht, ob du triffst …" Ohne Vorwarnung griff Eric nach einer ihrer feuerroten Locken und schob sie ihr sanft hinters Ohr. Die Berührung war unpassend und verstörend. „… sondern, ob du auch auf ihn schießt, wenn es sein muss."

Heathers Blick verfinsterte sich unvermittelt. Sie nahm Erics Hand, die sich warm und stark anfühlte, und schob sie von sich. „Ich werde alles tun, was nötig ist, um meinen Partner und mich zu schützen. Das solltest du wissen, wenn du meine Akte gelesen hast."

Eric nickte schweigend, schob die Fahrertür auf und stieg aus. Er hielt seine Berretta schussbereit nach unten und wartete auf Heather, die ebenfalls mit gezogener Waffe ausstieg. Er zeigte auf die rechte Frontseite des Hauses, woraufhin Heather stumm nickte und in diese Richtung geduckt davonlief. Eric ging nach links, so dass sie sich der Haustür von beiden Seiten näherten.

Unter einem den kleinen Fenster zog Heather den Kopf ein und ging dann zur Eingangstür, die nun von ihr und Eric flankiert wurde. Er trat die Tür auf und kam mit einer schnellen Bewegung auf Heathers Seite gehuscht.

Dicht hinter ihr flüsterte er „Der Raum ist leer."

„Links ist ein weiterer Raum, von dort aus führt eine Tür ins Atelier und eine Treppe in das obere Stockwerk. Nur ein Zimmer", sagte sie ebenso leise, kam ihm dabei so nahe, dass ihr der frische, herbmännliche Geruch seiner Haut in die Nase stieg.

„Gut. Ich geh' voraus."

Sie nickte. „Ich bin hinter dir."

Mit einer blitzartigen Bewegung, die man seinem massigen Körper überhaupt nicht zugetraut hätte, huschte er ins Innere des Hauses und scannte mit wenigen Bewegungen den Raum ab. Dann nickte er Heather zu, nachzukommen. Ihr klopfte das Herz im Halse, doch sie war voll konzentriert, fokussiert auf jedes ungewöhnliche Geräusch und jeden Schatten. Sie schlich sich zu dem Türbogen, hinter dem das nächste Zimmer lag; dorthin, wo sie noch am Vortag Mills in die Arme gelaufen war.

Die Erinnerung ließ sie frösteln und für einen Augenblick war sie so abgelenkt, dass sie zusammenzuckte, als Eric eine seiner großen Hände auf ihre Schulter legte, und sie hinter sich schob. Heather rollte mit den Augen. Für Helden hatte sie nun wirklich keine Schwäche.

Er befand den nächsten Raum für sauber und schließlich betraten sie das Atelier, in dem dutzende, vielleicht hunderte von Bildern und Zeichnungen an den Wänden hingen und am Boden aufgestapelt waren.

Zielsicher ging Heather zu dem Bilderstapel, wo sie das Tuscheportrait der Frau entdeckt hatte, die ihr so ungewöhnlich hingebungsvoll und gelungen im Gedächtnis geblieben war. Sie zog es heraus und zeigte es Eric.

Nach einem kontrollierenden Blick hinter sich, nahm er das Bild in seine Hände und studierte es angestrengt. Seine Kiefer mahlten und seine hellblauen Augen verengten sich zu Schlitzen. Als er zu Heather aufsah, bescherten ihr der Schmerz und die Wut in seinem Blick eine Gänsehaut. Er nickte knapp, stellte das Bild weg und hob die Waffe wieder.

„Ich wette, dass es hier Bilder von allen fünf Opfern gibt", sagte er leise.

Systematisch durchsuchten sie das Haus, doch von Mills war weit und breit keine Spur. Als Eric auf die Treppe zusteuerte, pochte Heathers Herz wie wild. Wie sollte sie ihm jemals erklären, was sich in diesem zerwühlten, mit roter Farbe besudelten Bett abgespielt hatte?

Doch als sie oben ankamen, war der Raum leer und sauber. Heather starrte fassungslos auf die schneeweißen, ordentlich gefalteten Laken, die aufgeschüttelten und per Handkantenschlag aufgestellten Kissen. Es war so ordentlich wie in einem Fünfsternehotel. Im Prinzip fehlte nur noch die obligatorische Obstschale.

Eric ließ die Waffe sinken und schnaufte frustriert, während Heather sich erlaubte trotz allem erleichtert zu sein. Wenigstens blieb ihr dieses peinliche Geständnis erspart.

„Weißt du, ob es noch weitere Räume gibt? Einen Kellerraum? Einen Partyraum oder etwas in der Art?"

„Das ist ein altes, englisches Cottage. Hier gibt es nichts, was er nicht eingebaut hat."

„Gut. Wir sehen uns das Auto an."

Mills Jameson fuhr offenbar einen ältlichen Lada, der schlammbespritzt und angerostet in einem wackligen Carport stand. Als Heather die Hand nach dem Heckgriff ausstreckte, fing Eric sie ab. Fragend betrachtete sie erst seine große Hand, die sich um ihre schloss, und dann ihn.

„Schau durch die Scheibe", sagte er, ohne erkennbare Gefühlsregung.

Heathers Herz machte einen Satz, als sie durch die schmutzigen Scheiben blickte. Sie kniff die Augen zusammen. „Sind das …?"

„Haare", bestätigte Eric. „Lange, blonde Haare. Ruf die Spurensicherung."

Während Heather sich abwandte und auf dem Revier anrief, sah sich Eric in dem Unterstand um und ging dann zurück in die Einfahrt.

„Sie kommen gleich", erklärte sie, indem sie zu ihm trat und beobachtete, wie er mit den Schuhspitzen durch den Kies fuhr. „Was, zum Teufel, treibst du da?"

„Hier ist der Kies feucht“, sagte er, mehr zu sich selbst.

Verständnislos blickte sie zu ihm empor. „Und?“

„Und das heißt, dass dieser Kies seit dem Morgentau noch nicht ganz abgetrocknet ist, weil er vermutlich heute Morgen noch unter anderem Kies lag.“

„Ich kann dir leider nicht folgen.“

Als er anfing, auf der Stelle auf und ab zu hopsen, zweifelte sie endgültig an seinem Geisteszustand.

„Kratz‘ den Kies weg!“, befahl er plötzlich, und fing an mit den Füßen die grauen Steine zur Seite zu schieben.

„Was?“

„Den Kies! Wegschieben!“

Heather blickte auf den Boden, wo unter dem Belag der Einfahrt ein Holzbrett zum Vorschein kam.

Plötzlich dämmerte es ihr.

„Oh, mein Gott“, hauchte sie, lief zurück zum Carport und holte eine Schaufel.

Eric riss sie ihr aus der Hand und legte nach und nach eine große Falltür aus dicken Eichenbohlen frei. Heathers Puls überschlug sich.

Gott, dieses arme Mädchen konnte direkt unter ihnen sein. Sie waren über sie hinweggetrampelt wie eine dämliche Horde Affen, während sie womöglich dort unten Todesangst litt … *oder schon tot war.*

„Pack mit an!“

Erics Befehl riss sie aus ihren Gedanken. Schnell steckte sie die Waffe weg und packte nach dem gusseisernen Griff. Zusammen zogen sie die schwere Tür zurück und förderten einen quadratischen Einstieg zutage. Darin führte eine schmale, steile Treppe in einen Raum, der so dunkel war, dass weder Größe noch Inhalt zu erahnen waren.

Ohne zu zögern stieg Eric in die Finsternis und Heather konnte nicht anders, als ihm zu folgen. Mit dem Smartphone sorgte sie für spärliche Beleuchtung in dem muffigen Keller, der vor mehreren Jahrzehnten wohl noch als Vorratskammer gedient hatte.

Eric stupste Heather an der Schulter an und zeigte auf eine der Wände, wo sich eine ungewöhnlich schmale Tür befand.

Sie hob den Riegel der morschen Tür und schob sie mit klopfendem Herzen auf. Sofort stieg ihr ein so starker Geruch von Blut und Urin in die Nase, dass sie aufkeuchte. Zittrig hob sie ihr Handy in den Raum und beleuchtete ihn damit notdürftig. Dann schlüpfte sie hinein.

„Sie ist nicht hier." Die Erleichterung in Heathers Stimme war kaum zu überhören.

Eric folgte ihr lautlos, während sie ihr Telefon an einem kleinen Holzregal abstellte und sich dann mit gezogener Waffe umsah. Hier drinnen musste er sie gefangen gehalten haben.

Sofort fiel ihr Blick auf einen kleinen Holzhocker, auf dem etwas lag. Sie trat näher. War es ein Buch, oder -

Plötzlich zerriss ein Knall die Luft. Mit einem Ächzen ging Eric neben ihr zu Boden. Heather riss die Waffe in die Höhe und schoss eine Salve in die Wand, wo eine Art Schießanlage installiert worden war. Als diese außer Gefecht war, fiel sie neben Eric auf die Knie.

Der Anblick seines reglosen Gesichts; das Blut, das über seine Schläfe pulsierte, katapultierte sie zurück in die Vergangenheit.

„Oh, Gott!" Sie konnte das Schluchzen nicht unterdrücken. Es war wie damals! „Es darf nicht noch einmal passieren! Bitte!"

Sie zog sich die Bluse über den Kopf, so heftig, dass mehrere Knöpfe abplatzten, und presste sie an Erics Schläfe.

„Eric?", hauchte sie. „Eric? Oh Gott, nicht noch einmal …"

„Ruhig Blut, … MacLean.“ Seine Stimme war irgendetwas zwischen Krächzen und Stöhnen, aber in diesem Moment war es für Heather das schönste Geräusch, das es auf diesem Planeten geben konnte. Vor lauter Freude presste sie ihre Bluse noch fester gegen seine Wunde.

„Ich kriege keine Luft“, beschwerte er sich. Der Stoff bedeckte praktisch sein ganzes Gesicht.

„Tut mir leid.“ Sie schob das blutbeschmierte Kleidungsstück etwas zur Seite und wartete, bis er die Augen aufschlug. Dass sie über alle Maßen erleichtert war, konnte sie nicht verbergen. Und an seinem Blick erkannte sie, dass er das wusste.

„Ich dachte“, sagte sie leise, „ … dass es wie damals wäre.“

Er hob einen Arm, um sie zu beruhigen, erreichte aber nur ihren Hintern, den er kurz tätschelte, bevor er die Hand wieder fallen ließ. „Keine Sorge, ich bin zäh.“

Sie nahm versuchsweise die Bluse weg, knüllte sie zusammen, und presste eine saubere Stelle gegen die Streifwunde.

„Zwei Dinge“, sagte er, indem er sich etwas mühevoll aufsetzte.

„Dinge?“

„Ja, Dinge. Erstens: im praktisch Dunkeln alle fünf Läufe der Schussanlage außer Gefecht zu setzen ist mehr als passabel.“

Heather strich sich mit der freien Hand eine Strähne aus dem Gesicht. „Und zweitens?“

„Das Parfum auf deiner Bluse riecht wirklich gut.“

Irritiert sah sie ihn an, fixierte seinen hellen, eindringlichen Blick, nahm die schönen Konturen seines männlichen Gesichtes überdeutlich wahr.

„Ich benutze kein Parfum.“

„Kein Parfum?"
„Nein."
„Gar keines?"
„Nein, nie." Sie zeigte auf ihren eigenen Kopf. „Wie die meisten rothaarigen, weißhäutigen Schotten bin ich allergisch gegen praktisch alles."
Eric nickte, soweit das mit der Bluse an seiner Stirn möglich war. „Interessant", sagte er nur, dann rappelte er sich auf die Beine.
„Ganz schön fiese Maschine." Heather zeigte auf die gekoppelten Pistolen, die offenbar durch einen Mechanismus nacheinander ausgelöst werden sollten.
„Ja", bestätigte Eric. „Und extra für mich bestimmt."
„Extra für dich?"
Er nickte.
„Wie kommst du darauf?"
„Ich bin zwei Meter und drei Zentimeter groß. Das ist eher selten. Trotzdem war die Apparatur so eingestellt, dass der Schuss mich an der Stirn traf. Also ungefähr auf der Höhe von einem Meter und 98 Zentimetern."
Fassungslos begriff Heather. „Er wollte, dass … dass du vor meinen Augen stirbst."
Eric nickte. „Ganz offensichtlich ist er ein Sadist und wollte, dass es für dich …" Er führte den Satz nicht zu Ende, doch Heather tat es für ihn. „Dass es für mich wie damals ist."
„Ja, genau."
Ihre Knie fühlten sich etwas wackelig an und der modrige Geruch, den sie gerade noch so gut ertragen hatte, schnürte ihr die Kehle zu. Dann fiel ihr Blick wieder auf den Hocker. „Was hat er da hingelegt?"
Eric ging mit noch immer an die Schläfe gepresster Bluse zu dem Hocker. Bevor er nach dem griff, was darauf lag, sah er sich noch einmal im Raum um.

„Eine Karte und eine CD."

Heather trat neben Eric. In dem kalten Keller fröstelte sie in ihrem dünnen Unterhemdchen, ignorierte das Gefühl jedoch anhand des Anblicks, der sich ihr bot.

Auf eine schmucklose, weiße Karte stand mit roter Tusche geschrieben

Für meine Flammengöttin
M.

Eric betrachtete die Karte über Heathers Schulter hinweg. „Hat er dich vorher schon einmal so genannt?", fragte er.

Für ihn bestand offenbar nicht einen Sekundenbruchteil lang Zweifel daran, wen er damit meinte.

Heather schloss kurz gequält die Augen, bevor sie nickte. „Ja. Ein Mal." Und plötzlich bekam sie ein ganz flaues Gefühl im Magen, zeigte auf die Hülle in Erics Händen.

„Ist das eine CD oder eine DVD?"

Er sah sich die Scheibe genauer an und hielt sie gegen das spärliche Licht des Telefons. „Sieht nach einer DVD aus."

Heather kam der schreckliche Gedanke, dass er womöglich den Mord an einem der Opfer gefilmt haben konnte, oder den an allen Opfern, oder aber – nicht zuletzt weil er ihr die DVD gewidmet hatte, weil er ein Sadist und irrer Mörder war …

„Eric." Dass sie seinen Arm berührte, überraschte ihn ganz offenbar.

„Ja?"

„Auf dieser DVD …" Gott, wie sollte sie ihm das sagen? „… ich will nicht, dass sie jemand sieht."

„Soll das ein Witz sein? Sie ist praktisch die einzige Spur, die wir haben."

Er schien offenbar nichts zu begreifen. Wie sollte er auch? „Eric, auf dieser DVD …“ Sie schloss noch einmal gequält die Augen, bevor sie sich überwand. „Möglicherweise bin ich darauf zu sehen.“

„Du?“ Sekundenlang musterte er sie verständnislos. Tapfer hielt sie seinem Blick stand, bis sie das Begreifen in seinen Augen explodieren sah. „Du meine Güte“, sagte er leise. „Du warst mit ihm im Bett?“

Am liebsten wäre sie vor Scham im Erdboden versunken. Da sie nicht sprechen konnte, nickte sie nur.

„Gestern?“

Sie nickte noch einmal.

„Und du hast dich filmen lassen?“

„Nein!“, rief sie verzweifelt. „Aber … ich weiß es doch nicht, ob er vielleicht … er ist doch verrückt, Eric. Wer weiß, was er dort alles installiert hat. Es könnte doch sein, dass er dort eine Kamera eingebaut hat, dass er mich, uns gefilmt hat. Ich hatte doch keine Ahnung! Oh Gott!“ Sie vergrub das Gesicht in den Händen vor Scham und Wut. „Ich will nicht, dass das jemand sieht.“

Eric schien sichtlich mitgenommen von Heathers Geständnis, verkniff sich aber sämtliche bissigen Kommentare.

„Ich kann das nicht unter den Tisch fallen lassen, Heather. Es geht um fünf Mordfälle. Es tut mir leid.“

„Dann gib sie mir. Ich sehe es mir an.“

„Kannst du mir schwören, dass du sie nicht verschwinden lässt, wenn dir das, was darauf zu sehen ist, nicht gefällt?“

Sie zögerte einen Moment zu lange, und er deutete diese Geste sofort richtig.

„Dann …“ Wieder hielt sie ihn am Arm fest und blickte ihn flehend an. Selten war sie so verzweifelt gewesen. „Dann schau es dir bitte alleine an. Schau es dir zuerst alleine an. Bitte. Wenn ich darauf zu sehen bin, dann ist das für den Fall nicht relevant. Gott, bitte Eric!“

Er presste die Lippen zusammen und nickte angestrengt. „Aber wenn darauf irgendetwas zu sehen ist, was für den Fall relevant ist, dann muss ich es dem Team zugängig machen. Ich habe keine Wahl, Heather. Er ist ein kaltblütiger Mörder.“

„Ja, ich weiß.“ Hastig blinzelte sie ein paar Tränen weg. „Ich danke dir.“

Als sie sich zum Gehen wandte, hielt er sie am Arm zurück, packte sie so fest, dass sie zu ihm aufsah.

„Ich will das nicht sehen, Heather“, erklärte er eindringlich. Das Blau seiner Augen schien plötzlich düster. „Ich will dich nicht sehen. Nicht so. *Nicht mit ihm*!“

Für einen Moment dachte sie, dass Eric noch mehr sagen würde. Doch stattdessen zog er seine Hand zurück und ging etwas zu schnell aus dem Raum. Sie blickte ihm sekundenlang hinterher, fragte sich, was ihm noch auf der Zunge gelegen hatte. Als sie zu keinem Ergebnis kam, folgte sie ihm schließlich.

*

Erst als sie losgefahren waren, klappte Eric sein Telefon auf, warf Heathers blutige Bluse in den Fußraum und gab die Fahndung nach Mills Jameson und seiner Geisel durch.

„Wir sind in fünfzehn Minuten auf dem Revier. Besorgen Sie mir einen leeren Raum, einen Fernseher und einen DVD-Player.“

Heather spürte, dass er sie bei diesen Worten ansah, doch sie hielt ihren Blick starr auf die Straße gerichtet.

„Und einen von der Spurensicherung. Die DVD soll sauber sein, bevor ich sie einlege. – Nein, ich gebe sie nicht aus der Hand. Er kommt zu mir!“ Sein Tonfall war hart und duldete nicht einmal den Ansatz eines Widerspruchs. Er legte auf und warf das Telefon in die Ablage, dann drückte er das Gaspedal durch.

Als sie auf dem Revier ankamen, stand Chief Inspector Drake bereits erwartungsvoll vor seiner Bürotür. An seinen weit aufgerissenen Augen war abzulesen, dass Eric und Heather außerordentlich ramponiert aussehen mussten.

Eric bedeutete Drake mit einer knappen Kopfbewegung mitzukommen und stürmte in das freie Besprechungszimmer. Während Heather ihm schweigend folgte, kamen auch Drake und ein junger Kerl von der Spurensicherung, dessen Name sie nicht kannte, in den Raum. Eric ließ die Rollos herunter und schaltete das Licht an.

„Hier." Er streckte dem Jungen die Hülle entgegen, der sie zögerlich in Empfang nahm. „Ich gehe nicht davon aus, dass er irgendwelche Spuren hinterlassen hat, egal ob zufällig oder absichtlich, aber für den Fall, dass doch …"

Während der Forensiker eine Art Arztköfferchen hervorzog und sich Plastikhandschuhe überstreifte, wurde Heather von Drake zur Seite gezogen.

„Was zum Teufel geht hier vor sich, MacLean? Sie sehen aus, als wären Sie in einen Fleischwolf geraten!"

Eine derartige Frage hatte sie befürchtet. „Wir hatten eine Spur zu Mills Jameson, der wir nachgegangen sind. Und dann wurden die Dinge etwas … unübersichtlich, Sir."

Mit einem Blick, der halb hart und halb besorgt war, betrachtete er sie. „Ist das Moores Blut?"

„Ja, Sir."

Als sich plötzlich etwas auf ihre Schultern senkte, zuckte sie zusammen. Eric legte ihr behutsam sein Hemd um, das sie instinktiv vor der Brust zusammenzog.

Die Geste hatte etwas seltsam intimes, was durch das

sprachlose Starren von Drake noch unterstrichen wurde. Eric, der nun nur noch ein Unterhemd trug, lächelte sie aus seinem blutverschmierten Gesicht aufmunternd an.

„Danke“, brachte sie tonlos hervor.

„Sie ist sauber.“ Der Kerl von der Spurensicherung hob die DVD in die Höhe. „Irgendjemand war da sehr vorsichtig.“

„Das dachte ich mir.“ Eric wandte sich nach einem letzten intensiven Blick auf Heather ab und verschwand mit der DVD ins Nebenzimmer, wo der bestellte Fernseher aufgebaut worden war.

Heathers Knie zitterten so sehr, dass sie sich auf einen der steril weißen Besprechungsstühle gleiten ließ. Ihre Atemzüge gingen unregelmäßig und beförderten den intensiven und angenehmen Geruch, der von Erics Hemd ausging, hastig in ihre Lungen.

Plötzlich flog die Tür auf. Heather und Drake fuhren gleichzeitig herum.

Sir Brian Abercrombie stand abgehetzt in der Tür und knallte sie hinter sich und den gaffenden Polizisten, die draußen standen, wieder zu. Sie kannte ihn nur von Zeitungsfotos, hatte sein markantes Gesicht aber sofort erkannt. Und Drakes starren Haltung nach zu urteilen, kannte er ihn ebenfalls.

„Wo ist Eric?“, fragte Abercrombie atemlos.

Als keiner antwortete, fixierte er den Chief Inspector. „Was soll das, Drake? Wo ist Moore? Ich will ihn sofort sprechen.“

Heather kaute kurz auf ihrer Lippe. Sie wusste, warum der Mann so außer sich war. Und sie hatte das dumpfe Gefühl, dass sie das nicht wissen sollte.

„Wir haben eine Spur“, platzte sie heraus. Abercrombie fixierte sie und der Schmerz und die Angst, die in seinem Blick lagen, waren kaum zu ertragen.

„Sie war nicht dort.“

Der Blick des alten Mannes wurde eisig und sofort wusste Heather, dass sie richtig gelegen hatte. Eric hätte sie keinesfalls einweihen dürfen.

„Wenn er es mir nicht gesagt hätte“, erklärte sie leise, aber eindringlich, „hätten wir die Spur niemals gefunden. Niemals!“

„Und wo ist er jetzt? Was hat es geholfen, dass Eric Sie einweiht hat? Was hat es *meiner Tochter* geholfen? Wird es sie retten?“

Heather sagte nichts. Sie hatte keine Ahnung, was sie auf diese Frage antworten sollte.

In das angespannte Schweigen hinein, war das Quietschen der Tür zum Nebenzimmer fast ohrenbetäubend. Alle Blicke wandten sich Eric zu. Als Heather den abgekämpften Ausdruck auf seinem Gesicht sah, schwappte eine Welle aus Angst und Nervosität über sie und hob ihren Magen.

Sie fragte sich, was er wohl gesehen hatte. Was hatte Mills Jamesons krankes Gehirn ausgeheckt, das sich nun auf dieser DVD wiederfand. Eric schloss die Tür hinter sich, die DVD in der Hand haltend, überragte er mit seiner eisigen, harten Miene alle Anwesenden im Raum nicht nur körperlich.

Aus dem Augenwinkel bemerkte Heather, dass der Forensiker einen unauffälligen Schritt zurückmachte. Sogar Abercrombie schwieg erwartungsvoll.

„Ich möchte, dass alle den Raum verlassen.“ Seine Worte waren die eisigste Variante eines Befehls, die man sich vorstellen konnte.

„Was zum Teufel ist hier los?“ Drake sah fragend erst Heather, dann Abercrombie an.

„Ich möchte“, wiederholte Eric mit bedrohlich leiser Stimme, „dass alle den Raum verlassen. Außer MacLean.“

Heather sah erschrocken zu ihm auf, während Abercrombie einen Schritt nach vorne machte.

„Verdammt, Eric, ich habe dich nicht -“

Ein lauter Knall ließ alle zusammenzucken. Erics Faust war auf den schmucklosen Besprechungstisch herabgefahren wie ein Donnerschlag. Die Platte vibrierte und die Gläser in der Mitte des Tisches klirrten und zitterten.

Sein aquamarinfarbener Blick fixierte Abercrombie, als er sagte. „Und zwar sofort. Sir.“

In der angespannten Stille beobachtete Heather mit flatterndem Atem und ansonsten regungslos, wie die drei Männer – allen voran der junge Forensiker – den Raum verließen.

Als die Tür geschlossen war, zog sich Eric langsam einen Stuhl zurück und setzte sich Heather gegenüber. Ihre Finger krallten sich vor Aufregung so sehr in das Hemd, das er ihr über die Schultern gelegt hatte, dass die Knöchel weiß hervortraten. Im Geiste wiederholte sie immer und immer wieder die Frage, was er auf der DVD gesehen hatte, doch sie brachte es einfach nicht über sich, es auszusprechen.

Eric legte die DVD auf den Tisch und schob sie zu Heather hinüber. Fragend sah sie auf, während quälende Sekunden verstrichen.

„Du hast offenbar mehr mit ihm zu tun, als dir lieb sein kann“, sagte Eric und verließ den Raum.

II

Mit klammen Fingern zitterte Heather die DVD in den Player und kontrollierte dann mit klopfendem Herzen die verriegelte Tür.

Sie schloss noch einmal die Augen und versuchte sich zu sammeln, um sich auf das vorzubereiten, was ihr auf diesem Bildschirm gleich begegnen würde. Dann hob sie die Lider und drückte auf *Play*.

Sekundenlang blieb der Fernseher schwarz, während Heathers Finger sich um die Fernbedienung krallten, so fest, dass sie knackte. Noch immer ohne Bild, war plötzlich ein Stöhnen zu hören; ihr Stöhnen, lustvoll und viel zu laut.

Hastig drehte sie den Ton leiser, bis sie kaum noch etwas hörte. Dann flackerte das Bild und zeigte nackte Haut, über die sich ein Schweißfilm zog. Und als die Kamera zurückzoomte, erkannte sie voller Schrecken ihr Muttermal, das sich auf ihrer linken Pobacke befand. Es bewegte sich rhythmisch.

Keine zwei Sekunden später sah sie vor sich, was sie beinah mehr gefürchtet hatte, als einen der blutigen Morde mitzuerleben: Es war sie selbst, auf allen Vieren, Mills, der sie von hinten nahm und dabei mit der roten Pinselspitze auf ihren Rücken zusteuerte.

Scham und Schmerz nahmen ihr die Luft, und als sie im Video lustvoll aufschrie, während Mills in sie eindrang, traten ihr die Tränen in die Augen.

Heather hatte das Gefühl, dass die ganze Welt über ihr zusammenbrach. Und Eric hatte all das gesehen; hatte sie gesehen, ihren nackten, sich windenden Körper, ihre wippenden Brüste, ihr rotes Haar, das Mills mit einer fahrigen Geste von ihrem Rücken schob, um sie bemalen zu können, während er sie heftig ritt.

Als die Pinselspitze ihren Rücken berührte, lenkte sie den Blick auf die zittrigen Striche; und erstarrte.

Er schrieb.

Voller Fassungslosigkeit erkannte sie, dass er etwas auf ihren Rücken schrieb. Hastig wischte sie sich die Tränen aus den Augen und versuchte die Demütigung ihres eigenen Körpers auszublenden, sich nur auf die Buchstaben zu konzentrieren, die er mit blutroter Tusche auf ihre schneeweiße Haut malte.

Kalte Angst überlief sie, als das Geschriebene Gestalt annahm und als er den Pinsel zur Seite warf und seine Stöße beschleunigte, konnte sie ihren Rücken genau sehen, auf den in blutroten Lettern stand.

Sie alle!
Bezahlen!
Für
DICH!

Heather spürte die Übelkeit in sich aufsteigen, hörte ihr eigenes Stöhnen, war paralysiert, unfähig das Ausmaß und die Bedeutung dessen zu begreifen, was sie sah.

Er hatte all diese Frauen getötet, sie gefoltert und brutal ermordet; ihretwegen. Und er wollte es ihr zeigen, wollte ihr zeigen, dass es ihre Schuld war. Dass sie diese Frauen und Männer auf dem Gewissen hatte!

Immer schneller bewegte er sich in ihr. Sie erinnerte sich schmerzlich genau daran, wie es gewesen war. Ihr Stöhnen wurde lauter, kehliger, und als sie kam, wandte Mills den Kopf, sah direkt in die Kamera. Und lächelte!

*

Nachdem sich Heather durch die Schreibtische und an sich wundernden Kollegen vorbeigekämpft hatte, erreichte sie endlich die Toilette, eilte in eine der Kabinen und tat das, was in ihrer Situation das einzig Angebrachte war: Sie brach zusammen.

Die Hände vors Gesicht gepresst, sank sie mit tiefen Schluchzern an der Wand hinab, blieb mit angezogenen Knien auf dem Fußboden sitzen und wurde von einem Weinkrampf geschüttelt, der sie das letzte bisschen Kraft kostete, das ihr nach diesem schrecklichen Anblick, dieser unfassbaren Schuld, die von nun an auf ihr lastete, noch geblieben war.

Was für einen furchtbaren Fehler hatte sie nur gemacht? Was für ein irres, perverses Monster hatte sie in sich gehabt. Mein Gott, es war noch keine 24 Stunden her, dass sie mit Mills zusammen gewesen war. Sie spürte ihn noch auf sich, roch ihn an sich. Es war wie ein Mal, das sie niemals abwaschen, niemals würde loswerden können.

Es gab nur einen einzigen Moment in ihrem Leben, wo sie sich so restlos niedergeschlagen und verloren gefühlt hatte. Und das war der Tag von Jakes Tod gewesen.

In diesem Moment wusste sie wieder, wie allein sie war; und immer sein würde.

„Ich dachte mir schon, dass du hier bist, MacLean."

Erics Stimme ließ sie zusammenzucken. Als sie den Blick hob, sah sie ihn nur verschwommen. Obwohl sie schniefte und blinzelte, gelang es ihr nicht sich zu fassen. Es war ihr so grenzenlos peinlich, dass er sie so gesehen hatte, und seine mitfühlende Stimme war noch eine Unze mehr an Demütigung.

„Das …" Ihre Stimme war ein hilfloses, nasales Krächzen. „… das ist das Ende."

Auch wenn sie nicht wusste, wovon es das Ende war, so fühlte es sich zumindest genauso an.

Eric ging vor ihr in die Knie, legte seinen Zeigefinger unter ihr Kinn und zwang sie aufzusehen. Sie erkannte ihn durch ihren Tränenschleier kaum.

„Das ist noch lange nicht das Ende, Heather."

Etwas Silbernes blitzte vor ihrem Gesicht auf und als ihr ein stechender Geruch in die Nase stieg, begriff sie, dass es der Flachmann war. Ohne eine Aufforderung abzuwarten, griff sie danach und tank gierig ein paar Schlucke, bis ihre Kehle brannte und die Flasche leer war.

„Halt dich nicht zurück. Dort, wo das herkommt, gibt es noch mehr." Eric verharrte vor ihr. Und allmählich klärte sich ihr Blick ein wenig.

„Es tut mir so leid", hauchte sie und spürte, wie wieder Tränen in ihr aufstiegen. „Es tut … dass du das sehen musstest." Sie schüttelte den Kopf und fing wieder an zu weinen. „Und all diese armen jungen Menschen …"

„Jetzt nicht", unterbrach er sie. „Kannst du aufstehen?"

Natürlich konnte sie aufstehen. Heather stützte sich auf dem Fußboden ab, und versuchte sich aufzurichten, doch ihr Körper war so schwach, als hätte sie einen Marathon hinter sich gebracht. Sie versuchte es noch einmal, und sank dann wieder zurück auf den Fußboden.

Eric seufzte. „Na, dann komm."

Ehe sie richtig begriff, was er vorhatte, schob er schon einen Arm unter ihre Knie und hob sie ohne erkennbare Anstrengung hoch.

„Nicht", protestierte sie.

„Und ob."

Er riss einige Papiertücher aus dem Spender, die er ihr gab. „Wir gehen hinten rum, dann sieht dich keiner."

Ohne auf ihren Widerspruch einzugehen, schob er die Tür der Damentoilette auf und ging mit Heather auf seinen Armen zügig zur Hintertreppe. Sie waren schon fast im Freien, als ihnen der schmierige Adam aus der Verwaltung entgegenkam. Ein linkischer Kerl mit eng beieinanderliegenden Augen, und viel zu plumpem Interesse an Heather.

Auch das noch! Sie vergrub das Gesicht an Erics Hals, in der kindischen Hoffnung, dann nicht sichtbar zu sein, wenn sie selbst nichts sah. Doch ihre Hoffnung zerschlug sich, als Adams Schritte ins Stocken gerieten.

„Na, sieh mal einer an", hörte sie seine etwas zu hohe Stimme. „MacLean, was haben Sie sich da denn angelacht?"

Erics Brustkorb weitete sich spürbar, als er offenbar tief Luft holte.

„Aus dem Weg", verlangte er mit nur mühsam beherrschter Feindseligkeit.

„Warum?" Adam lachte sein ekelerregendes Lachen. „Habt ihr es so eilig?"

Heather musste sich an Erics Hals festhalten, weil die Hand an ihrem Rücken plötzlich weg war. Als sie aufsah, erkannte sie, dass er damit Adam gegen die Wand und dessen Kehle zusammendrückte.

Adams Schweinsaugen waren schreckhaft geweitet.

„Willst du heute sterben, Mann?" Erics Stimme war die eisigste Version einer Drohung, die man sich vorstellen konnte.

Adam sah ihn starr an.

„Na, sag' schon!"

„N … nein. Nein."

„Dann geh' mir, verdammt nochmal, aus dem Weg!"

Er stieß den untersetzten Beamten mit einer ungeduldigen Geste von sich und ging weiter das Treppenhaus hinunter. Auf dem Weg zum Parkplatz sahen sich beide nicht noch einmal um.

Nachdem sich Heather ihres kompletten Mageninhalts entledigt hatte, stieg ihr der Alkohol nur umso schneller zu

Kopf. Ihr Geist befand sich bereits in einer Art Schwebezustand, als sie Eric in sein Auto setzte und davonfuhr. Sie wollte ihn noch fragen, wohin er sie brachte, doch dann war sie schlichtweg eingeschlafen.

*

Das erste, was Heather neben den Kopfschmerzen bemerkte, war der pelzige Geschmack im Mund und das eigenartige Gefühl, dass ihre Zunge geschwollen war. Sie drehte sich auf den Rücken, bemerkte, dass ihre Haut von einem Schweißfilm überzogen war, und dass ihre Beine auf eine Art in die Bettdecke verstrickt waren, die sie beinah bewegungsunfähig machte.

Als sie versuchsweise ein Auge aufschlug, gelang es ihr kaum, so geschwollen waren ihre Lider.

Einen Sekundenbruchteil später fiel ihr wieder ein, warum. Stöhnend rollte sie sich auf der Seite zusammen. Das Bett roch fremd, war ungewöhnlich bequem und breit genug für eine ganze Eishockeymannschaft.

Wo, verdammt nochmal, war sie?

„Falls du dich fragst, wo du bist. Das ist mein Bett."

Heather sah blinzelnd auf. Vor ihr stand Eric in einem T-Shirt, das ihm so eng auf den prächtigen Muskeln saß, als wäre er in Baumwolle eingeschweißt. Dazu trug er eine legere, graue Jogginghose. Sie fragte sich, warum er immer so unheimlich genau wusste, was sie dachte.

„Und wo genau ist dein Bett?", fragte sie und musste sich schnell räuspern, damit ihre krächzende Stimme nicht in einen wenig damenhaften Hustenanfall abglitt.

„Ich bin mir relativ sicher, dass es in meinem Haus ist", gab er zurück und stellte eine dampfende Tasse Tee auf dem gläsernen Nachttisch ab. „Und mein Haus steht in Notting Hill. London. – England." Als Heather ihn nur weiter schweigend ansah, fügte er hinzu „Planet Erde."

Sie lächelte halbherzig und schob sich eine ihrer langen, roten Strähnen aus dem Gesicht. Der Blick an sich hinab zeigte, dass sie noch immer ihr Unterhemd und ihre Jeans trug. Wenigstens hatte ihr Eric in seiner unerwarteten Fürsorge die Demütigung erspart, dass er sie auch noch auszog. Obwohl es da für ihn ja keine Geheimnisse mehr gab. Und wenn sie keine meinte, dann waren es wirklich gar keine!

„Was ist passiert?", fragte sie, indem sie sich halbwegs aufsetzte.

Eric ließ sich ebenfalls auf die Bettkante nieder und schloss die großen Hände um seine Teetasse. „Meinst du vor oder nach der Partie Strippoker? – Bevor ich es vergesse: du hast dabei 2.000 Pfund verloren. Ich akzeptiere nur Bargeld."

„Wenn du noch Witze über Dinge machen kannst, bei denen ich Kleidungsstücke ausziehe, bist du wirklich hart im Nehmen."

„Das nennt man Galgenhumor, MacLean. Außerdem warst du arm dran." Er verzog das Gesicht. „Ich meine, … der Kerl ist hässlich wie die finstere Nacht! Außerdem schmächtig … – spärliche *Hardware*, wenn du verstehst."

Er schaffte es doch tatsächliche Heather zum Lächeln zu bringen. Eine wirklich seltene Gabe, vor allem in ihrer momentanen Verfassung.

Sie nahm ihren Tee von der Glasplatte und blies hinein. Der Dampf brannte in ihren Augen.

„Und vor allem bringt er Leute um", sagte sie leise und ernst. „Und zwar meinetwegen."

Eric starrte auf die Sahnewölkchen in seiner Teetasse. „Zumindest scheint es so", erklärte er wage.

„Wie meinst du das?"

„Gegenfrage: wie geht es deinem Kopf?"

„Beschissen. Warum?“

Er stand auf und ging zu einer Kommode, deren oberste Schublade er aufzog. „Ich will das mit dir durchsprechen. Es ist sieben Uhr abends. Wir essen dabei.“

Mit einer schwungvollen Bewegung warf er Heather etwas zu, das sich als ihre eigene Bluse entpuppte.

„Ist die gewaschen?“, fragte sie überrascht.

„Nein, mein Blut ist in Wirklichkeit Zaubertinte. - Natürlich ist die gewaschen! Ich warte in der Küche auf dich. Das Haus ist klein, du kannst dich nicht verlaufen.“

Eric wandte sich zum Gehen und Heather schlug die Decke zurück und robbte ihren schmerzenden Körper an die Bettkante.

„Hey, MacLean“, rief er, indem er sich im Flur nochmals umdrehte.

„Ja?“

Er grinste durch den Türspalt. „Jetzt hab ich doch eine Rothaarige im Bett.“

„Vollidiot.“

Noch ehe sie ein passendes Wurfgeschoss auswählen konnte, war er aus dem Zimmer verschwunden. Wenigstens ging er mit der Situation einigermaßen cool um.

Mit gespreizten Fingern fuhr sie sich durchs Haar und rieb sich dann das Gesicht. Ihre Augen waren geschwollen, und sie wusste beim besten Willen nicht mehr, wie und wann sie von ihrem Weinkrampf in einen komaartigen Tiefschlaf abgeglitten war. Da sie aber nicht vorhatte in ihrem Selbstmitleid zu ertrinken, sondern diesen verdammten Bastard aufzuspüren, streifte sie sich das ebenfalls blutverschmierte Unterhemd ab und zog ihre saubere Bluse über. Dann warf sie einen Blick auf ihre Turnschuhe, die ihr Eric offenbar ausgezogen hatte, beschloss dann aber barfuß hinüber zu gehen.

Neugierig musterte sie die Bilder an den Wänden und wunderte sich, wie gemütlich, ja regelrecht häuslich er eingerichtet war. Sie war sich nicht hundertprozentig sicher, was genau sie erwartet hatte, doch zweifellos eher Stahl und Glas, als Holz und warme Erdtöne.

Heather öffnete eine Tür, hinter der sie die Küche vermutete, und ging in das Zimmer. Sofort blieb sie stehen. Dies war keine Küche. Es war ein Miniaturfitnessstudio, in dem es aussah, als hätte eine Bombe eingeschlagen. Neben dem Laufband stapelten sich offenbar benutzte Handtücher, eine ramponierte Boxbirne hing von der Decke und unter dem Sandsack lagen einige leere Wasserflaschen neben zerrissenen Handbandagen.

„Du bist der erste Mensch, der es schafft sich in diesem Haus zu verlaufen." Eric stand mit vor der Brust verschränkten Armen im Türrahmen und betrachtete Heather missmutig.

Sie zeigte mit dem Daumen hinter sich. „Was ist hier denn passiert?"

„Ich habe trainiert."

„Trainierst du immer mit der Abrissbirne?"

Seine Lippen waren zu schmalen Strichen zusammengepresst. „Nach meinem kleinen Videonachmittag hatte ich das dringende Bedürfnis mich abzureagieren, wenn du es genau wissen willst." Ohne ein weiteres Wort verschwand er aus dem Raum.

Heather blieb betreten zurück und sah sich noch einmal um. Wenn sie darüber nachdachte, wie er hier gewütet haben musste, um die Geräte in einen derartigen Zustand zu versetzen, bekam sie eine Gänsehaut. Unweigerlich schlang sie die Arme um sich selbst. Ganz offenbar nahm er die Sache doch nicht so cool auf, und hatte es ihr lediglich etwas leichter machen wollen mit seinen Scherzen.

Sie ging seufzend in den nächsten Raum, der tatsächlich

eine kleine gemütliche Küche war, mit hellen Holzfronten und einem runden Esstisch in der Mitte.

„Sollte ich heute in noch ein Fettnäpfchen treten, …“

„… ertränke ich dich darin!“ Es klang nicht zwingend wie ein Scherz und obwohl sie es nicht wollte, bekam Heather Herzklopfen.

Dieser Kerl konnte durchaus respekteinflößend sein. Und in seiner heimeligen Küche wirkte er deplatziert und viel zu groß.

Sie zog das Haarband von ihrem Handgelenk und flocht sich die Haare zu einem lockeren Zopf, den sie sich über die Schulter zurückwarf.

„Kann ich dir helfen?“

Sein Körper spannte sich an, und Heather fragte sich unwillkürlich, ob sie etwas falsch gemacht hatte.

„Du hast vier Stunden geschlafen. Ich habe nicht nur meine Fitnessgeräte zerlegt, sondern auch ein oberflächliches Täterprofil ausgearbeitet, das wir uns gleich ansehen werden. Wir müssen es um dein Wissen ergänzen, um ein möglichst vollständiges Bild von ihm zu bekommen. Ich kriege innerhalb der nächsten 30 Minuten alle Unterlagen und Daten, die von Mills Jameson existieren“, erklärte er und zog dabei Plastikfolie von zwei Tiefkühlpizzen.

Heather starrte auf seinen imposanten Rücken, dessen Muskeln sich bei jeder Bewegung unter dem dünnen Stoff in tänzerischem Spiel bewegten. „Sagtest du Täterprofil?“

„Allerdings.“

„Wenn ich dich jetzt frage, warum ausgerechnet du meinst, ein Täterprofil ausarbeiten zu können, ist das dann das Fettnäpfchen, in dem ich ertränkt werden könnte?“

Eric schob die Pizzen in den Ofen und wandte sich Heather zu. Sein Blick war halb wütend, halb amüsiert. Als er so vor ihr stand, wirkte er riesig und einschüchternd.

Nicht einmal der Streifschuss an der Schläfe, der von einem kleinen Pflaster verdeckt war, konnte an der makellosen und durch und durch männlichen Schönheit seines Gesichts kratzen; und schon gar nicht an der Eindringlichkeit seines Blickes.

„Meine Eltern sind Pastoren, wie du weißt. Sie waren der unbedingten Ansicht, dass ich in einem sozialen Beruf arbeiten sollte und zwangen mich also zu einem Psychologiestudium, bevor ich … umgesattelt habe."

Heathers Kinnlade fiel herunter. „Du hast Psychologie studiert?" Die Worte Psychologie studiert hätten ihrem Tonfall nach auch problemlos durch hast die Pest ersetzt werden können.

„So sieht es aus."

Sie starrte ihn fassungslos an. War sie denn der einzige ungebildete Mensch auf diesem Planeten?

„Wenn du mir jetzt noch sagst, dass du in Oxford studiert hast, stürze ich mich aus dem Fenster."

„Genau genommen war es Cambridge. Und wir befinden uns im Erdgeschoss, also tu dir keinen Zwang an."

Unelegant ließ sich Heather auf einen der Esstischstühle nieder. „Gott! Wie perfekt bist du eigentlich?"

Eric legte ihr mit einem nachsichtigen Lächeln einige Blätter Papier hin. Mann oh Mann, sogar seine Handschrift war schön.

„Gibt es irgendeinen Filter zwischen deinem Gehirn und deinem Mund?", fragte er und zitierte damit ihre Frage vom Mittag.

„Bei dir irgendwie nicht." Heather sah zu ihm auf und für einen kurzen Augenblick schlug die Stimmung um; in irgendetwas, das sie nicht einordnen konnte, das sie überrollte wie eine Dampflok und ein nervöses Zittern in ihrem Magen auslöste.

„Warum siehst du mich so an?", fragte sie in einem

plötzlichen Anflug von Panik.

„Wie sehe ich dich denn an?“ Er legte den Kopf etwas schräg und verharrte regungslos über ihr, bis das Schrillen der Türglocke die ungewöhnliche Stimmung davonwehte.

Eric drehte sich mit einem undeutbaren Gesichtsausdruck um und ging zur Haustür. Als er Sekunden später zurückkam, hatte er einen Karton in der Hand, den er vor Heather auf dem Tisch abstellte.

„Was ist das?“

„Das sind alle Unterlagen, die es über Mills Jameson gibt.“

Heather zog die Stirn kraus. „Eine ganze Menge.“

„Eigentlich scheint es eher ziemlich wenig zu sein. Schließlich ist hier von der Facebook-Konversation bis zum Besuch beim Kieferorthopäden alles dabei.“

Sie nickte und schielte in den hohen Karton.

„Wir werden uns das nach dem Essen ansehen“, erklärte Eric und wandte sich wieder der Küche zu, holte zwei Teller aus dem Schrank und deckte routiniert den Tisch, viertelte die Pizzen und servierte.

„Danke“, sagte Heather, noch immer recht verwundert, angesichts Erics Ausbruch an Häuslichkeit.

„Kein Problem.“

Sie steckte sich das erste Stück Pizza in den Mund und kaute genüsslich, während ihr Magen mit einem vehementen Grummeln mehr einforderte.

„Wo ist die DVD?“ Sie versuchte beiläufig zu klingen, doch es gelang ihr nicht. Eric stockte nur kurz, bevor er weiter aß.

„Ich habe sie so untergebracht, dass sie niemand außer mir finden wird.“

„Du willst mir nicht sagen, wo?“

„Nein.“

„Warum nicht?“

Sein hellblauer Blick brannte auf ihrer Haut. „Ich will verhindern, dass du sie noch einmal im DVD-Player vergisst."

Heather schloss kurz die Augen. „Du meine Güte, ich hatte sie total …"

„… vergessen. Ja, ich weiß. Und ich verstehe es auch. Aber das sollte nicht noch einmal passieren."

„Nein, bestimmt nicht. Danke."

Er nickte.

„Und es tut mir leid." … wo sie schon einmal dabei war. „Ich wünschte, du hättest es nicht sehen müssen."

Erics Kiefer mahlten vor heftiger Wut, die er offenbar zu unterdrücken versuchte.

„Und ich wünschte, du hättest es erst gar nicht getan."

„Ja, ich auch", gab sie kleinlaut zu. „Leider kann ich die Zeit nicht zurückdrehen."

Plötzlich kam ihr ein Gedanke. *Zeit!* „Ach du Schande, wie spät ist es?"

Eric sah auf die Uhr. „Gleich halb Fünf, warum?"

„Ich muss zu meiner Mutter." Sie sprang vom Tisch auf und sah sich um. „Wo ist meine Waffe? – Wo sind wir? In Notting Hill?" Sie schnaufte. „Kannst du mich zu meinem Auto bringen?"

„Das geht leider nicht."

„Okay, dann ruf' ich mir ein Taxi."

„Nein, ich meine, du kannst nicht weg."

Heather fuhr herum. „Wie meinst du das?"

„Du kannst nicht alleine gehen. Ich begleite dich."

„Zu meiner Mutter?" Bei dem Wort Mutter wurde ihre Stimme etwas schrill.

„Egal wohin. Du bist in Lebensgefahr."

„Ha! – Und was bist du? Mein Leibwächter?"

Eric zog grimmig die Brauen zusammen. „Ich bin derjenige, der bestimmt, wer auf dich aufpasst. Ich bin derjenige, der deine DVD vor allen Mitarbeitern der Untersuchungskommission versteckt. Ich bin der, dem du heute Vormittag das Leben gerettet hast." Er machte einen Schritt nach vorne und packte sie bei den Schultern. „Verdammt nochmal, Heather. Ich bin derjenige, der dir nicht mehr von der Seite weicht. Geht das nicht in deinen schottischen Sturschädel?"

Sie war von seinem plötzlichen Temperamentsausbruch so baff, dass ihr nichts einfiel. Offenen Mundes starrte sie zu ihm empor, fühlte die Wärme und Kraft seiner Hände um ihre Schultern.

„Was soll ich ihr denn sagen, wer du bist?", fragte sie kleinlaut.

„Sag ihr, ich bin dein Freund!"

„Ich lüge meine Mutter nicht an!"

„Dann sag ihr, ich bin der Mann, der dich küsst."

„Du küsst mich doch gar nicht."

Seine Bewegung war so schnell, dass Heather kaum folgen konnte. Doch plötzlich waren Erics Lippen auf den ihren. Sie gab ein empörtes Geräusch von sich und versuchte ihn von sich zu schieben. Aber erfolglos. Seine Hände gruben sich in ihr Haar, während seine Lippen die ihren verschlossen; in einem Kuss, der keinem anderen Zweck zu dienen schien, als ein Revier zu markieren.

Innerhalb kürzester Zeit löste sich die Spannung in ihrem Körper auf. Genau in diesem Moment ließ Eric wieder von ihr ab.

Er wirkte etwas fiebrig und sein Atem ging zu schnell. Heather spürte die Schamesröte in ihren Wangen, die Hitze in ihrem Schoß und schüttelte zittrig den Kopf.

„Was … was soll das?", krächzte sie.

Eric nahm ihre Hand und zog sie hinter sich her. „Ich verschaffe dir ein Alibi. Und jetzt komm!"

*

Im Wagen musste sich Heather davon abhalten ihre Lippen zu berühren. Was fiel diesem Kerl nur ein?

„Du kannst keinesfalls mit zu meiner Mutter", beharrte sie.

„Bin ich dir peinlich?"

Zur Antwort funkelte sie ihn wütend an.

„Also gut, ich halte mich im Hintergrund. Ich bringe dich zum Haus und warte bis du wieder herauskommst."

Heather schnaufte und warf einen Blick in den Spiegel. Sie sah schrecklich aus. Aber vielleicht fiel ihrer Mutter das ja gar nicht auf.

*

„Schätzchen!" Heathers Mutter hatte die schwarzgefärbte Mähne zu einem kunstvollen Knoten gesteckt und ihr elegantes, geblümtes Farmhauskleid wehte im milden englischen Sommerwind. Mit ausgestreckten Armen eilte sie ihrer Tochter entgegen, während die vier Teegesellschafterinnen tuschelnd die Köpfe zusammensteckten.

Heather zwang sich zu einem Lächeln. Im Innenhof des kleinen Landhauses, das ihre Mutter mit einem Dutzend Welsh Corgies bewohnte, hielt sie fast wöchentlich kleine Teegesellschaften ab, bei denen die Damen im fortgeschrittenen Alter alle wichtigen Themen der Welt diskutierten; vorwiegend Krankheiten, Übergewicht und natürlich Männer.

„Mutter, tut mir leid, ich bin etwas spät."

„Heather, wie siehst du denn aus?" Ihre Mutter zog sie in ihre Arme und hielt sie dann an den Schultern fest. „Hast du geweint?"

Oh Gott! „Heuschnupfen“, gab sie wage zurück.

Ihre Mutter zog die Brauen über ihren wasserblauen Augen zusammen. „Aber du hattest doch nie Allergien, Heather.“

„So etwas kann auch später auftreten, Mutter.“

Elisabeth Norrington-MacLean schüttelte ungeduldig den Kopf. „Das kommt alles durch diese schreckliche Stadtluft, Heather. Die ist ungesund. Und man bekommt Falten. Komm jetzt!“ Sie nahm ihre Tochter beim Arm und schob sie zu der kleinen Teetafel.

Heather kannte alle Gäste ihrer Mutter. Und das Gesicht der stark übergewichtigen Lady Carrington leuchtete dieses Mal besonders auf.

„Wie schön, dich zu sehen, Heather!“

„Lady Carrington, ich freue mich“, log sie und streichelte Bessy, die älteste Corgie-Dame ihrer Mutter. Sie zog den ehrlichen, treuen Blick des Hundes jeder dieser vollgefressenen Weiber tausend Mal vor.

„Kommt ihr mit diesem schrecklichen Mordfall weiter, von dem mir dein gutaussehender Kollege erzählt hat?“

„Mordfall?“, schaltete sich Heathers Mutter schockiert ein.

„Ja“, bestätigte Lady Carrington geschwätzig. „Direkt unterhalb von Carrington Hall.“ Sie presste die beringte Hand auf ihr überquellendes Dekolletee. „Ein Junge wurde getötet, wie mir der Polizist erzählte. – Ein gutaussehender junger Mann, dieser Polizist, Heather.“

„Das sagten Sie schon, Lady Carrington.“

„Was für ein Kollege ist denn das?“, fragte ihre Mutter neugierig.

„Er ist neu.“

„Mag er dich?“

„Mutter, *bitte*!“ Sie zog Bessy auf ihren Schoß und seufzte. Warum konnte ihre Mutter nicht so friedlich und unkompliziert sein, wie ihre Hunde es waren.

„Heather, wie schön dich zu sehen.“ Karen, die kleine, drahtige Gesellschafterin, kam aus dem Haus, stellte den Damen Tee vor die Nase und sorgte damit für die ersehnte Ablenkung.

„Hallo Karen. Geht es euch gut?“

„Ja, alles bestens.“ Sie schenkte allen Tee nach und verschwand mit einem Zwinkern wieder ins Haus.

Mary Harris, ebenfalls eine Teefreundin von Heathers Mutter, hatte das Gespräch mittlerweile auf Krampfadern gelenkt, an dem sich alle Damen rege beteiligten, und sorgte damit dankenswerterweise dafür, dass Heather aus dem Fokus gerückt wurde.

Sie griff auf den runden Teetisch und holte zwei Shortbreads aus einer Silberschale. Indem sie sich in ihrem Gartenstuhl zurücklehnte, gab sie einen der Kekse Bessy und steckte sich den anderen selbst in den Mund. Dann schaltete sie ihre Ohren auf Durchzug.

Erst als das eintönige Getuschel der Damen aufgeregter wurde und sogar die schlafende Bessy sich auf ihrem Schoß zu regen begann, sah Heather sich um.

„Wer ist das, Liz?“, fragte Miss Harris und zeigte auf das Hoftor.

Elisabeth Norrington-MacLeans Kopf schnellte herum. „Ach, du meine Güte.“ Es war nicht klar, ob ihre Stimme Erschrecken oder Bewunderung ausdrückte. Vermutlich eine Mischung aus beidem.

Heather kniff die Augen zusammen. Das konnte doch nicht …

„Oh, das ist doch der junge Polizist“, stieß Lady Carrington verzückt hervor.

„Na, der kann was erleben“, murmelte Heather und schob den schlafenden Hund von ihrem Schoß. Als sie aufstand, um Eric entgegenzugehen, lächelte sie dieser schon von weitem an.

Widerwillig war sie einmal mehr beeindruckt von seiner imposanten Gestalt. Er bewegte sich geschmeidig und elegant, die langen, muskulösen Beine steckten in legeren Jeans und unter dem hellen Hemd zeichneten sich die muskulösen Konturen seines Oberkörpers ab. Und das schlimmste an allem war, dass ihre Mutter ihn anbeten würde, und sie selbst müsste sich für den Rest ihres Lebens anhören, warum sie nicht auch so perfekt sein konnte.

„Was, zum -"

Ohne Vorwarnung schloss Eric sie in seine Arme, was zu erstaunten, verzückten Ausrufen bei den älteren Damen führte.

„Was soll das denn?", nuschelte Heather an seine Brust. Er roch ja unglaublich gut.

„Das Haus ist schlecht einzusehen. Das hat mich nervös gemacht."

„Heather!" Die Stimme ihrer Mutter verriet freudige Erregung. „Wer ist denn das, Schätzchen?"

Eric ließ Heather los und setzte ein so charmantes Lächeln auf, dass sie ihn kaum wiedererkannte.

„Ich bin Eric Moore, Mrs. Norrington-MacLean." Er streckte ihr die Hand entgegen und Heathers Mutter ergriff sie überrascht. „Es ist mir eine außerordentliche Freude Sie kennenlernen zu dürfen."

„Sie kennen meinen … vollständigen Namen?"

Heather sah offenen Mundes zwischen den beiden hin und her. Sie hatte ihre Mutter wirklich noch nie stammeln gehört.

„Aber natürlich. Heather erzählt viel von Ihnen." Er streifte sie mit einem verschmitzten Blick.

„Tatsächlich?" Elisabeth blickte ihre Tochter überrascht an. „Heather, was für ein sympathischer junger Mann."

„Das versuche ich Ihrer Tochter auch klar zu machen“, gab Eric zurück und zog Heather noch einmal an sich. Diese kochte vor Wut, weil sie sein unverschämtes Verhalten vor Ihrer Mutter ja schlecht mit einer Ohrfeige parieren konnte.

Während Eric vor ihnen beiden in die Hocke ging und die alte Bessy anfing hinter den Ohren zu kraulen, warf Heathers Mutter ihr einen *Oh mein Gott! Ist der toll* – Blick zu.

Na, bravo!

Als Eric sich wieder aufrichtete, legten Heather und ihre Mutter den Kopf in den Nacken, um ihn ansehen zu können. Heather konnte nicht verhindern, dass ihr Herz wild pochte, was nur zu einem Bruchteil ihrer Wut geschuldet war.

„Ich hoffe, Sie verstehen, dass ich Ihre Tochter jetzt entführen muss, Mrs. Norrington-MacLean. Die Arbeit wartet auf uns und ohne Heather … bin ich aufgeschmissen.“ Er lächelte charmant.

„Tatsächlich?“

„Aber natürlich. Sie haben eine wundervolle Tochter. Eine starke und wunderschöne Frau. Ganz die Mutter, wie mir nun scheinen will.“

„Oh …“ Eine unübersehbare Röte überzog Elisabeths Wangen und verstärkte sich noch, als Eric sich zu ihr herunterbeugte, ihre Hand nahm und sich mit einem Handkuss verabschiedete.

„Ich hoffe, wir sehen uns bald wieder.“ Er nahm Heathers Hand, verschränkte seine Finger in den ihren, was ihre Mutter mit einigem Interesse beobachtete. „Heather?“

„Natürlich.“ Sie lächelte etwas angespannt. „Mutter, vielen Dank für die Einladung.“

„Gern geschehen, Schätzchen!“ Sie zog ihre Tochter in

eine Umarmung und flüsterte ihr ins Ohr. „Heather! Das ist ja ein *Gott*!"

Heather schreckte zurück, als hätte ihr ihre Mutter Säure ins Ohr geträufelt. So etwas hatte sie sie, weiß Gott, noch nie sagen hören. Mit einem irritierten Lächeln winkte sie der Teegesellschaft ein letztes Mal zu und ließ sich dann von Eric aus dem Eingangshof führen.

„Was sollte denn der Auftritt?", fragte Heather erbost.

Eric lächelte noch immer und bewies damit, dass er entweder extrem eingebildet, oder extrem dämlich war.

„Ich wollte mir mal deine Mutter ansehen. Außerdem ist das Gebäude tatsächlich schwer einsehbar. Das macht mich nervös."

„Denkst du etwa, ich kann mich nicht verteidigen?"

„Doch, aber ich kann es besser." Er öffnete die Beifahrertür. „Und jetzt steig' ein."

„Hör auf mich wie eine Vierjährige zu behandeln!"

„Dann hör auf, dich wie eine zu benehmen. Wir haben keine Zeit für Kaffeekränzchen mit deiner Mutter. Wir haben einen flüchtigen Täter mit einer Geisel. Und wenn du kein Interesse daran hast, diesen Fall aufzuklären, dann suche ich mir einen anderen Partner, der es hat."

Heather funkelte ihn aus ihren bernsteinfarbenen Augen an.

„Deine Stimmungsschwankungen sind unerträglich!"

Er hielt ihrem Blick unbeeindruckt stand. „Und?"

Sie schnaufte. „Und ich hasse es, wenn jemand anders im Recht ist!"

Mürrisch kletterte sie in den Sportwagen und fuhr mit Eric zurück zu seinem Haus.

*

„Woher kennst du eigentlich den vollständigen Namen meiner Mutter?"

Heather ging wie selbstverständlich an Erics Kühlschrank und holte zwei Cola Dosen heraus. Eine davon gab sie ihm. Etwas verwundert blickte er erst die Dose und dann Heather an. Dann setzte er sich achselzuckend.

„Ich habe deine Akte gelesen."

„Sehr genau, wie mir scheint."

„Ich mache alles, was ich mache, gründlich." Er blickte sie fest an, und Heather wurde schlagartig warm. Irgendwie klang es nicht, als würde er vom Lesen sprechen.

Sie zitterte das Getränk an ihre Lippen und nahm einen zu großen Schluck, so dass ihre Augen tränten und sie schnell blinzeln musste.

„Dann lass uns anfangen." Sie griff nach den handschriftlichen Aufzeichnungen von Eric und las sich das Täterprofil durch.

Heathers Verständnis nach war das zentrale Motiv, dass er die Opfer für etwas büßen ließ, das Heather getan hatte. Sie schluckte trocken und spürte die Niedergeschlagenheit wieder in sich aufsteigen. Immer und immer wieder hatte Mills gesagt, dass sie ihn nicht hätte verlassen sollen. Wie nur konnte das Motiv genug sein, um fünf Menschen zu töten und vorher zu quälen?

„Mein Fazit", hob Eric an, der sie stumm beim Lesen beobachtet hatte, „ist, dass er besessen von dir ist. Laienhaft ausgedrückt."

Sie starrte auf die Aufzeichnungen. Erics Fazit entsprach zu 100 Prozent Heathers Gefühl. Widerwillig erinnerte sie sich an die Stunden, die sie mit ihm verbracht hatte. Er war so nachdrücklich gewesen.

„Er hat immer und immer wieder gesagt, dass ich ihn nicht hätte verlassen sollen." Ihre Stimme war leise und sie wagte es nicht, Eric anzusehen. Sie spürte, wie er Luft holte und wusste, dass auch ihm dieses Gespräch alles andere als leicht fiel.

„Hattest du eine Beziehung mit ihm?"

Sie schüttelte den Kopf. „Nein, ich … ich war nur eine Nacht mit ihm zusammen." Als sie aufsah, las sie die Frage in seinem Blick. „Ich vögle mich nicht durch die Gegend, falls das dein Eindruck ist. Es war ein paar Wochen nach Jakes Tod. Ich … ich stand gelinde gesagt neben mir."

Eric nahm einen Schluck Cola. „Ich habe Jakes Akte nicht gelesen."

Heather hatte noch nie über das gesprochen, was damals geschehen war. Wenn sie nicht gerade schweißgebadet aufwachte oder sie die Erinnerungen in einen quälenden Tagtraum zerrten, gelang es ihr meistens das Geschehene zu verdrängen. Sie wollte und sie konnte es bisher mit niemandem teilen, auch nicht mit dem Psychologen, den man ihr versucht hatte aufzuschwatzen. Aber hier und jetzt, änderte sich das. Eric änderte es, begriff Heather und gab dem Wunsch nach sich ihm mitzuteilen.

„Wir hatten über Monate hinweg einen Mädchenhändlerring beobachtet und wollten ihn an diesem Abend ausheben. Wir waren zu sechst, als wir die Mädchen gefunden haben." Sie schüttelte angewidert den Kopf. „Manche kaum älter als Zehn, zusammengepfercht wie Vieh in einem dunklen, nassen Keller. Es roch nach Blut und Urin. Sie waren verstört, panisch. Alle waren vergewaltigt worden, um sie gefügig zu machen."

Erics Miene wurde hart, doch er schwieg, und Heather fuhr fort.

„Wir holten sie raus und alles schien glatt gelaufen zu sein. Der Einsatz war im Prinzip schon vorbei. Da fiel plötzlich ein Schuss. Und Jake sackte in sich zusammen." Sie knetete ihre Finger. Jetzt, wo sie es erzählte, war es wieder so real, so schmerzhaft. Der Stachel des Verlustes bohrte sich in ihre Brust und nahm ihr den Atem. Sie schnappte nach Luft, bevor sie fortfuhr. „Es … war ein Kopfschuss. Jake … er … war sofort tot. Obwohl ich das gar nicht verstand, gar nicht wahrhaben wollte."

„Du hast den Mädchenschieber erschossen." Es war keine Frage.

„Ja, ich … hab ihm die Brust perforiert, dem verdammten Schwein. Dann habe ich mich zu Jake umgedreht, habe ihn geschüttelt, habe die Blutung gestillt." Sie klopfte sich selbst gegen den Kopf, das Gesicht verzerrt vor Verzweiflung. „Ich hatte einfach nicht kapiert, dass er tot war. Meine Kollegen haben mich von ihm weggezerrt. Sie wollten in Deckung gehen, mich in Sicherheit bringen. Aber ich habe um mich geschlagen. Einem von ihnen habe ich die Nase und das Trommelfell zertrümmert. Ich wollte unbedingt zurück zu Jake. Ich … ja, ich hab' es einfach nicht kapiert", wiederholte sie resigniert.

Ihr Kopf sackte auf die Brust und sie schloss für einen Augenblick die Lider, versuchte sich mit tiefen Atemzügen zu sammeln.

„Hast du ihn geliebt?"

Heather sah auf. „Was hat das mit dem Fall zu tun?"

Eric hielt ihrem eindringlichen Blick stand. „Gar nichts."

Ohne eine bestimmte Absicht griff sie nach den Aufzeichnungen, schwieg, fuhr mit den Fingerspitzen hektisch ein paar der handgeschriebenen Worte nach.

„Ich habe ihn sehr geliebt", gab sie schließlich zurück und brach so unvermittelt in Tränen aus, dass es sie selbst überraschte.

Tiefe Schluchzer zerrissen ihr die Brust, nahmen ihr den Atem und die Sicht. Plötzlich spürte sie Erics Hände an ihrem Körper. Als sie aufsah, betrachtete er sie schweigend, hob sie hoch und setzte sich mit ihr auf dem Schoß wieder auf seinen Stuhl, schloss sie fest in seine Arme.

Seine Berührung war der innigste Trost, den sie sich vorstellen konnte; warm und beschützend. Seine Stärke echote in ihrem Körper und verlieh ihr neue Kraft. Fast fühlte es sich so an, als würde es sie auf einer elementaren Ebene heilen. Obwohl sie es gar nicht verdient hatte. Obwohl sie einen so schrecklichen Fehler begangen hatte.

Langsam verebbten ihre Schluchzer und sie holte tief Luft. Eric gab ihr ein Taschentuch, mit dem sie sich ungeniert die Nase putzte und die Augen abwischte.

Als sie ihn ansah, waren ihre Gesichter auf gleicher Höhe. Er betrachtete sie schweigend und abwartend.

„Willst du mich nicht wieder runterlassen?“, fragte sie, als sich die Stille zu sehr in die Länge zog.

„Nein“, sagte er schlicht.

Während sie ihn schweigend musterte, atmete sie den köstlichen Duft ein, der seiner Haut entströmte.

„Warum nicht?“

Er strich ihr das Haar aus dem Gesicht. Eine simple Geste, die so viel zu bedeuten schien.

„Ich habe noch nie eine Frau mit solchen Augen gesehen“, sagte er leise, das Gesicht plötzlich so nah an ihrem. „Sie sind außergewöhnlich.“

Er schien beinah genauso überrascht, wie sie selbst, als seine Lippen die ihren verschlossen, warm und weich und köstlich süß. Mit unvermittelter Heftigkeit umschlang er ihren schlanken Körper, entrang ihr mit seiner besitzergreifenden Geste ein Aufstöhnen, das er mit seinem Kuss hinunterschluckte. Das Beben seiner Brust an ihrer war berauschend und drängte alles Schreckliche mit einem machtvollen Paukenschlag in den Hintergrund.

Seine Hände fuhren in ihr Haar. Heathers Körper wurde weich, als seine Zungenspitze über ihren Mundwinkel strich, um Einlass bat und ihn schließlich gewährt bekam.

Mit einem Seufzen öffnete er ihre Lippen und der begehrende Stoß seiner Zunge traf Heather direkt zwischen den Beinen. Sie verlagerte ihr Gewicht auf seinem Schoß, um ihm noch näher zu sein, um ihren Körper an seine breite, harte Brust zu pressen, nur noch ihn zu spüren. Als ihre Hüfte gegen seine Erektion stieß, krallte er seine Finger noch fester in ihr feuerrotes Haar. Sie genoss seine Kraft, die besitzergreifende Geste und seinen rauen Kuss, der trotz allem vorsichtig war, der sie davontrug; fort von Schmerz und Angst.

Plötzlich ließ Eric von ihr ab, hielt ihr Gesicht mit beiden Händen umschlossen und betrachtete sie mit seinem fiebrigen Blick. Sie sah atemlos in seine hellblauen Augen, die so voller kompromissloser Ehrlichkeit waren.

„Heather?" Er sagte es so leise und behutsam, dass es im krassen Gegensatz zu der überwältigenden Kraft seines Körpers stand. Es war nur ein Wort, aber so voller Ehrfurcht und Zuneigung, dass sie Angst bekam.

Sein Blick wütete in ihrem Inneren und zeigte ihr plötzlich, dass sie mehr empfand, als bloßes Verlangen. Bei dieser Erkenntnis überfiel sie regelrecht Panik.

Mit einem Mal war alles zu viel. Es war zu viel Eric, zu viel Lust und Verwirrung, aber vor allem zu viel Ehrlichkeit und Gefühl. Zu viel Gefahr, wieder so schrecklich verletzt zu werden.

„Nein", keuchte sie, krabbelte umständlich von seinem Schoß und taumelte einige Schritte zurück.

Eric stutzte. „Heather, ich … es tut mir leid."

„Ich kann das nicht, Eric. Ich kann …" Sie schüttelte den Kopf. „Es war so schrecklich. Ich habe keine Kraft …"

Keine Kraft, mich noch einmal auf jemanden einzulassen und denjenigen womöglich auch noch zu verlieren.

Als sie Eric so verwundert vor sich sah, empfand sie es

wie einen körperlichen Schmerz. Mein Gott, es konnte schon zu spät sein. Womöglich hatte sie schon eine emotionale Bindung zu ihm aufgebaut. Ach verdammt, wem machte sie etwas vor? Natürlich hatte sie das!

Am liebsten wäre sie davon gelaufen. Doch wohin sollte sie? Hastig machte sie einige Schritte zurück und lief in Erics Schlafzimmer. Mit zitternden Fingern verschloss sie die Tür hinter sich und setzte sich auf die Bettkante.

Ihr Blut rauschte und ihre Haut prickelte. Ihr Körper konnte nicht verleugnen, was gerade beinah geschehen war. Und sie sehnte sich danach, sehnte sich schmerzlich nach ihm. Doch wohin würde das führen? Es war doch erst ein halbes Jahr her, dass sie Jake verloren hatte. Und kaum ein Tag war vergangen, seit sie mit Mills zusammen gewesen war. Sie schüttelte den Kopf und krabbelte unter die Decke, wo sie sich so klein zusammenrollte, wie es nur ging. Sie fühlte sich schmutzig und elend. Und trotzdem war Erics Blick angefüllt mit so inniger Hingabe. Fast als gäbe es diesen demütigenden Makel, diese bleischwere Schuld auf ihren Schultern gar nicht.

Ihr schwirrte der Kopf und sie konnte kaum noch klar denken. Als sie die Augen schloss, dauerte es noch über eine Stunde, bis sie endlich einschlief.

*

Mit einem lauten Krachen flog die Schlafzimmertür gegen die Wand. Heather fuhr auf und starrte in Erics hartes Gesicht. Was zum Teufel hatte er vor? Instinktiv zog sie die Decke bis zum Kinn.

Er warf etwas aufs Bett und Heather fing es reflexartig auf. Es war ihre Waffe. Erst als sie wieder aufsah, bemerkte sie, dass Eric schwarze Kampfkleidung trug.

„Deine Mutter“, sagte er nur und versetzte damit alles in

Heather in Alarmbereitschaft.

„Was ist mit meiner Mutter?“ Sie sprang aus dem Bett und zog sich ihre Bluse über. Nur kurz flackerte das Begehren in Erics Blick auf, als er ihren nackten Oberkörper sah, dann wandte er sich ab und ging den Flur hinab.

Heathers Puls rauschte ihr in den Schläfen.

*

„Was ist denn mit meiner Mutter?“

Eric bewaffnete sich, steckte einen Wurfdolch in seinen Stiefel, kontrollierte seine Pistolen und steckte sie ein.

„Eric?“ Heather legte die Hand auf seinen Arm und brachte ihn somit zum Innehalten. Er wandte sich zu ihr um und legte seine Hand auf die ihre, drückte sanft ihre schmalen Finger. Es lag viel in dieser Geste: Trost und der Versuch sie zu beruhigen, aber vor allem auch Verstehen.

„Sie bewegt sich.“

Heather blinzelte irritiert. „Wie meinst du das?“

„Es ist halb ein Uhr morgens. Ich gehe nicht davon aus, dass das eine Zeit ist, zu der deine Mutter normalerweise Spazierfahrten unternimmt?“

„Nein.“

„Dann komm mit!“

Er saß schon im Wagen, als Heather ihre Schuhe angezogen hatte und hinauslief.

„Denkst du, man hat sie entführt?“

„Ja.“ Die Antwort kam prompt und ohne jegliche Gefühlsregung.

„Woher weißt du überhaupt, dass sie nicht mehr zuhause ist?“

„Ich habe ihr einen Chip aufgeklebt.“

Heather starrte ihn halb fragend und halb fassungslos an.

„Wann und wie?“

Seine Mundwinkel zuckten. „Ich bin normalerweise nicht der Typ für Handküsse.“

„Du hast ihr dabei einen Ortungschip auf die Hand geklebt?“

„Aufs Handgelenk. Und es ist ein Biochip. Er misst Temperatur und Puls.“ Er sah auf seine Armbanduhr. „Der Puls deiner Mutter ist gerade bei 160. Sie hat Angst.“

Heather sank in ihrem Sitz zurück. „Oder Schmerzen“, sagte sie tonlos. „Oh Gott, Karen. Ich muss sie anrufen.“

Eric hielt ihre Hand auf. „Ich schicke ein Einsatzkommando dorthin.“ Er drückte eine Taste an seinem Navigationsgerät. „Sicherheitsnummer 007-34-2221“, sagte er. Es dauerte nur eine Sekunde, bis sich eine Frauenstimme meldete.

„Ja, Agent Moore?“

„Ich brauche ein Einsatzkommando. Mögliche Geiselname und Verletzte zu …“ Er sah Heather an. „Adresse.“

Heather beugte sich vor und sprach die Adresse ihrer Mutter laut vor. „Und es gibt dort Hunde“, fügte sie hastig hinzu. „Die Hunde sind nicht gefährlich!“

„Kommando ist unterwegs.“

„Benachrichtigen Sie mich, wenn der Zugriff erfolgt ist.“

„Ja, Sir.“

Dann war die Leitung tot.

„Wohin fährt sie denn?“, fragte Heather.

„Momentan fahren sie die M1 in nördlicher Richtung.“

„Wie viel Vorsprung haben sie?“

„Etwa 30 Meilen.“ Er drückte das Gaspedal durch. „Das dürfte kein Problem sein.“

Während Eric durch die Nacht brauste, ertappte sich Heather dabei, dass sie betete.

Sie war ja beileibe nicht immer einer Meinung mit ihrer

Mutter, empfand ihre ständigen Nörgeleien als verletzend, indiskret und störend und hatte sich erst kürzlich ihr Gesicht bei Schießübungen wieder auf der Scheibe vorgestellt. Aber sie war ihre Mutter!

Und sie liebte ihre Mutter! Wenn ihr etwas zustoßen würde, womöglich noch allein ihretwegen, dann wüsste sie nicht, wie sie damit jemals weiterleben könnte.

Erst als sie Erics Hand auf dem Knie spürte, bemerkte sie, dass sie weinte. Hastig wischte sie sich mit dem Handrücken übers Gesicht und sah auf.

„Das muss aufhören!“, brummte sie schniefend. „Ich mutiere hier du einer verdammten Heulsuse!“

„Deiner Mutter geht es gut. Und wenn wir Glück haben, kriegen wir unseren Mörder gleich noch dazu.“

Sie nickte und versuchte ihre Angst in den Hintergrund zu drängen, und sich stattdessen auf die Aufgabe zu konzentrieren, die vor ihr lag: ihre Mutter zu befreien.

„Wie willst du es machen?“, fragte sie.

„Entweder wir fahren hinterher, bis er anhält, oder …“

„Ich bin für *oder*!“

„Das dachte ich mir. Dann fahren wir möglichst nah ran, zerschießen auf offener Bahn einen Reifen, so dass er anhalten muss.“

„Er muss aber sofort außer Gefecht gesetzt werden, wenn der Wagen steht, sonst ist das ein Himmelfahrtskommando für meine Mutter.“

„Er darf aber nicht sterben. Wir müssen herausfinden, wo Jane steckt.“

Das leuchtete Heather natürlich ein. „Gut, wir fahren nah ran, zerschießen einen Reifen und dann machen wir Jameson unschädlich, ohne ihn zu töten.“ Das konnte verdammt schwierig werden. „Bisschen arg einfach, was?“

Erics Mundwinkel zuckten. „Allerdings. Willst du schießen, oder soll ich?“

„Ich schieße."

„War klar." Er zeigte hinter sich. „Zieh mal die Abdeckung zurück. Da dürfte etwas Adäquates dabei sein."

Heather schnallte sich ab und drehte sich im Sitz herum. Im Heck kam unter der Abdeckung ein komplettes Waffenarsenal zum Vorschein, inklusive eines außerordentlich brauchbaren Gewehrs mit Zielfernrohr.

„Du bist ja bestens ausgestattet."

Er grinste. „Und dabei hast du mich noch nicht einmal nackt gesehen."

Als sie die Augen verdrehte, zeigte er nochmal nach hinten. „Da sind auch zwei Nachtsichtgeräte. Hol' sie vor, dann kann ich das Licht ausmachen und wir fahren im Tarnmodus."

Gute Idee! Heather holte die schweren Restlichtverstärker nach vorne und setzte sich einen auf. Dann drehte Eric das Licht ab und Heather steuerte, bis er die Brille auf hatte.

„Noch vier Meilen."

*

„Sind sie das?" Heather kniff die Augen zusammen und fixierte zwei leuchtende Punkte, die am Ende der pfeilgeraden Straße auftauchten.

Eric hob den Restlichtverstärker etwas an und sah auf seine Uhr. „Ja, das sind sie."

Sie fuhr den Sitz soweit es ging zurück und warf einen Blick durch das Zielfernrohr.

„Mit diesem Scheißding ist es stockdunkel", beschwerte sie sich.

„Wenn wir Licht machen, sieht er uns sofort. Versuch' es!"

Heather legte im Wagen an und zielte durch die Frontscheibe.

„Draußen ist zu viel Wind. Ich muss durch die Scheibe schießen."

„Aber das ist ein Oldtimer!"

„Und das da vorne ist meine Mutter!"

Sie legte nochmals an, während Eric etwas Unverständliches brummte, fand in ihrem Sitz aber keine Stabilität. Kurzerhand kletterte sie zwischen den Sitzen nach hinten und legte das Gewehr auf der Schulterstütze des Beifahrersitzes auf, während die Lichter des vorausfahrenden Wagens immer näher kamen.

„Willst du zusätzlich zu meiner Scheibe jetzt auch noch mein Trommelfell vernichten?"

Heather zog mit einem genervten Stöhnen aus ihrer Jeans ein gebrauchtes Papiertaschentuch, riss ein Stück davon ab und knüllte es zusammen. Den improvisierten Pfropfen stopfte sie Eric ins Ohr.

„Was ist *das* denn?"

„Willst du nicht wissen. Und jetzt halt den Wagen möglichst ruhig. Ich muss zielen." Mit klopfendem Herzen zwang sie Ruhe in ihre Arme und in ihren Blick, fixierte mit dem unhandlichen Restlichtverstärker im Gesicht den Wagen, dem sie immer näher kamen.

„Sieht aus wie eine Limousine", befand Eric.

„Sehr gut." Heather wartete noch einige Sekunden, bis sie sagte. „Ich hab ihn im Fadenkreuz. Das kann klappen."

„Und nicht töten!"

„Ja, verdammt! Ich hab's kapiert."

Die Zeit, bis der Wagen endlich in erreichbarer Nähe war, zog sich für Heather ins Unendliche. Sekunden wurden zu quälenden Stunden. Es kam ihr vor, als könnte in jedem Augenblick etwas Schreckliches geschehen. Der Wunsch ihre Mutter zu retten drängte sie endlich zu schießen. Doch sie wusste, wenn der Schuss daneben ging, wäre Mills Jameson gewarnt; und wer konnte schon wissen, was er dann mit ihrer Mutter anstellen würde.

Sie musste sich beruhigen; musste ihre Ängste loslassen und sich bewusst machen, dass sie selbst es war, die es in der Hand hatte. Zwei saubere Treffer, das war alles, was sie brauchte.

Mit einem tiefen Atemzug sog sie die Luft in ihre Lungen, nahm Erics Schweigen als ein Maximum an Hilfe wahr. Nichts störte ihre Konzentration, kein Schlenkern des Wagens, kein Wort, nichts. Es gab nur noch das stetige Motorengeräusch und die Lichter des vorausfahrenden Wagens, die immer näher kamen.

Instinktiv wusste sie, wann er in Schussweite war. Sie bewegte das Zielfernrohr, weg vom Innenraum der Limousine, hin zum rechten Hinterreifen.

Halt dich fest, Mum! bat sie in Gedanken, atmete noch einmal tief ein und hielt die Luft in ihren Lungen, während sie zielte … und schoss.

„Treffer!“, rief Eric.

Der Wagen hatte angefangen zu schlingern und Heather beobachtete im Zielfernrohr, wie ihre Mutter auf der Rückbank hin und her geschüttelt wurde, während sich Mills an das Lenkrad krallte, im verzweifelten Versuch das Auto auf der Straße zu halten.

Sobald er stand, würde sie ihm beide Schultern zerschießen, beschloss sie, und betete für ein freies Schussfeld.

Doch leider wurde er nicht langsamer. Das Schlingern wurde immer stärker, der zerfetzte Reifen kam ihnen entgegen und knallte gegen die bereits durchschossene Windschutzscheibe, bevor er über den Wagen flog.

„Verdammt, warum bremst der Idiot nicht?“, rief Eric.

Vor ihnen entstand an der nackten Felge ein Funkenregen.

„Er verliert die Kontrolle“, hauchte Heather und riss sich das Nachtsichtgerät vom Kopf. Die gleißenden Funken blendeten sie. „Schalt das Licht an!“ Sie riss Eric ebenfalls die Brille aus dem Gesicht und warf das Gewehr weg, zog ihre Waffe.

„Was tust du denn da?“

„Ich brauche kein Gewehr mehr!“ Heather kletterte zurück auf den Vordersitz.

„Warum denn nicht?“

„Weil er sich überschlagen wird!“

Sie hatte den Satz kaum zu Ende gesagt, da stellte sich der Wagen vor ihnen quer und überschlug sich auf der Straße. Zweimal. Dreimal. Und ein viertes Mall!

Heathers Herz setzte einen Schlag aus. Kaum, dass der Wagen auf dem Dach zum Stillstand gekommen war, drosselte Eric die Geschwindigkeit.

„Da ist er!“ Er zeigte auf Mills Jameson, der ohne sichtbare Verletzungen aus dem Auto kroch und sofort in dem Maisfeld verschwand, das an die Straße angrenzte.

Eric brachte den Wagen zum Stehen und zielte auf das Feld, schoss eine Salve hinein, die einen möglichst großen Radius abdeckte, während Heather zu ihrer Mutter lief.

„Mutter?“ Mit schriller Stimme fiel sie auf die Knie. „Mum? Mum? Oh, Gott!“

„Ich muss nachsehen, ob ich ihn getroffen habe!“, rief Eric.

„Bist du verrückt? Das ist ein Maisfeld, da bist du vogelfrei. Gib eine Fahndung raus und hilf mir hier! - Mum!“

Plötzlich regte sich Heathers Mutter, was sie erleichtert aufschluchzen ließ. Gott sei Dank hatte sie sich angeschnallt gehabt und hing nun kopfüber zwischen erschlafften Airbags in den Seilen. Außer einigen Kratzern an den Armen und im Gesicht hatte sie keine sichtbaren Verletzungen.

„Kannst du dich bewegen? Mum?"

„Heather?" Elisabeth Norrington-MacLean drehte den Kopf und verzog schmerzhaft das Gesicht dabei. „Oh Gott, Schätzchen. Gott sei Dank."

Sie fing an zu weinen und Heather bekreuzigte sich. Eric hatte die Fahndung durchgegeben und kam zu Heather und ihrer Mutter.

„Kannst du die Tür aufziehen und meine Mutter da rausholen?" Sie nahm ihm die Waffe ab. „Ich sichere uns solange, für den Fall, dass der Scheißkerl zurückkommt."

Eric stemmte sich mit beiden Beinen gegen den Wagen und zog an der verbeulten Autotür, die mit einem protestierenden Quietschen über den Asphalt schabte.

„Mrs. Norrington-MacLean?"

„Elisabeth, … junger Mann", hauchte Heathers Mutter.

Heather selbst sah nicht hin, zielte stattdessen mit der Pistole in das stille Maisfeld.

„Gut, Elisabeth. Ich löse jetzt den Sicherheitsgurt und ziehe sie raus. Verschränkten Sie bitte die Arme über dem Kopf."

„Warum denn?"

„Der Wagen liegt auf dem Dach. Sie werden gleich ein bisschen herunterfallen."

„Oh."

„Keine Sorge. Ich fange Sie auf, so gut es geht."

„Gut. … Gut."

Heather hörte ein Klicken und den leisen, überraschten Schrei ihrer Mutter.

„So ist es gut, Elisabeth. Ich hab' Sie."

Aus dem Augenwinkel beobachtete Heather, wie Eric ihre Mutter langsam und vorsichtig aus dem Wrack des

Wagens befreite.

Sie drückte ihm die Pistole in die Hand und zog ihre Mutter in eine impulsive Umarmung.

„Es tut mir so leid, Mum."

Der Körper ihrer Mutter zitterte und bebte. „Schätzchen, warum ist das nur passiert? Ich verstehe das alles nicht."

„Ich erkläre es dir." Sie löste sich von ihrer Mutter und strich ihr eine der schwarzen Strähnen aus der Stirn, blickte in ihre wasserblauen Augen und war so unendlich dankbar, dass sie noch lebte. „Ich erkläre es dir."

„Heather, wir müssen hier weg." Eric stand bereits und half Elisabeth, die über ihrem hellen Nachthemd einen etwas ramponierten Morgenmantel trug, auf die Beine.

„Kannst du gehen, Mum?"

„Ja, es geht schon, Schätzchen."

Beidseitig gestützt wurde Elisabeth zum Wagen geführt.

„Ich setze mich nach hinten", sagte Heather, nicht zuletzt, weil sie ihre Mutter nicht mit der Vielzahl an Waffen konfrontieren wollte, die auf der Rückbank lagerten.

Sie stiegen alle drei ein und Eric steuerte an dem Wagenwrack vorbei auf die freie Straße.

„Wir müssen Sie in Sicherheit bringen, Elisabeth." Eric sah Heather über den Rückspiegel fragend an.

„Aber ich muss zurück zu Karen. Und zu den Hunden."

„Wir haben ein Einsatzkommando hingeschickt."

Elisabeth wandte sich zu ihrer Tochter um. „Was heißt das?"

„Polizisten werden sich um sie kümmern. Jetzt musst du erst einmal in Sicherheit sein."

„Am besten irgendwohin, wo Sie aus der Schusslinie sind. Wir brauchen einen sicheren Ort, der schwer einsehbar und gut zu verteidigen ist. Einen Ort, wo sie erst einmal niemand vermutet." Wieder sah er Heather an.

„Irgendeine Idee?"

Und ob sie eine Idee hatte. Eine gute Idee, eine sichere Idee; aber auch eine Idee, die ihrer Mutter nicht gefallen würde. Sie deutete ein Nicken an.

„Wir fahren zu Dad!"

*

„*Was*?!" Elisabeth riss die Augen auf.

„Du hast mich schon richtig verstanden!" Heather war auf den Widerstand ihrer Mutter durchaus gefasst gewesen.

„Auf gar keinen Fall!"

„Auf *jeden* Fall!"

„Das kommt überhaupt nicht in Frage! Ich werde keinesfalls bei deinem Vater angekrochen kommen wie eine bettelnde Landstreicherin."

Heather verdrehte die Augen. Die kompromisslose Theatralik ihrer Mutter kannte keine Grenzen.

„Wo lebt dein Vater, Heather?"

Elisabeth sah so überrascht zu Eric hinüber, als hätte sie seine Anwesenheit bereits völlig vergessen.

„In Lockerbie." Sie warf ihrer Mutter einen warnenden Blick zu. „Er lebt in einer alten Burg, deren Geschichte er jedem ausführlichst erzählt, der nicht schnell genug wegläuft."

Ihre Mutter stöhnte zustimmend.

„Eine Burg?"

„Ja, genau. Dicke Mauern und leicht zu sichernde Türme."

„Das klingt sehr vernünftig, Elisabeth." Eric zückte seine charmanteste Stimme, die Heathers Mutter offenbar dahinschmelzen ließ.

„Sind Sie sicher, dass das sein muss?"

„Ich fürchte, ja."

Fassungslos hörte Heather ihre Mutter eine Zustimmung murmeln, für die sie selbst wenigstens zwei Stunden Diskussionsarbeit hätte investieren müssen.

Sie nickte anerkennend in den Rückspiegel und schloss dann die Augen. Bis Lockerbie würde es noch mindestens eine Stunde dauern, selbst bei Erics Fahrstil.

Kurze Zeit später ließ sie ein Rauschen aufhorchen.

„Zentrale?", fragte Eric.

„Wir haben Miss Karen Murray und zwölf Welsh Corgies unverletzt in Mrs. Norrington-MacLeans Haus vorgefunden, Agent Moore."

Elisabeth faltete die Hände und schloss einen dankbaren Seufzer lang die Augen. Heather legte ihr voller Erleichterung die Hand auf die Schulter.

„Sehr gut. Irgendetwas Neues von dem Flüchtenden?"

„Nein, Sir. Die Fahndung läuft, gestaltet sich aber aufgrund der Lage und Dunkelheit außerordentlich schwierig."

„Danke, Sally."

Er drückte einen Knopf am Armaturenbrett, dann war die Verbindung unterbrochen.

„Können Sie uns erzählen, wie Sie heute entführt wurden, Elisabeth?"

Eric sah sie prüfend an, genau wie Heather es tat. Ihre Mutter hatte die Finger fest im Schoß verschränkt, um ihr Zittern zu verbergen. Ihr Atem ging flatternd.

„Es war schrecklich", hauchte sie. „Ich dachte, er würde mich umbringen."

„Können Sie ihn beschreiben?"

„Er war jung. Vielleicht so jung wie Sie, aber kleiner und dunkelhaarig."

Heathers Puls schoss in die Höhe. „Hat er irgendetwas zu dir gesagt?"

„Er war so eigenartig." Elisabeth schüttelte schaudernd

den Kopf. „Er sagte, er wäre deinetwegen hier. Flammengöttin hat er dich genannt und immer wieder hat er gesagt, dass du ihn nicht hättest verlassen sollen.“ Sie wandte sich zu Heather um. „Kennst du diesen schrecklichen Mann denn, Heather?“

Heather schluckte hart. „Ja, Mutter.“

„Warst du mit ihm zusammen?“

Um keinen Preis der Welt würde sie ihrer Mutter auf diese Frage antworten. „Erinnerst du dich an die Vernissage, auf der wir mit Cora waren?“

„Ja, warum?“

„Erinnerst du dich an den Künstler, der dort ausgestellt hat?“

„Natürlich, ich … oh mein Gott! Ja, genau. Das ist er gewesen.“

Heather nickte. „Er ist ein Mörder.“

Instinktiv umschloss Elisabeth ihre eigene Kehle mit der Hand. „Bedroht er dich?“

„Wir müssen ihn finden, Mutter. Er hat eine junge Frau in seiner Gewalt. Und deswegen ist es so wichtig, dass du in Sicherheit bist.“

Heathers Mutter nickte, mehr geschockt als verstehend. „Gibst du deinem Vater Bescheid, dass wir kommen?“

„Natürlich. Ich rufe ihn sofort an.“

Und das tat sie auch. Wie jeder Schotte Anfang Sechzig, der nachts um halb Zwei aus seinem wohlverdienten Schlaf geklingelt wurde, meldete sich ihr Vater mit einem krächzenden „Aye?“

Heather erklärte ihm in wenigen Sätzen, dass sie mit ihrer Mutter auf dem Weg zu ihm wären und seine Hilfe bräuchten. Er war so verblüfft, dass er nicht weiter nachfragte und ankündigte Schlafzimmer fertigmachen zu lassen, bis sie ankamen.

„Soll ich dich ablösen?“, fragte Heather Eric.

Er zeigte auf die Windschutzscheibe. „Du hast diesem hilflosen Wagen bereits genug Schaden zugefügt."

„Dann mache ich jetzt ein Nickerchen." Sie wollte ihrer Mutter raten dasselbe zu tun, doch diese war bereits eingeschlafen.

*

„Heather?"

Widerwillig hob sie ein Augenlid. „Ja?"

„Ich brauche die Adresse."

Heather nannte ihm leise die Adresse ihres Vaters und lehnte sich dann wieder zurück, während sie sich innerlich für das Aufeinandertreffen ihrer Eltern rüstete.

„Das ist ja ein ganz schön imposanter Kasten."

Heathers Blick folgte dem von Eric. Vor ihnen tauchte am Ende der langen gekiesten Einfahrt die Burg auf, die ihr Vater in den letzten zehn Jahren Stück für Stück renoviert hatte. Sie hatte zwei hohe Türme, einen See an der Rückseite und rundherum Schießscharten.

„Ja, allerdings."

„Wie ist dein Vater so?"

Heather überlegte kurz. „Direkt", sagte sie dann und fand, dass es das am besten traf.

Seit fast zwei Jahren hatte sie ihn nicht gesehen, ihn nur zu Geburtstagen und zu Weihnachten angerufen. Auch für sie war die Situation alles andere als gewöhnlich, und das nicht nur allein wegen der Umstände.

Eric brachte den Wagen im Innenhof zum Stehen.

Breite Steinstufen, die zu beiden Seiten von Laternen beleuchtet waren, führten zu einer zweiflügligen Eingangstür, hinter der sofort das Licht anging. Eric stieg aus und half Heather vom Rücksitz. Ihre Mutter war ebenfalls aufgewacht und streckte sich ein wenig. Müdigkeit und

Erschöpfung waren ihr deutlich anzusehen.

„Aber ich werde nicht mit ihm reden“, beharrte sie trotzig, während sie sich notdürftig den Schlafrock glattstrich und die Schultern straffte.

„*Ach, du großer Gott!*“

Alle drehten sich nach der vollen Baritonstimme von Heathers Vater um und sahen ihn aus dem Haus auf sie zu stürzten. Er hatte rotes, bereits etwas dünnes Haar, einen ebenfalls roten, mit grauen Fäden durchzogenen Vollbart und trug unter seinem hellen Hemd einen dunkelkarierten Kilt, während seine nackten Füße in abgetragenen Lederslippern steckten.

„Was ist denn mit dir passiert, Lizzy?“, rief er und war mit zwei Schritten bei ihnen. Er riss Heathers Mutter förmlich in seine Arme und klopfte ihr etwas grobmotorisch auf den Rücken.

„Lass mich los, Brian.“ Sie versuchte ihn von sich zu schieben. „Ich will nichts mit dir zu tun haben.“

„Red‘ keinen Unsinn, Mädchen!“

Er beachtete ihren Protestversuch gar nicht. Und als sie ein paar Sekunden später nachgab, ihre Arme um ihn legte und leise schluchzte, hätte Heather beinah mitgeheult.

„Ist ja gut. Alles ist gut.“ Er hielt sie noch immer fest und sah Heather an. „Du bist groß geworden, Heddy.“

„Dad, ich wachse seit etwa 15 Jahren nicht mehr.“

„Dann muss ich geschrumpft sein. – Also, was ist hier los?“

Heather atmete tief durch. Ihr Vater hatte so gar keine Schwäche für Smalltalk.

Sie zeigte neben sich. „Dad, das ist mein Kollege Eric Moore.“

Ihr Vater legte den Kopf in den Nacken und nickte ihm einen Gruß zu. „Junge, Junge. Sie können aber aus der Dachrinne saufen, was?“

„Dad!"

„Na, ist doch so!" Er sah zu Eric empor. „Hab' ich nicht Recht?"

„Gewissermaßen, Sir." Seine Stimme war kühl, doch Heather kannte ihn mittlerweile so gut, dass sie die Belustigung in seinem Gesicht sah.

Aus dem Haus kam eine alte Dame gelaufen. Es war Mary, die schon auf Brian MacLean aufgepasst hatte, als er noch ein Kleinkind gewesen war, und nun mit fast achtzig Jahren tat sie es immer noch.

Heather lächelte ihr entgegen, begrüßte sie und stellte ihr Eric vor. Dann löste sich Brian von Elisabeth, die sich verschämt über das Gesicht wischte.

„Mary wird dir einen Tee machen, Liz. – Ordentlich Schuss rein, Mary!", sagte er mit einem Zwinkern an die alte Dame gewandt und übergab Heathers Mutter in deren Obhut.

Als die beiden Frauen außer Hörweite waren, umarmte er Heather.

„Tut mir leid, Schätzchen. Deine Mutter war so aufgelöst, dass ich mich erst um sie kümmern musste. Wie geht es dir?"

Sie atmete den etwas muffigen, aber ihr doch auf so wohlige Art bekannten Geruch ihres Vaters ein. Er war nur so groß wie sie selbst, aber wog bestimmt um die 100 Kilogramm. Seine Umarmung war fest und herzlich.

„Mir geht es gut, Dad." Sie löste sich von ihm. „Uns beiden geht es gut."

„Sie!" Brian kniff grimmig die Augen zusammen und zeigte mit dem Finger auf Erics Gesicht. „Schlafen Sie mit meinem Mädchen?"

„*Dad*!" Die Wahl zum peinlichsten Vater des Jahres hätte Brian MacLean jederzeit gewonnen. Vermutlich weltweit!

Während Heathers Kopf die Farbe einer reifen Tomate

annahm, zuckte Eric mit keiner Wimper. „Nein, Sir."

„Aber Sie würden gern!"

Wieder keine erkennbare Mimik. „Ja, Sir."

Heathers Kinnlade klappte herunter, während ihr Vater nickte.

„Meinen Sie es ehrlich, junger Mann?"

Heather spürte plötzlich Erics Blick auf ihrem Scheitel. Ihr Herz pochte heftig und sie war genauso neugierig auf seine Antwort, wie sie sich auch gleichzeitig in ein anderes Sonnensystem wünschte.

„So ehrlich, wie es ein Mann mit einer Frau nur meinen kann, Sir."

Brians Hand sauste auf Heathers Schulter, die erschrocken zusammenfuhr. „Der Junge gefällt mir, Heddy. Den kann man gebrauchen. Grade heraus! So mag ich das!"

„Wie schön, Dad", gab sie sarkastisch zurück und beobachtete verwundert, wie ihr Vater Eric eine Hand auf den Arm legte. „Kommt mit rein! – Junger Mann, Sie scheinen gut in Form zu sein."

„Danke, Sir."

„Hör' auf mit dem Sir, ich bin Brian."

„Brian."

Heather setzte sich hinter den beiden in Bewegung und beobachtete das ungleiche Paar von hinten.

„Weißt du, was einem so gut gebauten jungen Mann noch fehlen würde, um wirklich gut auszusehen?"

Eric sah auf ihren Vater hinab. „Nein, Brian. Was denn?"

„Ein Kilt. Natürlich in unserem Tartan. Wie ich an deinem Nachnamen höre, bist du Engländer. Daran lässt sich nichts mehr ändern. Heather ist auch eine halbe Engländerin, aber sieh' sie dir an! Aus ihr ist doch auch was geworden, nicht wahr?" Er warf einen Blick über die Schulter und Heather verdrehte die Augen.

„Auf jeden Fall, Sir."

„Ich sage doch, nenn' mich Brian. Weißt du im Übrigen was der Schotte unter dem Kilt trägt?"

Oh, nein!"

„Was denn, Brian?"

„Socken, meine Junge!" Er lachte lauthals, bevor er nochmals sagte, lauter diesmal. „Socken!"

Sogar Eric musste kurz lachen. Manchmal waren die abgedroschenen Witze doch die Besten. Und Heather fing langsam an, das Bild zu genießen, das sich ihr darbot. Ihr Vater und Eric Seite an Seite. Und sie verstanden sich offenbar prächtig.

Als Heather über die Schwelle in die große Eingangshalle der Burg trat, kam es ihr vor, als wäre sie in einer anderen Welt. Es war alles so friedlich und obwohl es eigentlich keinen Grund gab, fiel ein kleiner Teil der Anspannung von ihr ab.

„Wo ist denn Mutter?", fragte sie Mary, als ihr diese mit einem Tablett entgegenkam.

„Im Bett, Heather. Ich bringe ihr den Tee nach oben. Sie ist fix und fertig."

„Das glaube ich. Danke, Mary."

„Heddy?" Ihr Vater streckte den Kopf aus einem der Zimmer. „Kommst du?"

Sie schob sich ihre Haare aus dem Gesicht und atmete seufzend durch. Jetzt, da sie etwas zur Ruhe kam, bemerkte sie ihre Müdigkeit. Es war schon nach zwei Uhr morgens. Sie betrat einen der Salons, in dem Heathers Vater Eric Platz angeboten hatte und ihm gerade ein Whiskyglas reichte.

„Legt die Waffen ab", sagte er in strengem Ton.

Eric stand auf und legte die Pistolen und einen seiner Wurfdolche ab. Heather wusste, dass er noch einen im

Stiefel hatte, schwieg aber. Sie selbst legte ihre Pistole daneben und setzte sich auf einen Sessel am Kamin.

„Hier, Heddy. Das wärmt den Magen."

Sie nahm das Glas entgegen, das er ihr hinhielt. „Danke, Dad."

„Slàinte mhath!", prostete er den beiden zu und schüttete sein Glas hinab.

Heather bemerkte, wie quirlig und lebendig er war. Er war so gar nicht wie ihre Mutter. Wie nur hatten sie jemals zusammengepasst? Unweigerlich glitt ihr Blick zu Eric. Er sah sie so eindringlich an, dass ihr schwummrig wurde.

„Slàinte!", prostete sie und leerte auch ihr Glas in einem Zug.

„Und jetzt erzählt mir, was hier vor sich geht!"

Heather und Eric berichteten ihm eine wahrheitsgemäße, aber etwas abgespeckte Version der Geschehnisse, die er mit einigem Interesse vernahm. Seine Stirn lag in Falten und die Sorge war ihm deutlich anzusehen.

„Junge, Junge." Er strich sich mit der Hand den Bart glatt. „Pass bloß auf mein Mädchen auf!", sagte er an Eric gewandt.

„Darauf können Sie wetten."

„Ich kann auch auf mich selbst aufpassen, Dad." Diese Macho-Tour war nun gar nichts für sie. „Aber dazu muss ich noch eine Mütze voll Schlaf bekommen, wenn das in Ordnung ist."

„Natürlich. Mary zeigt euch eure Zimmer." Er stand auf und legte seine Hand auf Heathers Arm. „Es ist schön dich zu sehen, Heddy. Und ich freue mich, dass du hier bist, auch wenn die Umstände nicht die besten sind."

So viel aufrichtige Zuneigung von ihrem Vater setzten sie kurzfristig schachmatt. „Danke, Dad. Ich freue mich auch. Ich komme bald wieder zu Besuch, wenn diese Sache vorbei ist, ja?"

„Sehr gerne.“ Brian MacLean verabschiedete die beiden und Mary führte sie hinauf in einen Flügel mit einem breiten Gang und schweren Eichentüren vor den zahlreichen Zimmern.

„Hier schläfst du, Heather.“ Mary schob eine der Türen auf.

„Danke.“ Sie blickte zu Eric empor. Sein Blick war undurchsichtig und dunkel. Sie wusste nicht, wie er das machte, aber plötzlich fühlte sich ihr Magen an, als hätte man ihn in einen Mixer geworfen.

„Schlaf' gut“, sagte sie etwas kleinlaut und verschwand in ihrem Gästezimmer.

Leise schloss sie die Tür hinter sich und sah sich um. Der Raum war unerwartet gemütlich dafür, dass die Wände aus massivem Stein waren. Ein großes Himmelbett stand an der gegenüberliegenden Seite, daneben ein kleiner Schreibtisch. Links von ihr war eine schmale Tür, die vermutlich in ein Badezimmer führte. Mit einem erschöpften Stöhnen trat sie sich die Turnschuhe von den Füßen und rollte ihre Zehen auf dem weichen Bettvorleger. Dann krabbelte sie auf die Matratze und warf sich auf den Rücken. Mit geschlossenen Augen blieb sie liegen, die Arme und Beine weit von sich gestreckt. Am liebsten hätte sie sich hier versteckt, bis diese ganze Sache vorüber war.

„Oh!“

Heather schlug erschrocken die Augen auf. Eric stand barfuß und mit nacktem Oberkörper in der Tür, die sie für eine Badezimmertür gehalten hatte. Für einen Sekundenbruchteil setzte ihr Gehirn beim Anblick seiner austrainierten Brust aus. Dafür sprangen andere, weiter südlich gelegene Regionen ihres Körpers an.

„Ich dachte, hier ginge es ins Badezimmer“, rechtfertigte

er sich.

Heather setzte sich auf. Plötzlich waren ihr Mund staubtrocken und ihr Kopf leer.

„Das dachte ich bis eben auch."

„Der alten Lady sitzt offenbar noch der Schalk im Nacken." Er drehte sich einmal um die eigene Achse, bevor er auf die gegenüberliegende Seite des Zimmers zeigte. „Ich glaube du hast das Bad. Und ich habe die Verbindungstür."

„Geh' ruhig rein. Ich bleibe hier einfach liegen und schlafe die nächsten zwei Wochen durch." Sie legte sich wieder hin und schloss die Augen. Äußerlich schien sie ruhig, innerlich brodelte und kochte sie. Erics Geständnis an ihren Vater kam ihr wieder in den Sinn. Er wollte sie.

Einige Minuten später kam er wieder aus dem Badezimmer. Sein blondes Haar war feucht und seinem Körper entströmte ein verführerisch frischer Duft.

„Bad ist frei."

„Danke."

Heather stand auf. Plötzlich war Eric vor ihr. Er hob die Hände und sie schloss die Augen, hielt den Atem an. Doch als nichts geschah, öffnete sie sie wieder und sah hinauf in seinen himmelblauen Blick, der vor Lust verhangen war. Er ballte die erhobenen Hände zu Fäusten, und ließ sie resigniert sinken.

„Also dann", sagte er und wirkte, als würde es ihn seine letzte Kraft kosten. „Bis morgen."

Sie rang sich ein Lächeln ab. „Ja, bis dann."

Dann ging er hinaus und schloss die Verbindungstür hinter sich.

*

Auch eine wirklich kalte Dusche hatte Heathers Gedanken und ihren Körper nicht beruhigen können.

Mein Gott, es war Wahnsinn. War sie nicht gerade mit diesem Irren zusammen gewesen? Und hatte nicht Eric alles bis ins kleinste Detail gesehen? Warum verachtete er sie nicht, wie sie selbst es tat?

Diese Frage stellte sie sich immer und immer wieder, während sie sich in ein Badetuch einwickelte und sich auf die Bettkante setzte.

Keine Ahnung, wie spät es war. Doch ihr Herz hämmerte und ihr Blut kochte. Und zu alldem kam die Angst. Angst vor Eric, weil sie sich mit ihm so unerhört wohl fühlte; ihm nach so kurzer Zeit so vorbehaltlos vertraute.

Heather erkannte, dass sie in seiner Nähe sein wollte, auch jetzt, auch wenn keiner von Ihnen etwas tat oder sagte. Die Erkenntnis traf sie wie ein Blitzschlag.

Ohne einen bewussten Entschluss gefasst zu haben, stand sie auf und ging zur Verbindungstür, legte ein Ohr dagegen, um zu lauschen.

Es war rein gar nichts zu hören. Vorsichtig legte sie die Hand auf die Klinke. Das Blut rauschte so laut in ihren Ohren, dass sie das leise Quietschen der Tür nicht hören konnte. Sie trat geräuschlos über die kleine Holzstufe und blickte hinüber zum Bett, wo Erics Körper in ein helles Laken geschlungen war. Er lag auf dem Bauch. Seine Hände umarmten das Kissen unter seinem Kopf. Sein Körper wirkte wie eine schlafende Statue, die glatte Haut spannte sich über den beeindruckenden Muskeln und der Schwung seines Rückgrads führte geradewegs zum Ansatz seines muskulösen Pos, der unter der Decke verborgen war.

Heather überlief ein Zittern, vor Aufregung, aber auch vor Angst. Was, zum Teufel, trieb sie hier eigentlich? Sie hielt das Handtuch über ihrer Brust fest und trat etwas näher ans Bett. Als eine der dunklen Dielen unter ihrem Fuß knarrte, flog Erics Körper herum. Er hielt eine Pistole auf sie gerichtet und blinzelte erst einige Male, bevor er sie sinken ließ.

„Heather?“, fragte er verwundert.

Sein Blick glitt über ihr Gesicht, hinab zu dem Badetuch, das nur das allernötigste bedeckte. Dann sah er wieder auf, durchforschte ihre Züge mit einer Intensität, die sie erschaudern ließ.

Sie schloss für einen Augenblick die Augen. Ihr Körper wurde von einem Beben erfasst, hin und her geworfen zwischen Vernunft, Angst und der plötzlich aufbrandenden Lust, die sie empfand.

„Heather?“, wiederholte er und fragte damit nach so viel mehr, als nur nach ihrem Namen.

Sie sah ihn nur stumm an, und das schien ihm Antwort genug. Eric Moore war offenbar nicht gewillt auf eine goldgeprägte Einladungskarte zu warten. Er ließ die Waffe achtlos auf das Nachtkästchen fallen und kam aus dem Bett auf sie zu.

Seine Bewegungen waren fließend, verheißungsvoll und voller Kraft. Heather atmete tief ein und beinah wurde ihr schwindlig, als er plötzlich vor ihr stand, mit nichts als schwarzen Pants bekleidet. Die Luft um sie herum pulsierte von dem Wissen, dass sie einander wollten. Es war ein köstliches, sehnsuchtsvolles Zerren in ihrem Schoß, als sie den Blick hob.

Es war ihm anzusehen, wie sehr er sich zurückhielt; dass er ihr die Möglichkeit geben wollte, sicher zu sein. Und gleichzeitig war sein verhangener Blick eine Warnung.

„Ich will mich nicht mit weniger zufrieden geben, als mit allem“, flüsterte er, wieder mit diesem untrüglichen Gespür für das, was sie dachte. Er umfasste ihren Hinterkopf mit seinen langen Fingern und zog ihr die einzelne Nadel aus dem nassen Haar. Sie erschauderte. Gott, dieser Mann löste mit nur einem Blick ein so ursprüngliches Verlangen in ihr aus, wie sie es nie für möglich gehalten hatte.

Als Eric sein Gesicht in ihrem nassen Haar vergrub und dessen Duft tief in seine Lungen sog, wurden ihre Knie weich. Sie hatte das Gefühl sich an ihm festhalten zu müssen. Ihr verschwamm der Blick und die Stimme versagte ihr. Das Gefühl, das in ihr aufstieg, war mehr als Begehren, es war innig und heftig. Und es brannte in ihren Lungen und ihrer Brust, so sehr, dass sie die Tränen zurückhalten musste.

Eric umfasste ihr Gesicht. „Es ist eigentlich zu früh", flüsterte er und küsste ihren Augenwinkel. „Und ich verstehe es nicht." Der Kuss glitt auf ihren Wangenknochen, hinüber zu ihrem Ohr, an dem er kurz verharrte. „Ich verstehe diese ungewöhnliche, starke Anziehung nicht. Du hast Angst vor mir. Angst vor uns." Er sah sie an. Sein schönes Gesicht war ernst, fast schmerzvoll. „Aber bei allem, was heilig ist, wenn du nicht sofort wieder durch diese Tür verschwindest, dann werde ich mich das erste Mal in meinem Leben nicht zurückhalten können."

Heather biss sich auf die Lippe. Ihr Gehirn funktionierte sowieso nicht mehr richtig, und wer konnte schon wissen, was morgen passierte. Aber hier und jetzt mit diesem wundervollen Mann wollte sie nur eines.

„Ich will mit dir zusammen sein", sagte sie leise und griff nach dem Knoten ihres Handtuchs. Indem sie ihn öffnete und das Handtuch zu Boden gleiten ließ, versperrte sie ihnen beiden den Weg zurück.

Eric sog hörbar die Luft ein. „Mein Gott", hauchte er nur und endlich küsste er sie. Fest hielt er ihren Kopf, den die langen Finger seiner Hand mühelos umspannten, während seine Zunge zwischen ihre Lippen drang und der ihren in wilden Sehnen begegnete.

Sie wand die Arme um seinen Hals und stellte sich auf die Zehenspitzen, presste ihren nackten Körper gierig an den seinen und zuckte für einen Moment zurück, als sie seine enorme Erektion an ihrem Bauch spürte. Eric wirbelte sie herum und presste sie gegen die grobe Steinmauer, ließ den langen harten Stab seines Geschlechts an ihrem Bauch kreisen, während seine Zunge in einem trägen Rhythmus zwischen ihre Lippen stieß.

Heather bekam nicht genug von den Gefühlen, die er in ihr auslöste, schmiegte sich enger an ihn, zeigte ihm, dass sie bereit war, mehr wollte. Er löste sich von ihr und beugte sich über ihre Brüste, streichelte sie, leckte über die kleinen, harten Perlen und blies darauf, bis sie hilflos aufkeuchte und sich an seine Schultern klammerte.

„Eric …“, hauchte sie, ohne wirklich zu wissen, was sie sagen wollte.

Seine Hand strich zitternd vor Begehren, über ihren Bauch, die Rundung ihrer Hüften, hinab zu dem schmalen Dreieck roter Löckchen. Heather stöhnte auf, als seine Finger ihre nassen Blütenblätter teilten und spürte die elektrischen Schläge des Verlangens in ihrem Schoß. Ihre Beine zitterten.

„All diese Nässe für mich“, knurrte er zufrieden und küsste sie wieder. Sie stöhnte an seinen Lippen, als er mit dem Finger in sie hineinglitt, wieder heraus und wieder hinein. „Du wirst sie brauchen, Heather.“ Er schob einen zweiten Finger in sie, dehnte sie vorsichtig. „Wir werden sie beide brauchen.“ Er drängte sie zum Bett, legte sie auf den Rücken und spreizte ihre Beine weit. Wieder strich seine Hand über ihre Mitte und ließ sie erschauern.

In dieser köstlichen Lust blitzte plötzlich ein Bild von Mills hinter ihren geschlossenen Lidern auf. Sie zuckte zusammen, spürte die Scham und Erics Hände waren ihr plötzlich unangenehm; ihre sanfte Berührung ein Vorwurf aus Fleisch und Blut.

„Sieh‘ mich an!“, verlangte er plötzlich.

Heather gehorchte und blickte in sein schönes Gesicht.

„Er ist nicht hier, Heather. Es ist vorbei.“ Er stieg vom Bett und ließ sie dabei nicht aus den Augen. „Ich bin hier bei dir. Ich werde jede seiner Berührungen, jeden Atemzug, jedes Gefühl, das du mit ihm verbindest, auslöschen. Mit meinem Körper auslöschen.“ Er stieg aus den Pants und entblößte sich. Heather riss die Augen auf, angesichts der Pracht, die sie erblickte. Ein geäderter, harter Speer, prall und stolz aufragend. Als sie zu Erics Gesicht aufsah, löste sein Blick in ihr wieder diesen Schauder aus und drängte alle Dinge, die mit Mills Jameson zusammenhingen, in den Hintergrund.

„Wenn du mich lässt“, sagte er leise.

Heather richtete sich auf die Knie auf und kam zu Eric an die Kante. Sie umfasste sein Gesicht, küsste ihn hart und gierig. Das war ihm Antwort genug.

Er schob sie zurück auf die Matratze und verschaffte sich Platz zwischen ihren Beinen.

„Ich kann jetzt nicht warten“, hauchte er zwischen zwei Küssen, griff mit seinem Arm um ihren Rücken und hob sie an. „Nur einmal, dann bin ich geduldig.“

Heather war alles recht, was dazu führte, dass er endlich in ihr war. Fiebrig betrachtete sie sein schönes, hartes Gesicht und wand sich unter ihm in eine Position, die sein pulsierendes Fleisch an die Schwelle ihrer Lust brachte.

Als die Spitze seiner Erektion ihre Schamlippen teilte, schrie sie auf. Unerbittlich drang er weiter in sie ein, weitete sie, dick und mächtig, Zentimeter für köstlichen Zentimeter. Der Schweiß brach ihr am ganzen Körper aus.

„Mein Gott“, hauchte sie, klammerte sich hilflos an Erics

massigen Schultern fest.

„Du bist so eng. Aber … ich kann nicht aufhören."

„Dann tu es nicht." Sie grub die Fingerspitzen in seine Haut und bäumte sich auf, als er noch weiter in sie drang. Das Gefühl der Reibung, die Hitze und Härte in ihr berauschten sie.

Eric küsste sie wieder, schob seine zweite Hand unter ihren Kopf und bog ihn zurück, kostete ihre aufgeworfenen Lippen. Langsam glitt er ein Stück aus ihr heraus, schluckte ihr kehliges Stöhnen mit seinem Mund und drang wieder tiefer in sie ein, zog sich noch einmal zurück.

„Ich kann … mich nicht beherrschen." Seine Stimme zitterte. „Sieh' mich an!"

Sie schlug blinzelnd die Augen auf. Sein Gesicht war hart vor Lust und sein Blick floss in den ihren auf eine Art, die ihr klarmachte, dass dieser Mann alles wollte. Und es sich nahm.

Mit einem harten Stoß drang er ganz in sie ein. Sie schrie auf vor Triumph und Schmerz, als sich ihre Hüften begegneten und ihr klarmachten, dass er nun restlos mit ihr verbunden war. Es war unbeschreiblich. Noch nie hatte sie sich so vollkommen ausgefüllt, so restlos in Beschlag genommen gefühlt, wie in diesem Augenblick. Und gleichzeitig war sie mächtig, das begriff sie beim Blick in sein lustvoll verzerrtes Gesicht, erkannte es am Beben seines Körpers, am grimmigen und gleichzeitig hilflosen Stöhnen, das aus seiner Kehle drang, als er sich in ihr bewegte.

Fasziniert betrachtete sie seine mächtigen Bewegungen. Wie er aus ihr herausglitt und wieder hineinstieß, die Reibung ihrer Leiber, das Gefühl seiner Muskeln unter ihren Händen, die zuckten und bebten vor Gier und dem Sehnen nach Erlösung.

Er richtete sich über ihr auf, stützte sich auf die Fäuste

und Heather blickte hinab zu der Stelle, an der ihre Körper verbunden waren, sah die Feuchtigkeit, die sich über ihre Unterleiber verteilte, ihre Feuchtigkeit.

Die Art, wie ihn seine Lust forttrug, berauschte sie, fast mehr als ihre eigene, die sich immer weiter aufbaute. Seine Bewegungen wurden gieriger, härter. Heather musste sich an ihm festhalten, während ihr unregelmäßiger Atem ihre Lungen in Brand setzte.

„Oh … Gott!" Er verlor sich im Rhythmus eines ursprünglichen, animalischen Instinktes. Mit weit aufgerissenen Augen beobachte sie ihre Körper, den Schweiß, ihre eigenen Brüste, die sich in seinem Takt bewegten, seine harten Muskeln, die zitterten vor Anstrengung. Sie krallte sich in sein Fleisch, spürte, wie sich sein Körper anspannte, wie seine Bewegungen fiebrig wurden, die Reibung in ihr unfassbar intensiv. Sie keuchte auf, spreizte die Beine weit, wollte alles spüren, was er ihr zu geben hatte. Mit einem letzten harten Stoß ergoss er sich in sie, schrie auf, schrie ihren Namen in innigster Lust und sank schließlich auf ihrem bebenden Körper zusammen.

„Es tut mir leid", sagte er, kaum, dass er wieder zu Atem gekommen war. Heather hatte ihre Arme und Beine um ihn geschlungen, genoss das Zucken seines Glieds in ihrem Inneren, hielt ihn fest mit einer Intensität an Gefühlen, die sie nicht kannte und die sie nicht einordnen konnte; Gefühlte, die ihr Angst machten und sich gleichzeitig so wundervoll anfühlten.

„Dir braucht nichts leid zu tun", sagte sie leise.

Er richtete sich über ihr auf die Ellbogen auf und betrachtete ihr Gesicht, küsste sie keusch auf die Lippen, kostete den Schweiß auf ihrer Wange.

„Ich war viel zu gierig und grob." Er sah ihr fest in die

Augen. „Habe ich alles kaputtgemacht?"

Seine Frage war fast ängstlich. Heather berührte seine Wange. „Nein."

„Was ist es dann?"

Sie blinzelte heftig, spürte das Summen ihres Körpers, spürte so viel; so viel mehr als sie kannte und als sie zulassen konnte.

„Ich habe Angst." Ihre Stimme war kaum ein Flüstern.

Eric glitt aus ihr heraus und legte sich neben sie. Behutsam tupfte er ihren Schoß mit der Decke trocken. Eine intime, fürsorgliche Geste, die sie rührte.

Warum war er so gut zu ihr? Warum lief er nicht mit seiner dämlichen Pistole in der Gegend herum und kommandierte? Warum machte er ihr keine Vorwürfe? Warum tat er nicht irgendetwas, das sie hasste? Das ihn ihr vom Leib hielt?

„Vor mir?", fragte er nach einer gefühlten Ewigkeit, wagte dabei kaum sie anzusehen. Ihr war klar, dass sie ihm Ehrlichkeit schuldete.

„Ich habe Angst davor, wieder … jemanden zu verlieren." Sie setzte sich auf, zog sich die Decke bis zum Kinn. „Und ich bin so durcheinander, so … kaputt." Mit einem Kopfschütteln sah sie ihn an. „Wie kannst du es ertragen mit mir zusammen zu sein, nach dem, was du gesehen hast?"

Das war sie, bemerkte Heather selbst, die Frage, die ihr neben der Verlustangst am meisten zu schaffen machte. Sein Blick verfinsterte sich. Er presste die Kiefer aufeinander, so fest, dass die Muskeln zuckten.

„Ich schwöre dir, wenn ich ihn erwische, dann schneide ich ihm alle Körperteile ab, mit denen er dich berührt hat."

Ein begrüßenswerter Plan!

„Aber das ist keine Antwort."

Eric stand auf und schlüpfte in seine Hosen. Plötzlich

aufgewühlt fuhr er sich durch das kurze Haar, ging einige Schritte hin und her.

„Verdammt, was erwartest du?“, fragte er aufgebracht. „Dass ich dir sage, dass mich das kalt gelassen hat? Dass es mir egal ist einen Porno zu sehen, in dem die Frau, die ich mehr als alles andere will, die Hauptrolle spielt? … und zwar mit einem irren Mörder?“

Heather schluckte. Das brachte es wohl leider ziemlich genau auf den Punkt.

„Ich wünschte, du hättest es nicht getan“, fuhr er eindringlich fort. „Ich wünschte, du wärst ihm nie begegnet, hättest dich nie von ihm berühren lassen; nie Lust empfunden und ihn nie begehrt.“ Wieder strich er sich aufgewühlt durchs Haar und Heather starrte auf ihre Finger.

Plötzlich kletterte er zu ihr aufs Bett und küsste sie wieder, hart und verzweifelt. Dann ließ er von ihr ab, umfasste ihr Gesicht mit beiden Händen.

„Aber es ändert nichts, Heather“, erklärte er fiebrig. „Verstehst du mich? Es ändert nicht das Geringste an meinen Gefühlen. Und ich wünsche mir, dass – wenn du irgendwo dort drinnen …“ Er tippte ihr aufs Brustbein. „… etwas für mich empfindest, wenn es irgendetwas an mir gibt, das dir etwas bedeutet, dass er es nicht schafft auch das noch zu zerstören. Er hat schon versucht mich umzubringen. Und hier und jetzt, will ich nicht, dass er mit uns im Bett ist. Ich ertrage es nicht. Ich hasse ihn!“

Heather blinzelte ihn fassungslos an. So sah es also in ihm aus. Sie bewunderte die Art, wie er all dies so offen aussprechen konnte. Ungefilterte Gefühle, innige Wut und ehrliche Zuneigung.

„Ich hasse ihn auch“, sagte sie leise.

„Gut.“ Eric setzte sich im Schneidersitz hin und atmete tief durch. „Und was noch?“

„Und es war trotzdem sehr schön gerade eben."

Er stöhnte. „Oh Mann, genau das, was man jedem Kerl sagt, der eine Niete im Bett ist."

„Aber es war schön!"

„Genau, deswegen hattest du auch Dutzende von Orgasmen."

„Ich habe dir doch gerade erklärt, warum -"

„Ja, ja. Halt die Klappe!", erklärte er halb mürrisch, halb liebevoll, legte sich neben sie und hob den Arm. „Komm her."

Er machte es ihr so leicht, dachte sich Heather. In seiner Gegenwart wurde Unschaffbares möglich. Und sogar hier und jetzt, wo die Erinnerung, die Angst und die Verwirrung ihr die Erfüllung ihrer Lust verwehrt hatten, bedrängte er sie nicht. Sondern bot ihr Trost an.

Sie schmiegte sich an ihn und sog den herrlichen Duft seines Körpers tief in ihre Lungen, während er die Arme um sie schloss und sie auf den Scheitel küsste.

„Und jetzt schlaf' besser schnell ein!"

„Warum schnell?"

„Ich schnarche wie tausend Mann!"

Heather musste lachen und schloss die Augen.

*

Heather wand sich in einem köstlichen Traum. Sie war nackt und streckte sich Liebkosungen entgegen, deren Ursprung sie nicht kannte. Es war ein feuchtes Streicheln an ihrer Brust und auf ihrem Bauch. Sie seufzte genüsslich, spreizte die Beine in einer so selbstverständlichen Schamlosigkeit, wie es nur im Schlaf möglich war.

Das Streicheln setzte sich zwischen ihren Beinen fort, wurde zu seinem Saugen, einem Lecken.

Je intensiver das Gefühl wurde, desto weniger schien es

ihr ein Traum zu sein. Als ihr endlich aufging, dass es tatsächlich kein Traum war, riss sie die Augen auf und sah an sich hinab.

„Eric?“ Ihr Atem ging stoßweise.

Er presste ihre Beine mit seinen Armen auseinander und sah zwischen ihren Schenkeln empor. Als er lächelte, die Lippen feucht von ihr, bohrte sich der glühende Speer des Verlangens in ihre Eingeweide.

„Du bist wunderschön, wenn du aufwachst, weißt du das?“ Er senkte die Lippen wieder auf ihr erhitztes Fleisch, saugte daran, züngelte um ihren empfindlichsten Punkt herum, bis Heather ergeben den Oberkörper zurück in die Kissen sinken ließ. Es fühlte sich unglaublich an und dass sie ihn unter gesenkten Lidern beobachten konnte, steigerte ihre Lust noch.

„Und du schmeckst köstlich“, raunte er. „Hier.“ Seine Zunge glitt über ihre Schamlippen. „Und hier.“ Er widmete sich ihrer empfindlichsten Stelle, knabberte sanft daran und ließ sie aufstöhnen. „Und sicher auch hier.“ Er spreizte sie weit und schob sich noch etwas tiefer hinab. Mit den Fingerspitzen öffnete er sie, blies auf ihre geschwollene Mitte und drang mit der Zunge in sie ein.

Heather schrie auf, grub die Finger in Erics Haar und wimmerte etwas Unverständliches. Die Erfüllung, die ihr gestern versagt geblieben war, war nun zum Greifen nah, quälte sie mit ihrer Anwesenheit, warf ihren Körper unter Erics kundigen Berührungen hin und her, erschütterte ihn.

„Soll ich aufhören?“, fragte er und ließ kurz von ihr ab. Sie schob seinen Kopf zurück zwischen ihre Beine, schamlos, wie es nur im Moment allergrößter Lust möglich war.

„Nein, bitte. Mach weiter … mach, … oh Gott, mach bitte einfach weiter!“

In einem trägen Rhythmus penetrierte er sie mit seiner

Zunge, widmete sich dann wieder ihrer Klitoris und schob gleichzeitig einen Finger in sie, dann zwei. Heather krallte sich in die Laken, konnte sich kaum noch zurückhalten. „Eric…“, stammelte sie. „Ich …“

Er stieß seine Zunge an seinen Fingern vorbei in sie hinein und sie explodierte in einem gleißenden Blitz der Lust, der ihr den Atem und die Sicht nahm. Sie bäumte sich auf, während ihr Körper pulsierte und zuckte, und sank schließlich keuchend wieder zurück in die Laken, während ihr Schoß brannte und sich um Erics Finger herum heftig zusammenzog.

Mit einem glücklichen Lächeln sah sie zu ihm hinab. Er lächelte und war ganz offenbar zufrieden mit sich. Langsam schob er sich über sie und küsste sie innig, drang mit seiner Zunge zwischen ihre Lippen und ließ sie ihren eigenen Nektar schmecken. Heather schlang die Arme um ihn und presste sich gegen seinen harten Leib.

Er stöhnte lustvoll, zog sich aber gleichzeitig zurück. „Oh, nein, nein.“ Es klang, als würde er es sowohl zu ihr, als auch zu sich selbst sagen.

„Wie meinst du das?“

„Wir müssen aufstehen.“

Sie richtete sich auf, noch immer im Nebel und in den Nachwehen ihres Höhepunktes. „Jetzt?“, fragte sie ungläubig. „Aber willst du nicht -“

„Wenn ich dir sage, was ich alles will, wird dir schwindlig. Und mir auch.“ Er küsste sie auf die Stirn und legte sich neben sie. Nach kurzem Zögern sagte er: „Ich will dich so sehr, dass es weh tut, Heather. Ich will dich küssen und überall lecken, will dich nehmen im Stehen, im Liegen, von hinten und vorne. Ich will dass du mich reitest und meine Haut mit der deinen bedeckst. Ich will deine wunderschönen Lippen überall auf mir spüren. Aber nicht jetzt. Nicht hier. Nachher, wenn ich genug Zeit habe, deine Lust mit meinem Körper dorthin fortzutragen, wo ich sie haben möchte." Er seufzte und Heather leckte sich die trockenen Lippen, während ihr der Kopf von all den hocherotischen Bildern schwirrte, die er ihr mit seinen Worten eingepflanzt hatte.

„Jetzt ist mir wirklich schwindlig", sagte sie und sah ihn an.

„Gut, aber jetzt reiß dich zusammen. Wir müssen aufstehen, deine Mutter einsammeln und nach London zurückfahren."

Heather setzte sich, als er aus dem Bett stieg.

„Du meinst also, die Realität hat uns wieder?"

Eric beugte sich über sie, lächelte sein unmenschlich attraktives Lächeln. „Das ist ja das Schöne. Du bist real. Das hier zwischen uns, ist es auch. Nur leider gibt es noch andere Dinge in unserer Realität, und die wollen wir ausmerzen."

Als er sich wieder aufrichtete, griff er nach seiner Waffe. „Also beweg endlich deinen Hintern aus dem Bett, MacLean. Sonst stelle ich damit noch Dinge an, für die wir jetzt keine Zeit haben."

Widerwillig setzte sich Heather ganz auf und schob ihre Haare zurück, deren Spitzen an ihrem Rücken kitzelten. Dann krabbelte sie aus dem Bett. Eric stand mit einem verführerischen Lächeln am Fußende und hob ihr das Handtuch hin.

„Wenn du erlaubst", sagte er leise und wickelte sie in die weiche Baumwolle ein, verknotete sie über ihrer Brust. Heather betrachtete ihn schweigend, während in ihrem Inneren Vernunft, Angst und Verlangen aufeinander losgingen und um die Vorherrschaft in ihr kämpften.

„Wir müssen zurück, Heather. Wir müssen ihn finden."

Sie nickte. Bei Gott, das würden sie auch!

*

Als die beiden in den kleinen Saal kamen, wo das Frühstück angerichtet war, blieben sie praktisch zeitgleich verblüfft stehen.

Brian MacLean hatte den Arm um die Schulter von Heathers Mutter gelegt und flüsterte ihr etwas ins Ohr, die daraufhin anfing zu kichern wie eine Dreizehnjährige.

„Sagtest du nicht, deine Mutter könnte deinen Vater nicht ausstehen?“, fragte Eric.

„Allerdings.“

„So sieht es aber nicht aus. Um ehrlich zu sein, glaube ich sogar, dass deine Mutter gerade rot wird.“ Er beugte sich zu Heather hinunter. „Ich glaube, er hat ihr etwas Schmutziges ins Ohr geflüstert.“

Sie wich mit einem angeekelten Gesichtsausdruck zurück. „Igitt, hör auf! Das sind meine Eltern!“

„Vielleicht waren wir nicht die Einzigen mit einer Verbindungstür heute Nacht.“

„Oh Gott, mir wird schlecht!“

„Da seid ihr ja endlich!“ Heathers Vater sprang vom Frühstückstisch und kam ihnen entgegen.

Er trug auch morgens um sieben Uhr schon einen Kilt. Heather beobachtete das Strahlen in seinem Gesicht mit einiger Skepsis und warf kurz darauf ihrer Mutter einen fragenden Blick zu. Als diese anfing in ihrem Black Pudding so konzentriert herumzustochern, als wären darin Goldnuggets versteckt, begriff sie, dass Eric womöglich Recht hatte.

„Habt ihr gut geschlafen?“ Mary bog um die Ecke mit einer Kanne Tee und zwinkerte Eric vielsagend zu.

Dieser deutete lächelnd eine Verbeugung an. „Wir hätten uns keine besseren Zimmer vorstellen können.“

Kichernd stellte die alte Dame die Teekanne auf den

Tisch und verschwand wieder.

„Heddy, hör' mal! Mutter möchte noch eine Weile lang hier bleiben. Ich lass' die Hunde und Karen heute abholen, dann können alle hier ein bisschen zur Ruhe kommen", erklärte Brian und biss in ein fettiges Würstchen.

Heather blieb der Mund offen stehen. Wenn er gesagt hätte, er hätte ein Heilmittel für Grippe entdeckt, wäre sie nicht überraschter gewesen.

Sie hatte sich bereits auf eine lange, kräftezehrende Diskussion mit ihrer Mutter vorbereitet, um sie zum Bleiben zu überreden. Wer hätte gedacht, dass sie sie so leicht aus der Schusslinie bekam?

„Wie schön …", sagte sie mit einem noch immer ungläubigen Lächeln und setzte sich an den Tisch.

*

Nach dem Frühstück machten sich Eric und Heather gefolgt von Brian und Elisabeth auf den Weg nach draußen.

„Wo kommt denn der Wagen her?"

Brian zeigte auf den schwarzen Jeep, der anstelle des ramponierten Sportwagens in der Einfahrt stand.

„Ich habe ihn heute Nacht bestellt. Mein Wagen hatte leider sehr gelitten und war nicht mehr straßentauglich."

Heather warf ihm einen fragenden Blick zu. Hatte ihm der MI6 in einer Nacht- und Nebelaktion einfach ein neues Auto vor die Tür gestellt, während sie …

„Sei es, wie es sei!" Brian MacLean machte mit ausgebreiteten Armen einen Schritt auf Eric zu und zog ihn zu einer Umarmung zu sich herab, klopfte ihm freundschaftlich auf die Schulter. „Und wenn du mein Mädchen nicht ordentlich behandelst, dann schneide ich dir die Eier ab, verstanden?"

„*Brian*!“ Elisabeth schlug schockiert die Hand vor den Mund, während Erics Mundwinkel amüsiert zuckten.

„Ja, Sir. Wobei Heather durchaus imstande ist, das selbst zu erledigen.“

Brian riss den Kopf zu einem schallenden Lachen in den Nacken, bevor er auch Heather umarmte.

„Pass auf dich auf, Heddy. Versprich mir das!“

„Mache ich, Dad.“ Sie sah ihre Mutter an, die plötzlich Tränen in den Augen hatte. „Mum?“

Elisabeth warf sich regelrecht in ihre Arme.

„Pass bitte auf dich auf, Schätzchen! Halte dich von diesem schrecklichen Mann fern, der mich entführt hat.“ Sie löste sich von ihr und zog ein Taschentuch aus dem Ärmel, schnäuzte sich damenhaft, während die Erinnerung sie aufs Neue überwältigte. „Wenn ich daran denke, bekomme ich eine Gänsehaut. Es war einfach schrecklich. Er klang so … wahnsinnig. Und diese Stimme.“ Sie schüttelte den Kopf. „Und als er dann diese Frau anrief und ihr so eiskalt berichtete, dass er mich hätte. Da dachte ich, … oh Gott, ich dachte, jetzt ist es aus.“

Brian zog sie in eine tröstende Umarmung, während Heathers Miene versteinerte. Sie sah zu Eric empor, der genauso alarmiert wirkte.

„Mum?“, fragte Heather beschwörend und war sich in diesem Augenblick klar, dass dieser Fall eine neue Dimension des Schreckens anzunehmen begann.

„Welche Frau, um Gottes Willen?“

III

Heathers Mutter schwieg für einen Moment betreten. Ein Moment, der für die alarmierte Heather viel zu lange dauerte.

„Mum, verdammt! Was für eine Frau?“

Als Elisabeth wieder Tränen in die Augen stiegen, zog Brian sie tröstend an seine Schulter.

„Heddy, bitte! Deine Mutter ist völlig am Ende!“ Er bedachte seine Tochter mit einem tadelnden Blick und tätschelte seine Frau. „Ist schon gut, Lizzy!“

Eric zog das Handy aus seiner Tasche und bedeutete Heather mit einer Kopfbewegung ihrer Mutter Informationen zu entlocken, während er eine Nummer wählte.

„Sally?“, sagte er ins Telefon. „War in dem Autowrack ein Telefon?“ Er wandte sich um, und Heather betrachtete ihre Eltern. Mit schwirrendem Kopf trat sie einen Schritt nach vorne.

„Mum.“ Ihre Stimme war halb entschuldigend, halb ungeduldig. „Ich meine es nicht böse. Aber es ist wichtig, dass wir wissen, was das für eine Frau ist. Warum hast du uns das nicht früher erzählt?“

„Ich war so … durcheinander“, erklärte sie schniefend. „Ich habe einfach nicht daran gedacht.“ Sie richtete sich auf und sah ihre Tochter vorwurfsvoll an. „Es ist schließlich meine erste Entführung“, erklärte sie schnippisch, was Heather innerlich zum Kochen brachte.

„Mutter! -“ Erics Hand auf ihrer Schulter brachte sie zum Verstummen. Als sie aufsah, schüttelte er den Kopf.

Natürlich war das Telefon nicht mehr da. Und selbst wenn Mills es bei seiner Flucht im Wagen vergessen hatte, hatte er dank der Gedächtnislücken ihrer Mutter eine ganze Nacht Zeit gehabt, um das verdammte Ding aus seiner Schrottmühle zu befreien.

„Elisabeth, können Sie sich an irgendetwas erinnern, was die Frau gesagt hat?“ Eric stand vor Heathers Mutter und betrachtete sie mit einem Lächeln, dass so voller Güte und Zuneigung war, dass es fast einschüchternd wirkte.

Das musste sein Psychologen-Gesicht sein, überlegte Heather und überließ ihm die Gesprächsführung.

Elisabeth schniefte tapfer. „Ich habe keine Worte verstanden, der Wagen war ja so laut.“

„Und klang sie eher jünger oder älter?“

„Ich weiß es nicht.“ Sie gab ein verzweifeltes Achselzucken von sich. „Normal.“

Heather stöhnte genervt, wurde aber von Eric mit einem grimmigen Blick zum Schweigen gebracht.

„Sie wissen doch, wie das ist, Eric“, erklärte Elisabeth. „Man hört nur diese hohen Töne in der Stimme und erkennt daran, dass es eine Frau ist.“ Sie sah hilfesuchend Heather an. „Du kennst das doch auch, Schätzchen. Nicht?“

„Ja, Mutter.“ Das tat sie tatsächlich. „Was hat Mills denn zu ihr gesagt?“

„Wer?“

„Der Mann, der Sie entführt hat, Elisabeth“, ging Eric dazwischen.

„Achso. Er sagte nur, dass er mich jetzt hätte. Dann hat die Frau etwas gesagt und er hat kurz gezögert. Er wirkte unzufrieden und so, als ob er jeden Moment widersprechen würde, aber bevor er das tun konnte, fing der Wagen plötzlich an Schlangenlinien zu fahren.“

Heather schloss die Augen. Wenn sie nur noch eine Minute länger mit dem Schuss gewartet hätte, wären sie womöglich einen großen Schritt weitergekommen.

Eric und sie verabschiedeten sich schließlich von Elisabeth und Brian und stiegen dann in den Geländewagen.

*

„Es kann ihnen doch nichts passieren hier, oder?" Heather beobachtete durch den Rückspiegel, wie ihre Eltern und Mary sich umdrehten und wieder zurück ins Haus gingen.

„Nein. Es ist ein fünfköpfiger Trupp hier, der auf sie aufpasst."

„Tatsächlich? Ich sehe niemanden."

Er schenkte ihr ein nachsichtiges Lächeln. „Genau das ist auch Sinn der Sache."

Mit einem unzufriedenen Geräusch sank sie in ihren Sitz zurück und verfiel in Grübeleien über Eric und sie; versuchte zu ergründen, was sie fühlte und ob sie es zulassen konnte. Heute Morgen hatte sie es gekonnt, war wie Wachs unter seinen kundigen Händen und Lippen gewesen, hatte sich voll und ganz auf ihn einlassen können.

Leider schafften es Ihre Gedanken nur kurz bei Eric zu verbleiben und drifteten schnell in dunklere Gefilde ab.

„Was könnte das nur für eine Frau sein?", fragte sie.

„Ich habe wirklich nicht den leisesten Schimmer. Es wird Zeit, dass wir Mills Jamesons Vergangenheit aufrollen und durchleuchten. Lass uns kurz ein paar Sachen aus deiner Wohnung holen. Du bleibst bei mir, bis dieses Schwein gefasst ist."

„Soll das ein Befehl sein?", fragte sie schnippisch.

Eric wandte den Kopf und streifte ihr Gesicht mit einem Blick, der an Eiseskälte schwer zu überbieten war. „Allerdings", stellte er fest.

Unweigerlich verursachte der Ton eine Gänsehaut bei

ihr. Aber nicht unangenehm. Eric betrachtete ihr Mienenspiel mit einiger Belustigung.

„Macht es dich an, wenn ich streng bin?", fragte er grinsend.

Heather betrachtete sein unvergleichlich schönes Gesicht.

„Arroganter Scheißkerl!"

„Ich werte das als *Ja*! Und jetzt entspann dich!"

Ehe Heather widersprechen konnte, lag seine Hand zwischen ihren Schenkeln. Hastig presste sie die Beine zusammen, konnte aber nicht verhindern, dass sich seine Fingerspitzen bewegten und ihren Unterleib mit einem wohligen Schauer überfluteten.

„Mach die Hose auf!"

„Bist du übergeschnappt?" Sie riss empört die Augen auf. „Du solltest auf die Straße achten."

„Ich bin multitaskingfähig. Und jetzt mach den Reißverschluss auf, sonst fahre ich links ran und falle an Ort und Stelle über dich her."

Für einen Sekundenbruchteil erwog sie die Möglichkeit. Doch dann wurde ihr klar, dass sie dringend zurück nach London mussten.

„Ich dachte, du wolltest dir Zeit lassen." Ihr Widerstand bröckelte, und sie ertappte sich dabei, wie sie ihren Hosenknopf öffnete.

„Auch vor einem Marathon muss man sich warmlaufen." Seine Hand verschwand so blitzschnell in ihrer Hose, dass sie aufkeuchte.

Ein zufriedenes Knurren schlich sich über Erics Lippen, als er die Baumwolle über ihrer Scham berührte. Er zog seine Finger kurz zurück und überwand auch diese letzte Barriere, so dass Heather ihn direkt auf ihren feuchten Blütenblättern spürte. Unweigerlich entglitt ihr ein Stöhnen.

„Du bist so herrlich weich und heiß", flüsterte er und überholte einen Kleinbus. „Und jetzt schon feucht, obwohl ich dich kaum berührt habe."

Heather ließ den Kopf zurückfallen und schloss die Augen. Erics Finger glitten über ihre Mitte, teilten ihre Schamlippen, die unter seiner Berührung anschwollen und gierig pochten.

„Stell ein Bein auf das Armaturenbrett."

Es klang wie ein Befehl. „Vergiss es!"

Mit einer energischen Bewegung drang er mit dem Zeigefinger in sie ein. Die unerwartete Invasion ließ sie aufschreien vor Lust. Röte schoss ihr in die Wangen und als sie aufsah, begegnete sie seinem dunklen Blick. Sie hatte ihn noch nie mit diesem dominanten Gesichtsausdruck gesehen und fasste den Entschluss dieses eine Mal zu tun, was er verlangte. Denn, verdammt, es fühlte sich einfach köstlich an!

Sie hob das Bein auf die Ablage und spürte wie sein Finger noch tiefer in sie eindrang.

„Ja, so gefällt mir das." Er glitt leicht aus ihr heraus und wieder hinein, reizte ihr pulsierendes Fleisch aufs Köstliche.

„Hier drin wäre ich gerne, Heather", flüsterte er und weitete sie mit einem zweiten Finger. „Würde dir das gefallen?"

Sie war unfähig zu sprechen und wünschte sich das gleiche. Und wie sie das tat! Sie stöhnte auf, als sein Daumen über ihren empfindlichsten Punkt rieb.

„Würde dir das gefallen?"

Die Reibung wurde intensiver, die Bewegungen wurden schneller. Ihr Herz stolperte, ihr Atem ging unregelmäßig. Der Schweiß brach ihr aus und sie konnte nicht verhindern, dass sich ihr Becken gierig seiner Berührung entgegenreckte.

Sie spürte das erste Aufbranden ihres Höhepunktes, während Erics Hand fordernder über ihr pochendes Fleisch strich. Sein Finger krümmte sich in ihr, berührte einen köstlichen Punkt in ihrem Inneren.

„Sag mir, ob es dir gefallen würde."

Ihr Körper verkrampfte sich, als er seine Bewegungen, das Reiben auf ihrer Perle intensivierte.

„Ja", keuchte sie, spürte, wie sich die Muskeln in ihren Beinen versteiften. „Oh Gott! Ja!"

Der Höhepunkt erschütterte sie bis ins Mark, ließ sie sich aufbäumen, während ihre Hitze Erics Finger fest umschlossen hielt. Ihr Blick verschwamm, ihre Brust wurde zusammengepresst von den köstlichen Zwingen der Ekstase. Es dauerte ewig und erschöpfte sie so vollkommen, dass sie kaum bemerkte, wie Eric seine Hand zurückzog und Heathers Shirt über ihre offene Hose legte, damit sie bedeckt war.

Aus dem Augenwinkel sah sie, wie er lächelnd seine Fingerspitzen küsste und dabei ein wohliges, schnurrendes Geräusch von sich gab. Sie wollte eigentlich noch irgendetwas Schlagfertiges sagen, entschied sich aber dagegen. Mit einem tiefen Seufzen schloss sie die Augen.

*

„Heather?" Erics Stimme drang nur zäh durch den schläfrigen Dunst, der sie umhüllte. War sie etwa eingeschlafen?

„Hm?"

„Wir sind in London, Rotschopf."

Sein so liebevoll ausgesprochenes Kosewort ließ sie ein Augenlid heben. „Sagtest du Rotschopf?"

„Das musst du geträumt haben."

Sie streckte sich ein wenig und ihr Blick fiel dabei auf

ihre noch immer offene Hose. „Was habe ich denn sonst noch alles geträumt?“

Er gab ein unschuldiges Achselzucken von sich. „Keine Ahnung. Aber du hast ziemlich unanständige Laute von dir gegeben.“

„Unanständige Laute?“

„Ja, ziemlich. Ganze Wörter teilweise.“

Sie schmunzelte. „Was denn für Wörter?“

„Beispielsweise …“ Er beugte sich zu ihr herab und flüsterte ihr etwas ins Ohr. Sie legte in gespielter Schockiertheit die Hand auf die Brust und riss die Augen auf.

„Nein“, sagte sie theatralisch.

„Doch.“ Erics Mundwinkel zuckte. „Ich war auch ganz schön überrascht.“ Mit einem Lächeln brachte er den Wagen zum Stehen.

„Wärst du eventuell daran interessiert noch mehr schmutzige Worte zu hören?“, fragte sie und registrierte zufrieden das Aufblitzen in seinen Augen.

*

Taumelnd krachte Heather gegen ihre Wohnungstür. Eric hielt sie zwischen seinen Armen gefangen. Eine unglaubliche Hitze ging von ihm aus, während er sie gierig küsste.

Mit zitternden Fingern fischte sie die Wohnungsschlüssel aus ihrer Jackentasche und tastete nach dem Schlüsselloch. Ohne ihre Lippen von Erics zu lösen, ohne die Augen zu öffnen, ohne auch nur eine Millisekunde des Rausches zu verpassen, in den er sie versetzte.

„Wenn du dich nicht beeilst, nehme ich dich gleich hier auf dem Flur“, raunt er, und beschert ihr damit eine Gänsehaut. Gerade als sie ihm sagen wollte, dass er nur bluffte, umfasste er ihre Hüfte und presste ihren Unterleib an seinen.

Okay, was sie dort spürte, deutete nicht auf einen Bluff hin.

Widerwillig löste sie sich kurz von ihm, steckte den Schlüssel ein und drehte ihn, bis sie rückwärts durch die offene Tür stolpern konnten.

Mit einem gezielten Fußtritt von Eric flog die Tür zurück ins Schloss. Er drängte Heather gegen die Kücheninsel, packte ihren Hintern und setzte sie darauf.

Von einem schier unbändigen Übermut beseelt, kicherte sie und zog ihn zwischen ihre Beine.

„Willst du es wirklich?", fragte er plötzlich. „Ich will mich nicht aufdrängen … wie gestern."

Heather blinzelte ihn an. Ihre Wangen glühten, als ihr Blick Erics fand.

„Wer stand denn gestern nackt im Zimmer des anderen?", fragte sie amüsiert, fühlte aber dennoch eine gewisse Nervosität, die er ihr sofort ansah, die sie aber beschloss in den Hintergrund zu drängen.

„Komm her", flüsterte sie, umfasste seinen Nacken mit beiden Händen und zog sein Gesicht zu sich herab. Sein hitziger Atem floss über ihre Lippen. Seine Berührung verbrannte sie, süß und gierig. Sie drängte ihren Schoß gegen ihn. Das Ziehen in ihrem Unterleib verwandelte sich in ein drängendes, vehementes Pochen.

Gott, sie wollte ihn so sehr. So sehr, dass es sie körperlich schmerzte.

„Eric …." Ihre Hand glitt zielstrebig hinab zu seinem Hosenbund, während seine Finger an ihr emporwanderten.

Er packten ihre Schultern … und plötzlich wurde sie herumgewirbelt. Er wischte sie förmlich von der Ablage und hielt sie auf den Boden gepresst. Sie stieß einen protestierenden Laut aus, versuchte aufzustehen, doch er hielt sie unerbittlich im Nacken in … in - oh Gott - in Deckung!

„Bleib unten!" Sein Ton war eisig und als er seine Waffe zog, gefror ihr Blut.

Wütend wehrte sie sich gegen den eisernen Griff, während sie ihre Pistole aus dem Holster befreite. Nur ihre eigene Professionalität hielt sie davon ab, ihm gegen das Schienbein zu treten, damit er sie endlich losließ.

Ein Schuss löste sich und Eric ging neben ihr in die Hocke.

„Ich habe schlechte Nachrichten, was deine Mikrowelle betrifft", sagte er, während er ihr zwei Finger vors Gesicht hielt.

Zwei Männer, also.

Wo?, bedeutete sie mit den Lippen, bevor sie sagte. „Schade, die war mit Grillfunktion."

Schlafzimmer!

Sie nickte und entsicherte ihre Pistole. Eric zählte stumm von drei auf null. Heather schoss auf sein Kommando in die rechte Wand - die Blumentapete hatte sie ohnehin nie leiden mögen -, während Eric aus der Hocke über die Ablage hinwegschoss und dem Geräusch nach zu urteilen, auch traf. Ein stumpfer Schrei ertönte, bevor jemand zu Boden ging.

„Tot?", fragte sie, als sie wieder beide in Deckung waren.

Eric nickte ernst. „Einer ist noch übrig."

„Der sollte aber überleben, das ist dir klar?"

„Ich bin nicht dämlich, Heather."

Sie zog die Stirn kraus. „Vielleicht sollte ich lieber schießen."

Eric sah aus, als würde er eine bissige Bemerkung herunterschlucken, bevor er sich aufrichtete. Breitbeinig aufgestellt, zielte er auf die Schlafzimmertür.

„Verdammt nochmal Eric, du bist nicht unsterblich!"

Er blinzelte nicht einmal. „Abwarten“, sagte er nur.

Heather blickte sekundenlang an ihm empor. Eine stolze, unbewegte Kriegerstatue mit eisblauen Augen. Unweigerlich überlief sie ein Schauer … bis ein Schuss fiel.

Mit einem erschrockenen Geräusch ging Eric wieder neben ihr in die Hocke. „Deinen Kühlschrank hat’s erwischt.“

„Verdammt nochmal, lass mich schießen, bevor hier meine ganze Einrichtung draufgeht!“

Sie fuhr herum und legte an der Anrichte auf. Es dauerte Sekunden, während der sie nur die Schlafzimmertür beobachtete. Sie witterte die Bewegung, bevor sie sie sah und drückte ab, traf den maskierten Mann im Oberarm. Als er schreiend zur Seite taumelte, schoss sie ihm in den Unterschenkel, woraufhin er in die Knie ging. Eric sprang hoch, wischte die Waffe des Überlebenden mit der Schuhspitze zur Seite und zog ihm die Maske vom Kopf.

Heather war schon neben ihm.

„Er ist jung“, sagte sie, während der Verwundete in eine befreiende Bewusstlosigkeit glitt.

„Alt genug, um zu töten“, gab Eric zurück und zog auch dem Toten die Maske vom Gesicht. Er war sogar noch jünger. Heather fragte sich, ob er überhaupt schon volljährig war. Tiefes Bedauern breitete sich in ihrem Inneren aus und die Übelkeit, die sie immer beim Anblick eines Toten überfiel.

„Ich rufe auf den Revier an und einen Krankenwagen für den hier.“ Sie zeigte auf den bewusstlosen Jungen.

Im selben Moment flog die Tür gegen die Wand. Zwei mit Sturmgewehren bewaffnete Männer in schwarzer Kampfuniform liefen in die Wohnung. Während Heather sich instinktiv duckte und anlegte, stieß Eric ein grollendes Geräusch aus und lief auf die beiden zu.

Er packte den ersten an der Kehle und wirbelte ihn mit

solcher Heftigkeit herum, dass sein Hinterkopf lautstark gegen die Wand knallte.

„Versteht ihr verfluchten Flaschen das unter Personenschutz?“, schrie er.

Heather hatte das Gefühl, dass unter dem Donnern seiner Stimme der Fußboden bebte.

„Sir, bitte seinen Sie nicht wütend!“

„*Sie* …!“, rief Eric, indem er ihn noch einmal gegen die Wand knallte „,… haben mich noch nicht wütend erlebt!“

Seine Augen blitzten vor Zorn. Heather ließ die Waffe fallen und winkte den zweiten der Männer zu sich.

„Binden sie die Gliedmaßen ab. Es wäre äußerst ärgerlich, wenn er verblutet, bevor man ihm einige Fragen stellen kann.“

„Ja, Ma'am!“

„Rufen Sie den Aufräumtrupp“, sagte Eric zu dem Mann, den er mit seinem kräftigen Griff an die Wand genagelt hatte. „Und dann danken Sie Gott dafür, dass Inspector MacLean nichts passiert ist.“

Als er ihn losließ, sank der Agent hustend und keuchend in die Knie, während Eric zu Heather herumwirbelte.

Im Blau seiner Augen brandete eine Woge aus Wut und Besorgnis, die nur ihr galt. Mit einem halbherzigen Lächeln zeigte sie auf die bauchige Front ihres Kühlschranks, wo sie durch ein Loch ins Innere sehen konnte.

„Ich mochte diesen Kühlschrank wirklich gern“, sagte sie und klang dabei wehmütiger, als sie es zugeben wollte.

„Ich kaufe dir einen neuen.“

„Er ist von 1962. Von Bosch. Ein Sammlerstück. Mein Vater hat ihn mir für meine erste Wohnung geschenkt.“

„Tut mir leid.“, sagte er und meinte damit offensichtlich nicht primär den Kühlschrank. Er machte einen Schritt auf sie zu und schloss sie stürmisch in seine Arme. „Das hätte nicht passieren dürfen.“

Heather sah zu ihm empor. „Vielleicht weiß der Junge ja wenigstens etwas, das er uns verrät. Er ist jung. Ich glaube, er bricht bei einem Verhör ein."

„Ich verstehe nicht, wie das alles zusammenhängt. Mills Jameson war gestern noch ein Einzeltäter mit einem klaren Schema. Und plötzlich wirft er alles über den Haufen, entführt deine Mutter. Eine unbekannte Frau kommt ins Spiel und sogar zwei Killer."

Heather zog nachdenklich die Unterlippe zwischen ihre Zähne, während sie sich nochmals an Eric schmiegte, tief seinen herrlichen Duft einsaugte. „Ich glaube, es wird Zeit, dass wir uns deine Aufzeichnungen und die Akte von Mills ansehen. Vielleicht bringt uns das weiter. Hoffentlich!"

„Ja, lass uns das machen."

Heather wollte sich von Eric lösen, um ein paar Sachen zusammenzupacken, doch er hielt sie an der Hand noch einmal zurück, beugte sich über sie und brachte seine Lippen nah an ihr Ohr. „Packst du auch den Entchen-Pyjama ein?"

Sie riss die Augen auf. „Ist das dein Ernst?"

„Ich habe dich das erste Mal darin gesehen und hätte ihn dir am liebsten sofort vom Leib gerissen. Du hast so sexy darin ausgesehen." Er zog die Stirn kraus. „Ist das pervers?"

„Nur ein bisschen", sagte sie zwinkernd.

*

Heather ließ den Koffer neben Erics Küchentisch auf den Boden fallen und bog erleichtert den Rücken durch.

„Ich habe so einen Hunger. Ich brauche jetzt erst einmal etwas zu -"

Erics Lippen schnitten ihr mit einem rauen Kuss das Wort ab. Sie taumelte zurück, schlang instinktiv die Arme um seinen Nacken, um nicht zu Fall zu kommen. Seine Berührung war gierig und erfüllt von einer unbändigen Hitze, die Heather sofort mitriss und entflammte. Mit einer entschlossenen Bewegung schob er ihr das Shirt über den Kopf und warf es achtlos auf den Boden, packte ihre Hüften und setzte sie auf den Tisch.

Die Lust brandete in ihrem Körper auf, und schlug mit solcher Wucht über ihr zusammen, dass sie kaum atmen konnte. Hitze schoss ihr in die Wangen und in den Schoß, während Eric sich das Hemd über den Kopf zog und seinen breiten, stählernen Brustkorb entblößte. Sie wollte ihn so sehr, so innig und vollständig.

Eric presste ihren Oberkörper auf die Tischplatte und zog ihr so ungestüm die Jeans vom Leib, dass sie sich an der Tischkante festhalten musste, damit sie nicht mitsamt der Hose auf dem Boden landete. Sie schloss für einen Moment die Augen.

Er nimmt mich, dachte sie, *er nimmt sich, was er will. Mich! Er will mich!*

Der Gedanke berauschte sie so sehr, dass sie das Gefühl hatte, allein dadurch kommen zu können.

Das Reißen von Stoff ließ sie die Augen öffnen. Ihr Höschen baumelte an einem ihrer Knöchel, was Eric ein zufriedenes, wölfisches Lächeln aufs Gesicht zauberte.

„Gott, Heather!“ Er drückte ihre Knie auseinander und senkte seine erhitzten Lippen auf ihre Brust. Als seine Zunge über ihre harten Knospen glitt, bäumte sie sich auf, stöhnte hilflos. Ihr Schoß pochte, verlangte von ihm ausgefüllt zu werden. Jetzt! Auf der Stelle!

Sie richtete sich auf und nestelte an seinem Hosenbund, berührte dabei die imposante Wölbung darunter, so dass Eric aufstöhnte. Die Knöpfe waren widerspenstig unter ihren zitternden, gierigen Fingern.

„Geht das denn nicht schneller, MacLean?“, knurrte er

ungeduldig.

Sie bot ihm ihre Lippen und er verschloss sie mit den seinen, ließ seine Zunge in ihre Mundhöhle gleiten. Samtig und begehrend stieß er hinein, in einem Rhythmus, der Heathers Schoß noch mehr entflammte. Sein Geschmack, sein Geruch. Beides war berauschend und erweckte in ihr den ursprünglichsten Besitzanspruch, den es gab.

Als ihre Hände endlich Erics Glied befreit hatten, umfasste sie den pulsierenden, harten Stab verlangend. Er keuchte in ihren Mund, packte ihre Hüften und schob sie auf den Tisch zurück.

Die heiße, dicke Eichel teilte ihre Schamlippen und dann drang Eric mit so drängender Heftigkeit in sie ein, füllte sie aus, dehnte sie mit so berauschender Vollständigkeit, dass sie mit einem kehligen Schrei zum Höhepunkt kam.

Ihr Unterleib pulsierte und molk seine Härte, ließ ihn keuchen und beben, während er weiter in sie hineinstieß, die Wellen ihres Orgasmus ritt und schließlich ebenfalls kam. Sein Oberkörper sank auf ihren. Sie hielten sich schwer atmend aneinander fest, die Haut von einem dünnen Schweißfilm überzogen, die Unterleiber noch immer bebend.

Heather wollte etwas sagen, doch ihre Lippen waren zu trocken und ihr Kopf wie leer gefegt.

Eric hob den Kopf und wirkte keineswegs entspannt.

„Noch nicht genug“, sagte er leise, fast drohend und hob sie hoch. Er war noch immer in ihr und Heather spürte, dass er noch immer hart war. Oder schon wieder.

Als er mit ihr ein paar Schritte ging, bewegte sich seine pochende Erektion in ihr, fachte ihre Lust von neuem an. Ergeben fiel ihr Kopf in den Nacken und ihre Hüften bewegten sich wie ferngesteuert. Ihre Beine klammerten sich um seine Taille.

„Eigentlich wollte ich ins Schlafzimmer.“ Erics Stimme

war halb Raunen, halb Stöhnen, während er Heather gegen eine der Küchenwände presste, ihre Schenkel mit seinen großen, starken Händen umfing, fast ganz aus ihr heraus- und wieder in sie hineinglitt. Sie stöhnte voller Lust. Die langsame Reibung schickte heiße und kalte Schauer durch ihren Unterleib, und sämtliche Nervenenden in ihrem Körper begannen zu glühen.

„Sieh' mich an, Heather", verlangte er. Als sie die Lider hob, waren ihre Gesichter auf gleicher Höhe. Erics blaue Augen leuchteten fiebrig, sein Gesicht war angespannt vor kaum beherrschbarer Erregung und Gier. Sie sah ihm an, dass er am liebsten wie besinnungslos in sie hineingepumpt hätte, doch er tat es nicht; quälte sie und sich selbst, feuerte ihre Lust an, nahm ihr beinah die Besinnung.

„Du sollst sehen, dass ich es bin. Ich nehme dich. Niemand sonst. Nur ich. Verstehst du mich?"

„Ja", hauchte sie, während er aus ihr herausglitt, wieder quälend langsam in sie hinein, herrliche Reibung trotz all ihrer Feuchtigkeit. „Ja, nur du."

Sie konnte kaum die Augen offen halten. Das Gefühl, das er in ihr auslöste, war so vielschichtig und wundervoll, so vollständig. Wieder bewegten sich seine Hüften vor und zurück, sein Griff verstärkte sich, als er sie küsste, mit seiner Zunge in sie eindrang, während sein Glied es ebenfalls tat. Er nahm so vollständig von ihr Besitz, dass sie es kaum aushielt. Ihr zweiter Höhepunkt kündigte sich nicht an, er traf sie wie aus dem Nichts, köstlich und reinigend, alles verzehrend.

Sie schrie ihre Lust hinaus, krallte ihre Finger in Erics Rücken, presste sich an ihn und ritt die herrlichen Wogen, die sie in unbekannte Höhen trugen.

Sie hatte keine Ahnung, wie lang es dauerte, bis sie wieder auf der Erde ankam. Sekunden oder Minuten. Verdammt, es hätten Stunden sein können, und für einen

Moment fragte sie sich sogar, ob sie ohnmächtig geworden war.

„Geht es?" Erics Stimme erdete sie. Sie schlug die Augen auf, spürte ihn noch immer in sich, umfasst sein Gesicht mit beiden Händen und küsste ihn.

„Wunderschön", hauchte sie und versank im gleißenden Blau seiner Augen. „Es ist wunderschön."

Er lächelte kurz. Als er die Hüften zurückzog, sie wieder nach vorne bewegte, provozierend ihr Inneres massierte, wollte sie schon sagen, dass sie nicht mehr konnte, doch ihr Körper hatte seinen eigenen Willen. Er war unersättlich und hungrig und die Lust flammte bestimmend und unnachgiebig in ihr auf.

Eric stieß nun hart zu. Seine Bewegungen verheimlichten nicht, dass auch seine Lust Erfüllung verlangte. Und Heather genoss es, wollte es. Ihr Körper konnte dem seinen Linderung verschaffen. Sie war es, die er begehrte. Sie allein.

Sein Stöhnen überschlug sich als hitzige Welle in ihrem Schoß. Sein Griff um ihre Hüften wurde fester, fast schmerzhaft, seine Stöße hart und schnell.

Mit einer energischen Bewegung wirbelte er sie herum, sank auf die Knie, legte sie auf dem kühlen Fußboden ab, spreizte ihre Beine noch weiter, drang noch tiefer in sie ein, immer und immer wieder. Sie krallte sich an seine Arme, während er sie in einem fiebrigen Rhythmus ritt, gierig in sie hineinpumpte. Sein Anblick war berauschend: die aufgeworfenen, geröteten Lippen, die angespannten Muskelstränge, die unter seinen Bewegungen zuckten und arbeiteten, sein glühender Blick, der sie an ihn fesselte, sie festhielt.

Die Erregung in Heathers Körper erreichte ein Maß, das sie kaum noch aushalten konnte. Sie bäumte sich auf unter Eric, keuchte, wimmerte hilflos unter dem Ansturm des nächsten Höhepunktes und als sich Eric mit einem letzten harten Stoß in sie verströmte, schrien sie beide ihre Ekstase hinaus.

*

„Lebst du noch?“ Heather hob kurz den Kopf, ließ ihn aber sofort wieder auf den Küchenfußboden fallen. Er wog mindestens eine halbe Tonne. Genau wie ihre Beine und der Rest ihres Körpers.

Ihr Schoß war erfüllt von wohliger Wärme und dem Nachhall eines unmenschlich intensiven Höhepunkts.

„Keine Ahnung“, sagte Eric atemlos. „Großer Gott.“

Er lag neben ihr, eines seiner Beine in ihre verschlungen, und offenbar genauso unfähig sich zu bewegen, wie Heather selbst es war.

Ihre Kehle war staubtrocken. „Ich bezahle dir tausend Pfund, wenn du mir ein Glas Wasser besorgst.“

Eric lachte heiser. „So viel Geld hast du doch gar nicht.“

„Ich bezahle in Naturalien.“

„Großer Gott! Hör auf!“ Er angelte nach einem Küchentuch und gab es Heather. „Ich glaube, ich habe da einiges angerichtet.“ Er nickte in Richtung von Heathers Schoß, der überzogen war, von seiner und ihrer Nässe.

Sie hob den Kopf. „Mit dem Küchentuch?“

„Ich werde immer ein Lächeln auf den Lippen haben, wenn ich mein Geschirr damit abtrockne.“

Ihr Kopf knallte erschöpft zurück auf den Boden, während Eric sich in eine sitzende Position kämpfte. Als er Heather ansah, stöhnte er leidvoll.

„Bedecke dich, Weib!“

Sie prustete, verstummte aber jäh, als sein Gesicht plötzlich über ihrem auftauchte. Er roch nach süßem Schweiß und Sex.

Sein Gesicht war so schön, wie die Sünde selbst und mindestens genauso verlockend. Aber es war etwas anderes, das ihr Herz in diesem Augenblick zum Pochen brachte. Es war der Ausdruck in seinen Augen, seine Hand, die ihr behutsam eine Strähne aus dem Gesicht strich, während er lächelnd ihre Stirn küsste.

„Ich würde dir gerne etwas sagen", flüsterte er. Sein Atem in Heathers feuchtem Haar, jagte einen kühlen Schauer über ihr Rückgrat.

„Worum genau geht es da?"

„Um Gefühle." Er küsste keusch ihren Mundwinkel.

„Gefühle? Du meinst sowas wie Hass, Neid, Wut, Gier …"

„Das sind die sieben Todsünden, Heather."

„Oh. Da spricht der Pastorensohn."

„Du brauchst dich nicht um die Frage herummanövrieren. Sag mir einfach, wenn du dafür nicht bereit bist."

„Ich weiß nicht." Sie blinzelte, während er den Mund aufmachte, um etwas zu sagen. „Ich …, ich glaube nicht!", setzte sie hektisch nach.

„Gut, in Ordnung. Wir vertagen das." Er setzte sich weiter auf und hielt nach seiner Unterwäsche Ausschau.

„Eric?"

„Hm?"

„Bist du sauer auf mich? Du weißt schon … wegen der Gefühlssache?"

Er stand auf und präsentierte sich in seiner ganzen Pracht. Unweigerlich wurde Heathers Mund staubtrocken.

„Nicht, wenn du heute Abend den Entchenpyjama für mich trägst."

Sie lächelte, weniger über seine Worte, als vielmehr, weil er es ihr so leicht machte. „Deal", sagte sie und kämpfte ihren Körper in die Senkrechte.

*

Eric hob die Unterlagen über Mills Jameson in zwei großen Stapeln aus dem Karton und legte sie auf den Küchentisch, während Heather seinen Kühlschrank öffnete.

„Sag' bloß, du kannst kochen!" Seine Begeisterung war schwerlich zu überhören.

„Leider nicht", gab sie zurück und beobachtete, wie Erics freudige Miene in sich zusammensank, „aber ich beherrsche die hohe Kunst des Aufwärmens."

„Toll." Er schlug wenig begeistert eine der Akten auf.

Heather hatte es nicht eilig an den Tisch zurückzukehren. Sie setzte einen Topf mit Nudelwasser auf, während sie eine Fertigpackung Spaghetti mit Tomatensoße öffnete. Der Gedanke sich so intensiv mit Mills beschäftigen zu müssen, überhaupt etwas anzufassen, das von ihm handelte, ließ ihre Handflächen feucht werden.

„Du brauchst dir die Sachen nicht anzusehen, Heather. Ich kann die Unterlagen alleine sichten und dir dann -"

„Nein." Sie wandte sich mit einem halbherzigen Lächeln um. „Es geht schon. Es muss gehen. Ich will ihn finden und diese Sache zu Ende bringen."

Er musterte sie schweigend und wartete, bis sie sich neben ihn gesetzt hatte. Ermutigend drückte er ihre Hand. Dann fingen sie an die Akten durchzuarbeiten.

Heather durchforstete ein Verzeichnis all seiner Skulpturen und Zeichnungen, die über Auktionen verkauft worden waren. Eine beachtliche Menge zu einem beachtlichen Preis. Er hatte ganz offenbar eine Homepage und einen Blog, den er regelmäßig mit Informationen, Ausstellungsdaten und Bildern von Skulpturen, die im Entstehen waren, fütterte. Es gab nur wenige Bilder von ihm im

Internet. Heather bekam eine Gänsehaut, als sie sie durchforstete und bemerkte, wie sie nicht einmal dann in seine Augen sehen konnte, wenn sein Gesicht nur auf einem Bildschirm abgebildet war.

„Hast du in deinem Stapel irgendetwas, das älter ist, als Weihnachten vorigen Jahres?" Eric sah mit gerunzelter Stirn von seinen Akten auf.

„Ähm … nein. Die Ausstellungskataloge und der Blog sind sehr neu."

Mit einem unzufriedenen Geräusch griff Eric nach seinem Handy. „Sally, das ist ja nur ein Bruchteil der Unterlagen. Ich habe hier nichts, das vom vorigen Jahr oder älter ist."

„Wir haben Ihnen alle Unterlagen organisiert, die es über Mills Jameson gibt, Agent Moore."

„Das muss ein Irrtum sein, Sally. Ich habe hier keine Zeugnisse, keine Zahnarztunterlagen, keine Geburtsurkunde. Nichts."

„Ich kann es noch einmal prüfen, aber Sie haben alle Daten, die wir von ihm beschaffen konnten."

Eric stieß ein freudloses Lachen aus. „Das würde ja bedeuten, dass Mills Jameson erst sechs Monate alt ist."

Wer auch immer Sally war, sie schien keinen ausgeprägten Sinn für Humor zu haben.

„So scheint es, Sir", sagte sie kühl.

Erics verwirrter Blick fand Heathers, deren Gedanken ebenfalls rotierten. „Gibt es etwas Neues von dem verwundeten Killer?"

„Ja, Sir. Wir hatten eine Übereinstimmung in der Datenbank. Er ist russischer Einwanderer, genau wie sein toter Kollege, 21 Jahre alt und wegen mehrerer Gewaltverbrechen vorbestraft. Bewaffneter Raubüberfall, Körperverletzung."

„Haben Sie schon etwas aus ihm herausbekommen?"

„Nein. Er schweigt beharrlich."

„Beharrlich?"

„So beharrlich jemand schweigt, der etwas ganz offensichtlich mehr fürchtet als die Polizei."

„Verstehe. Mailen Sie mir die Daten der beiden Jungen, und bleiben Sie dran!"

„Natürlich, Sir."

„Gibt es sonst noch etwas?"

„Ja, Sir."

„Ja? Warum muss ich Ihnen eigentlich alles aus der Nase ziehen?"

„Das ist ein Telefonat, Agent Moore. Sie fragen, ich antworte. Ich habe das System nicht erfunden."

„Großer Gott", murmelte er und verdrehte kurz die Augen. „Also was gibt es noch?"

„Wir haben beim Durchsuchen des Maisfeldes Blut gefunden."

Heather musste kurz nachdenken, wovon sie sprach. Dann fiel es ihr ein. Eric hatte auf das Maisfeld geschossen, nachdem Mills geflüchtet war.

„Haben Sie schon eine Übereinstimmung?"

„Nein. Die Probe ist auf dem Weg hierher."

„Geben Sie mir sofort Bescheid, wenn es etwas Neues gibt."

„Natürlich."

„Bis dann, Sally."

„Wiedersehn Agent Moore. Inspector MacLean."

Heather zuckte überrascht zusammen. „Woher wissen Sie, dass ich auch hier bin?"

Sally gab ein Geräusch von sich, das mit genügend Fantasie als Lachen interpretiert werden konnte. *„Auch ich bin beim Geheimdienst, Ma'am."*

„Oh Gott, Sally", lachte Eric ironisch. „War das etwa ein Scherz?"

„Natürlich nicht, Sir. Guten Tag."

Dann war die Leitung tot.

Heather kaute an ihrem Daumennagel. „Gegen Ende ist sie richtig aufgetaut, was?“

Eric lachte kurz, dennoch blieb die Anspannung in seinem Gesicht. „Was hältst du von der ganzen Sache?“

Heather stand auf und goss die Nudeln ab. „Ich würde dir gerne sage, dass ich glaube, deine Leute haben vergessen den Rest der Unterlagen zu schicken.“

„Aber das tust du nicht.“

„Nein. Und du auch nicht.“

Eric nickte gedankenverloren und machte auf dem Tisch Platz für die Teller. „Trotzdem verstehe ich nicht, wie Jameson von hier auf jetzt solch künstlerischen Erfolg feiern konnte. Gestern hat er noch nicht existiert und heute ist er ein gefragter Bildhauer? Wie soll das gehen?“

Heather häufte Eric einen doppelt so großen Spaghettiberg auf den Teller wie sich selbst, und übergoss beide Portionen großzügig mit Tomatensauce. Sie setzte sich und stellte Eric seinen Teller vor die Nase.

„Das geht nur, wenn man jemanden hat, der einen unterstützt. Bedingungslos und mit viel Geld. Jemand, der Macht hat.“

„Derjenige müsste Mills regelrecht geschaffen haben.“

„Oder eher erschaffen.“

Eric drehte sich eine Gabel voller Spaghetti auf. „Was zwei weitere Fragen aufwirft. Erstens: warum? Und zweitens: wer war Mills Jameson vorher.“

„Ich glaube, wenn wir die Antwort auf die eine Frage haben, haben wir gleichzeitig die Antwort auf die andere. – die Vernissage, auf der ich Mills kennengelernt habe, war einen Tag nach Neujahr“, fügte sie hinzu.

Eric sah auf. „Und die ältesten Unterlagen sind von Weihnachten. Es sieht fast so aus, als wäre er aufgetaucht, nur um diese Vernissage eröffnen zu können. Nur um dich kennenlernen zu können.“

Eine Gänsehaut breitete sich über Heathers Arme. Es war beängstigend. Beängstigend logisch.

Ein *Ping* lenkte sie von ihren Gedanken ab. „Was war das?“

„Eine Email. Vermutlich Sally.“ Er zog sein Smartphone aus der Tasche und legte es neben den Teller. Während er über das Display wischte, versuchte Heather die winzigen Buchstaben darauf auf dem Kopf stehend zu lesen. Es gelang ihr nur mäßig.

„Interessant“, sagte er.

„Was ist interessant?“

„Die Akten der beiden Russen haben Sicherheitsstufe II. Zumindest teilweise.“

„Was bedeutet das?“

„Das bedeutet, dass wir nicht befugt sind, sie zu lesen.“

Heather zog die Stirn kraus. „Ich dachte, ihr seid der Geheimdienst.“

„Das sind offenbar Informationen, die so geheim sind, dass auch der Geheimdienst sie nicht lesen darf.“

„Wer hat die Akten denn angelegt?“

„Jemand mit einer höheren Sicherheitsstufe. Und ganz offenbar nicht in Großbritannien.“

„Sondern wo?“

„Russland.“

Heather gab ein unzufriedenes Geräusch von sich. „Super. Bis uns irgend so ein wodkaverseuchter Sesselfurzer aus Novosibirsk die Erlaubnis gibt diese Akte zu lesen und vielleicht einen entscheidenden Hinweis aufzuspüren, der uns zu Mills führt, ist Jane wahrscheinlich tot.“

Erics Blick verfinsterte sich bei der Erwähnung von Janes Namen. Und er wirkte, als würde er es genauso sehen, wie Heather. „Ich habe eventuell eine Alternative dazu.“

Sie verzog mit bitterer Belustigung das Gesicht. „Kennst du etwa jemanden vom russischen Geheimdienst?“

Eric sah auf. „Etwas in der Art.“

*

„Wohin fahren wir denn?“ Heather sah aus dem Fenster. Es war gerade kurz nach Zwölf und überall liefen geschäftige Mittagspäusler mit Zigaretten, Zeitungen und Starbucks Greatest Hits durch die Gegend.

„Bist du etwa neugierig?“

„Nein. Ich habe lediglich ein gesundes Verlangen nach Informationen“, korrigierte sie.

Eric bog ab. „Hübsch formuliert.“

„Wir fahren nach Knightsbridge?“

„So sieht es aus.“

Heathers Verwunderung erreichte ein ungeahntes Level, als Eric auf das *One Hyde Park* zusteuerte. Ein Angestellter eilte ihnen entgegen, gebaut wie ein Bodyguard, aber das gefällige Lächeln eines Concierge im Gesicht.

„Kann ich Ihnen behilflich sein?“, fragte er im edelsten Oxford-English, das Heather jemals gehört hatte.

„Wir werden erwartet“, sagte er an den Parkwächterbodyguard gewandt. „Apartment 161.“

Dieser nickte und entfernte sich mit einem „Einen Moment, Sir.“

Heather sah Eric fassungslos an. „Wir werden erwartet?“, fragte sie ungläubig.

„Allerdings.“

„Da drin?“ Sie zeigte mit dem Finger auf den imposanten Glasbau und erinnerte sich daran gelesen zu haben, dass es dort kein Apartment unter 80 Millionen Pfund gab.

„So sieht es aus.“

Sie kniff skeptisch die Augen zusammen. „Bist du etwa

reich?“

„Wäre dir das lieber?“, fragte er amüsiert, woraufhin sie ein Achselzucken von sich gab.

„Klar!“

Erich lachte. „Du bist die geborene Romantikerin.“

„Das hat mir noch keiner vorgeworfen.“

Er stieg aus, und unweigerlich tat Heather es ihm gleich. „Nein, ich bin nicht reich. Und ja, wir werden erwartet.“

„Von wem?“

Er nahm ihren Arm und hakte ihn bei sich unter. Eine Geste, die ihr besser gefiel, als sie zugeben wollte.

„Sagen wir, von alten Freunden.“

*

„Das ist ja schlimmer, als im Pentagon“, beschwerte sich Heather, als sie nach den umfangreichen Sicherheitschecks endlich im Aufzug nach oben fuhren.

Sie verkniff es sich Eric noch einmal nach seinen alten Freunden zu fragen, beschloss stattdessen abzuwarten, bis der Lift ankam.

Mit einem sanften Ping und einer säuselnden Frauenstimme, die *„sechstes Stockwerk“* verkündete, öffneten sich schließlich die Aufzugtüren. Eric führte Heather im Kreuz auf einen breiten Gang, der einen so frischen Duft verströmte, als stünden sie auf einer Blumenwiese. An den Wänden waren Picasso Lithografien. Sie wollte schwören, dass es Originale waren.

Eric blieb vor einer zweiflügligen Holztür stehen und betätigte den Klingelknopf.

„Ich komme schon!“

Als Heather die wohlklingende Frauenstimme hinter der Tür hörte, kniff sie wütend die Augen zusammen.

„Wenn das eine Verflossene von dir ist -“

„Bist du etwa eifersüchtig?“ Er schmunzelte so triumphal, dass sie ihm gerne das Grinsen aus dem makellosen Gesicht geprügelt hätte.

„Natürlich nicht!“

„Gut, denn das wäre ja auch ein Gefühl. Nicht wahr, MacLean?“

Sie bedachte ihn mit ihrem grimmigsten Blick. Verdammt nochmal, sie hasste es, wenn man sie mit ihren eigenen Waffen schlug.

„Bist du das, Eric?“, kam es wieder von hinter der Tür. *„Ich sehe dich nicht im Spion.“*

Er grinste zu Heather hinab. Im azurblauen Blitzen seiner Augen stand das Wissen um ihre brennende Eifersucht geschrieben. Und es gefiel ihm. Es gefiel ihm außerordentlich.

„Ja, ich bin es“, sagte er noch immer lächelnd.

Die Tür wurde aufgerissen und eine brünette, große Frau flog Eric regelrecht um den Hals. Er hob sie hoch, wirbelte sie einmal herum und setzte sie wieder ab, so dass Heather sie nicht sehen konnte.

Sie hörte das Schmatzen eines Kusses. Und sie hoffte! … hoffte für *ihn* und die dauerhafte Unversehrtheit seines Körpers, dass es ein Kuss auf die Wange gewesen war!

Da sie nicht hereingebeten wurde, trat sie einfach selbst ein.

„Wie geht es denn meiner Blutsschwester?“, fragte er und ließ von der Brünetten ab.

Blutsschwester?

„Prima. Es geht uns großartig. Ich rolle mich so durch die Gegend.“ Sie lachte ein glockenklares, feminines Lachen, für das Heather sie augenblicklich hasste. Ja, und für ihren Reichtum hasste sie sie ebenfalls, und für die herzliche Begrüßung. Die Liste ließ sich problemlos ins Unendliche fortsetzen. Aber sie war *nicht* eifersüchtig!

„Oh, entschuldigen Sie." Die Brünette ließ von Eric ab und kam auf Heather zu, überragte sie dabei deutlich. Allerdings durften sie in etwa gleich alt sein. Sie hatte ein bildschönes Gesicht mit tiefbraunen Augen und rosigen Wangen und sie … sie war schwanger. Hochschwanger sogar.

In Heathers Kopf drehte sich alles, als die Brünette ihre Hand ergriff und mit erstaunlicher Kraft schüttelte.

„Ich habe Eric so lange nicht gesehen. Bitte verzeihen Sie, dass ich so unhöflich war. Ich bin Amanda Pierce."

„*Du meinst wohl Zwetajewa!*" Eine tiefe Männerstimme drang aus dem angrenzenden Zimmer.

Als der Besitzer der Stimme eintrat, riss Heather die Augen auf. Ein großgewachsener, dunkelhaariger Mann mit leuchtend grünen Augen bedachte die Brünette mit einem tadelnden Blick, der so voller Liebe war, wie sie es selten gesehen hatte. Ihr Gehirn schaltete von *Alarmstufe Rot* auf *Alarmstufe Gelb*.

Die Brünette winkte mit liebevoller Ungeduld ab. „Ja, von mir aus. Amanda Zwetajewa. – Kommen Sie, setzen Sie sich."

Eric ging zu dem Dunkelhaarigen, der nur wenige Zentimeter kleiner und keineswegs schmächtiger gebaut war als er, und umarmte ihn in einer freundschaftlichen Geste, während die Brünette Heather auf die weichste Ledercouch drückte, die es auf diesem Planeten gab.

Keine zwei Sekunden später hatte sie ein Whiskyglas in der Hand.

„Cheers", sagte die Schwangere, die offenbar Amanda hieß, und trank einen Schluck Cola, während sie sich dank Babybauch etwas umständlich auf das Sofa gegenüber niederließ.

Heather hatte noch immer allergrößte Mühe der rauschenden Geschwindigkeit der Ereignisse zu folgen. Um die ganze Sache etwas zu entschleunigen und sich selbst Gelegenheit zum Nachdenken zu geben, trank sie einen Schluck Whisky und sah schweigend zwischen den Dreien hin und her.

Als der Dunkelhaarige sich in Bewegung setzte und auf sie zukam, stand sie instinktiv auf. Er wirkte bedrohlich. Das tat Eric zwar auch, aber ihn kannte sie. Sogar im biblischen Sinne.

Er griff nach ihrer Hand und hauchte einen Kuss auf ihre Fingerknöchel. „Ich bin Nicolai Zwetajew. Es freut mich, Sie kennenzulernen."

Sie riss die Augen auf. Der Milliardär mit dem revolutionären Energieunternehmen war ihr wohl bekannt. Und zweifellos war dann die Brünette seine Frau. Die Geo-Wissenschaftlerin. Als ihr Blick zu Eric glitt, zwinkerte er ihr zu. *Mistkerl!*

„Ich freue mich auch, Mister Zwetajew."

Er entspannte das Gesicht zu einem Lächeln, das trotz aller Freundlichkeit wölfisch wirkte, und sah seine Frau an. „Siehst du! *Sie* erkennt mich."

Die Brünette winkte ab und sah wieder Heather an. „Ihrer überraschten Miene entnehme ich, dass Eric Ihnen nichts von uns erzählt hat."

Heather schüttelte den Kopf. „Ich denke, er wollte es sich nicht entgehen lassen, mich dumm dastehen zu lassen." Das wütende Funkeln in ihren Augen traf auf Eris Unschuldsmiene. „Darüber reden wir noch", zischte sie zwischen zusammengebissenen Zähnen.

„Oha!" Amanda wandte sich um. „Hab ich hier etwas verpasst, Eric?"

Er grinste breit und Heather verfluchte sich dafür, dass ihr Herz bei diesem Anblick einen Satz machte.

„Möglicherweise", gab er wage zurück.

„Eric hat meiner Frau das Leben gerettet", erklärte

Nicolai Zwetajew mit kaum wahrnehmbarem, russischem Akzent in der tiefen Stimme.

Heather sah verblüfft auf. Damit hatte sie nun wirklich nicht gerechnet.

Amanda nickte. „Er hat eine Kugel für mich abgefangen."

Ihr fielen die Narben an der Schulter ein. Instinktiv glitt ihre Hand zu ihrem eigenen Schlüsselbein.

„Ja, genau", sagte Amanda. „Und er hat mir Blut gespendet." Ihr Blick verfinsterte sich, genau wie der ihres Mannes es tat. „Ich war angeschossen. Genau genommen war ich sogar erschossen. Ich war tot und konnte nur dank Erics Blut wiederbelebt werden. Er hat mich gerettet. Mich und das Kind." Ihre Hand glitt auf ihren Bauch, während Eric ein ungeduldiges Geräusch von sich gab.

„Hört auf mit der Predigt. Ich werde sonst noch eingebildet."

„Du bist doch schon eingebildet", sagte Nicolai.

„Amen!", gab Heather zurück.

Eric nickte mit mildem Tadel. „Ja, verschwört euch nur alle gegen den Lebensretter! – Nicolai kann ich dich mal sprechen?"

Oh, Themenwechsel, dachte sich Heather.

Der Russe erhob sich. „Natürlich", sagte er. „Wenn uns die Damen entschuldigen?"

„Besorg mir irgendetwas mit Schokostückchen", verlangte seine Frau. „Und wenn du schlau bist, am besten in der Fünf-Liter-Packung."

„Kommt sofort, Doc." Er rollte mit den Augen und stöhnte schicksalsergeben. Während er zu Eric ging, schüttelte er den Kopf. „Du kannst dir nicht vorstellen, wie viel sie isst", flüsterte er ihm zu.

„Ich habe das gehört, Zwetajew!" Ihre Stimme hatte keinen amüsierten Unterton, während ihr Mann lachend mit Eric in das angrenzende Zimmer verschwand.

Etwas befangen nahm Heather einen weiteren Schluck Whisky. „Wie haben Sie beide sich kennengelernt?“, fragte sie, um einen unverfänglichen Smalltalk zu eröffnen.

„Er hat mich entführt.“

Heathers Kinnlade fiel herunter, als hätte ihr Kiefergelenk den Geist aufgegeben. „Sie verarschen mich!“

„Nein.“ Sie rieb etwas gedankenverloren über den Babybauch. „Er hat mich betäubt und entführt, dann habe ich ihn verführt und bin abgehauen, bin von einem Irren eingefangen worden, Nicolai hat mich gerettet, dann wurden wir beide bedroht und am Ende haben wir die Bedrohung ausgelöscht. – Und irgendwo dazwischen haben wir uns verliebt.“ Sie zwinkerte. „Das ist eine sehr kurze Zusammenfassung der Geschehnisse. Und ich erzähle Ihnen das nur so direkt, weil Sie Erics Freundin sind.“

Heathers Kopf fühlte sich an, als hätte jemand ihre Gehirnwindungen verknotet.

„Ich bin nicht seine Freundin.“

Amanda tätschelte ihr Knie. „Natürlich nicht.“

„Er hat Sie wirklich entführt? Ich kann nicht fassen, dass er das getan hat.“

„Sicher nicht?“

Heather rief sich sein wölfisches Grinsen ins Gedächtnis, die spielerische Arroganz. Und waren sie nicht hier, weil er irgendwelche Verbindungen zum Geheimdienst hatte? Nun …

„Ja, vielleicht doch.“

Amanda lächelte zufrieden. „Da Sie ja nicht Erics Freundin sind …“ Das *nicht* betonte sie besonders ironisch. „… frage ich Sie nicht über ihn aus. Ich sage nur, er ist ein großartiger Mann, ohne den ich nicht mehr am Leben wäre. Und jetzt habe ich Hunger. Wollen wir uns etwas zu Essen bestellen?“

„Oh, vielen Dank. Ich hatte gerade schon Fertignudeln. Noch einmal etwas vom Lieferservice …“

„Nein, nein. Es gibt hier ein Restaurant. Bestellen Sie, was auch immer Sie wollen. Es ist in fünf Minuten da und schmeckt köstlich.“

Heather kaute auf ihrer Unterlippe und überlegte, was so ein kulinarischer Ferrari wohl kosten mochte.

„Ich bezahle.“ Amanda blickte sie ernst an. „Keine Widerworte! Ich bin schwanger, dementsprechend hormonell unausgeglichen und höchst aggressiv, wenn man mir widerspricht.“

Heather musste lächeln und sich eingestehen, dass die Brünette gar nicht die versnobte, dämlich Kuh war, für die sie sie anfangs gerne gehalten hätte.

„Ich habe schon ewig keinen guten Fisch mehr gegessen“, räumte sie ein, worauf Amanda grinste.

„Na, das ist doch ein Wort!“

*

Nachdem Eric ihm einen möglichst vollständigen Überblick über die Umstande und Gründe ihres Besuches verschafft hatte, ließ sich Nicolai auf einen Sessel nieder.

„Wow“, sagte er nur. „Was für eine beschissene Geschichte.“

„Das kannst du laut sagen.“ Eric setzte sich ihm gegenüber, verschränkte die Hände und betrachtete seine Finger. „Warum können zwei Zwanzigjährige Sicherheitsstufe II haben?“

„Das kommt ganz darauf an, wer die Stufe ausgelöst hat.“

„Großbritannien war es nicht.“

„Hast du die Daten dabei?“

Eric zog einen USB-Stick aus der Tasche und gab ihn

Nicolai.

„Ich werde tun, was ich kann."

„Danke, Mann." Er atmete tief durch. „Ich will nicht, dass ihr etwas passiert." Der Gedanke, dass Heather irgendjemand Schaden zufügen konnte, machte ihn krank. „Ich will sie um jeden Preis beschützen."

„Wer, wenn nicht du, ist dafür der geeignete Mann?"

Eric stand auf und fuhr sich mit beiden Händen durchs Haar. „Manchmal habe ich Angst, dass ich zu nah dran bin. Zu involviert, verstehst du? Ich habe Angst davor einen Fehler zu machen. Und sie ist so verdammt stur."

Nicolai schmunzelte milde. „Das kenne ich aus leidvoller Erfahrung, mein Freund." Er zeigte mit dem Daumen zur geschlossenen Tür, las aber ganz offenbar etwas in Erics Miene, das ihn wieder ernst werden ließ. „Wie wichtig ist sie dir?"

„Sehr wichtig!" Es kam wie aus der Pistole geschossen. „Aber sie ist kaputt. Innerlich, verstehst du? Nachdem sie diesen Mann verloren hat …" Er brach ab und schüttelte den Kopf. „Sie hat ihn geliebt, Nicolai. Und ich beginne eine Vorstellung davon zu bekommen, was es bedeuten muss diese Liebe zu verlieren. Sie hat einfach Angst wieder so verletzt zu werden, wenn sie sich öffnet. Ich … ich weiß nicht, ob sie das überhaupt schaffen kann. Bei Gott, ich könnte es ihr nicht verdenken, wenn sie es nicht tut."

Nicolai griff nach Erics Unterarm und sah ihm fest in die Augen. In seinem Blick lag der Schatten seiner eigenen schmerzhaften Erinnerung, wie Eric wusste.

„Das ist schwer. Verdammt schwer! Und es tut weh. Ich habe es mit Amanda geschafft, weil ich sie mehr als alles andere auf dieser Welt brauche. Es klappt nur mit dem richtigen Menschen an seiner Seite, Eric."

„Und das bin ich?"

Nicolai lachte. „Das müsst ihr schon selbst rausfinden."

Eric dachte zurück an die Frau, die Nicolai einst verloren hatte; die acht Jahre in der Gewalt eines Wahnsinnigen, seines eigenen Bruders, gewesen war. Der einzige Mensch, zu dem sie nach dieser unvorstellbaren Tortur hatte Vertrauen fassen können, wenn auch nur im Ansatz, war Nicolais Freund Spock gewesen. Vor über einem halben Jahr hatte er sich ihrer angenommen.

„Hast du mal was von Spock gehört?", fragte Eric.

Nicolai schüttelte stumm den Kopf. „Nachdem er mit Daria in die Staaten geflogen ist, hat er alle Kontakte abgebrochen. Ich glaube, es ist nicht endgültig, wir kennen uns ja praktisch seit wir Kinder sind. Aber er braucht den Abstand. Und Daria braucht ihn auch."

„Zwei gebrochene Menschen", sagte Eric mehr zu sich selbst.

„Ja. Und zwei gebrochene Seelen." Nicolai straffte die Schultern. „Spock wird mich wissen lassen, wie es steht, wenn die Zeit gekommen ist. – Und jetzt reden wir nicht länger davon. Wir lösen jetzt deine Probleme. Aber vorher gehen wir zurück zu den Frauen."

Nicolai schob die Tür auf und Eric folgte ihm in den großzügigen Wohnraum, der erfüllt war vom Duft gebratenen Fisches.

Die beiden Frauen saßen an einem kleinen Glastisch und unterhielten sich angeregt. Erics Herz blieb fast stehen, als er Heather sah. Und er begriff, dass es keine Floskel war, denn sein Herz stolperte tatsächlich, bevor es in seinen eigentlichen Rhythmus zurückfand, beim Anblick der wunderschönen rothaarigen Frau, die gerade ihr Weißweinglas abstellte. Fassungslos erkannte er, dass er nicht nur mit ihr zusammen sein wollte. Er wollte auch mit ihr zusammenbleiben; wollte es mehr als alles andere. Die Erkenntnis traf ihn wie ein Blitzschlag.

„Deine ist auch hübsch", sagte Nicolai mit gespielter

Nachdenklichkeit. „Wollen wir nicht mal tauschen?"

Eric lachte. „Eine Überlegung wäre es wert."

Während Amanda Nicolai mit erstaunlicher Treffsicherheit ein Brötchen an die Stirn warf, zog Heather ihre Waffe und zielte auf Eric.

„Habt ihr noch mehr so lustige Sprüche auf Lager?", fragte sie, während Nicolai mit den Fingern über seine Stirn wischte.

„War da Butter drauf, Doc?"

Amanda grinste. „Möglich."

„Mir gefällt sie sogar, wenn sie mit einer Berretta auf mich zielt", sagte Eric.

„Dann scheidest du wenigstens fröhlich aus dem Leben", gab sie zurück und legte die Waffe beiseite. Sie wollte nicht zugeben, dass ihre Finger zitterten, wenn sie ihn ansah, dass ihr ganzer verfluchter, offenbar schrecklich leicht zu beeindruckender Körper bebte.

Hastig schob sie sich noch eine Gabel Fisch zwischen die Lippen und ließ eine halbe Rosmarinkartoffel folgen.

„Willst du was abhaben?", fragte sie ihn.

Er schüttelte den Kopf, noch immer lächelnd. „Lass uns nach Hause fahren", sagte er.

Nach Hause. Heather schob den Teller zurück und lächelte Amanda an. „Es war fantastisch", schwärmte sie. „Vielen Dank."

„Sehr gern geschehen. Ich würde mich freuen, wenn Ihr beide uns bald wieder besuchen kommt. Spätestens, wenn ich eine Babyparty schmeiße."

Nicolai stöhnte leidvoll, was Eric zum Schmunzeln brachte.

„Wir sehen uns, Nicolai. Vielen Dank."

Mit diesen Worten verließen die beiden das Apartment.

*

„Was grinst du denn so?", fragte Heather Eric, während ihr der Angestellte des *One Hyde Park* die Wagentür öffnete.

„Dein Gesichtsausdruck, als du Amanda gesehen hast, war einfach zum Totlachen."

„Apropos tot … wenn du mich noch einmal so auflaufen lässt-"

„Ja, ja, schon gut. Reg dich ab, MacLean. Ich wollte dir nur mal deine Eifersucht vor Augen führen."

Sie riss schockiert den Mund auf. „Ich bin überhaupt nicht eifersüchtig."

„Du bist eifersüchtig, aggressiv und besitzergreifend!"

„Bin! Ich! Nicht!"

„Und du kannst die Finger nicht von mir lassen!"

Sie stieß ein etwas schrilles Lachen. „Dir steigt wohl der subtropische Londoner Sommer zu Kopf!"

Dass er statt einer Antwort nur schmunzelte, ärgerte sie ganz besonders.

Ein unbequemes Vibrieren in ihrer Hosentasche lenkte sie ab. Ihr Telefon.

„Das ist Emma", sagte sie nachdenklich beim Blick auf das Display.

„Wer ist Emma?"

„Die Forensikerin", erklärte Heather kopfschüttelnd und hob ab. „Emma, hi!"

„Hi Heather, ich habe hier etwas, was du dir ansehen solltest."

Sie zog die Brauen zusammen. „Etwas?"

„Ja, an der Leiche des letzten Opfers. Und auch an der vorletzten. Und ich wette auch an allen anderen. Ich … ich kann es dir schlecht am Telefon erklären. Ich zeige es dir. Kannst du gleich in die Pathologie kommen?"

Wenn es sein muss, dachte sie, sprach es aber nicht aus. „Wir sind sofort da. – Sie hat etwas an den Opfern entdeckt“, sagte sie zu Eric und atmete tief durch.

Unweigerlich begannen ihre Handflächen zu schwitzen und die Nervosität drehte ihr den eben auf so köstliche Weise gefüllten Magen um.

*

„Du kannst keine Toten sehen, oder?“ Eric hielt ihr die Schwingtür, die in die Pathologie führte, auf. Und da er sie schon am ersten Tag ihres Kennenlernens hyperventilierend beim Anblick einer Leiche erlebt hatte, machte es ganz offenbar wenig Sinn, es abzustreiten.

„Mir wird schlecht.“ Sie klang jämmerlicher, als sie es beabsichtigt hatte.

„Soll ich alleine mit ihr reden?“

Heather stieß ein empörtes Geräusch aus. „Hör‘ auf, mich so fürsorglich zu behandeln!“

Eric zog die Stirn kraus. „Entschuldige. Ich werde versuchen mich in Zukunft wie ein rücksichtsloses Arschloch zu verhalten.“

„Sehr gut. Und außerdem fährt Emma auf dich ab. Wer weiß, was passiert, wenn du allein mit ihr da drin bist.“

Mit einem Schmunzeln schob Eric die nächste Tür auf. „Ich habe nicht vor mich von deiner Pathologin auf einem ihrer Alutische vergewaltigen zu lassen. – Und jetzt komm!“

„Das ging ja schnell!“

Emmas Stimme ließ Heather herumfahren. Die Gerichtsmedizinerin trug eine grüne OP-Mütze und hatte sich den Mundschutz auf den Hals heruntergezogen. Ohne dass sie den Ekel verbergen konnte, fiel Heathers Blick auf die schwere, weiße Gummischürze, die Emma trug. Und hier speziell auf die Blutspritzer auf Bauchhöhe.

Emma knotete die Schürze auf und warf sie schnell in die

Waschtonne.

„Tut mir leid. Ich habe gearbeitet.“ Sie sah zu Eric auf und lächelte ihn an. „Wenn Sie immer noch mit Heather zusammenarbeiten, sind Sie ein harter Bursche.“

Entweder war Heather schizophren, oder die Art wie Emma *harter Bursche* sagte, klang anzüglich.

„Wir beide kommen bestens miteinander aus, Ma’am.“

Ehe sich Heather wehren konnte, umfasste Eric ihren Kopf mit einer Hand und drückte ihr einen flüchtigen Kuss auf den Scheitel, um seine Worte zu unterstreichen. Sie war kurz versucht ihm einen wütenden Blick oder wahlweise ein spitzes, medizinisches Gerät an den Kopf zu werfen, doch dann besann sie sich eines Besseren. Und nicht zuletzt wegen des unbezahlbar fassungslosen Gesichtsausdrucks von Emma, die sichtliche Schwierigkeiten hatte, sich wieder zu fassen.

„Sehr schön.“ Sie ließ ihren Blick über die leeren Alutische gleiten, als würde sie nach dem suchen, weswegen sie Heather überhaupt hergebeten hatte. „Nun … ähm …“

„Dir war irgendetwas an den Leichen aufgefallen“, half ihr diese auf die Sprünge und spürte das zufriedene Lächeln von Eric mehr, als dass sie es sah.

„Ja, richtig. Kommt!“

Anstatt wie befürchtet zu einem der Leichenfächer zu gehen, trat Emma an ihren Schreibtisch und bewegte die Maus, um den Bildschirm ins Leben zurückzurufen. Sofort erschienen darauf Zahlen, Diagramme und Grafiken. Spanische Dörfer für Heather.

„Sind das mineralogische Daten?“, fragte Eric, was ihm einen erstaunten Blick beider Frauen einbrachte.

„Ja, genau. Wir haben die letzten beiden Leichen nochmals einigen Untersuchungen unterzogen, bevor sie für die Bestattung freigegeben werden. Und wir haben etwas gefunden. An den Haaren.“

„An den Haaren?“

„Oder vielmehr an den Wurzeln.“

„Was haben Sie gefunden?“, fragte Eric, dessen Blick zwischen dem Bildschirm und Emma hin und her glitt.

„Mehrere Dinge. Vor allem aber Eisenoxid.“ Emma blickte selbst auf den Bildschirm. „Außerdem Siliziumoxid und geringe Mengen Magnesiumoxid.“

Heather schüttelte den Kopf. „Was bedeutet das? Was ist das?“

Eric richtete sich auf. „Das ist die Farbe Rot“, stellte er leise fest.

Heathers Herz setzte einen Schlag aus, während sie in Emmas Blick die Zustimmung las.

„Ja, genau. Es ist rote Farbe.“

„Soll das heißen, er hat ihm die Haare gefärbt?“

„Nicht direkt. Wir haben erst die letzte Leiche und die Leiche des vorigen weiblichen Opfers untersuchen können. Aber wie es aussieht, hat er ihnen die Haare bemalt; sie rot eingefärbt. Es ist keine Farbe, wie man sie üblicherweise zum Haare färben benutzt. Nicht das, was man in Drogerien kaufen kann. Es ist …“

„… Künstlerfarbe.“ Heather sprach das Wort leise aus und überlegte fieberhaft, was das für sie bedeutete. Während Emma eifrig nickte, die keine Ahnung hatte, warum sie diese Erkenntnis so traf, legte Eric seine Hand in Heathers Rücken und erdete sie.

„Ja, genau.“ Emma klickte ein neues Diagramm an. „Und weil die Farbe nicht dauerhaft ist, gehe ich davon aus, dass er sie mehrmals aufgetragen hat, damit sie sich so in den Wurzeln festsetzen konnte, dass sie sogar nach einer Woche im Wasser noch nachweisbar ist.“

„Wie oft?“, fragte Eric.

Emma sah ernst zu ihm auf. „Ich kann es natürlich nicht

hundertprozentig sagen. Aber ich vermute, dass er sie täglich aufgetragen hat."

„Wie ein Ritual", murmelte Eric nachdenklich, während Heathers Knie drohten nachzugeben. „Könnten Sie mir die Leiche zeigen, Emma?"

„Natürlich."

„Heather, sieh' du dir nochmals die Diagramme an." Er drückte sie auf den Schreibtischstuhl und nahm Emma am Arm, bevor sie etwas einwenden konnte. „Ich würde mir gerne beide Leichen ansehen, wenn das möglich ist."

Dankbar schloss Heather für einen Moment die Augen, als die beiden in ein angrenzendes Zimmer verschwunden waren. Ihre Gedanken rotierten und sie spürte, wie ihre Beine zitterten. Mills hatte den Leichen die Haare rot angemalt, hatte sie ihnen täglich gefärbt. Er musste sich vorgestellt haben, dass sie es war. Krampfhaft unterdrückte sie die Tränen.

Wieder und wieder hatte er getötet. Aber eigentlich hatte er immer nur sie getötet.

„Vielen Dank, Emma. Wir fahren aufs Revier." Eric kam herein und warf Heather einen prüfenden Blick zu. Sie deutete ein Nicken an und stand auf. Emma trat hinter Eric ein.

„Wenn es etwas Neues gibt, gebe ich sofort Bescheid."

„Vielen Dank. – Komm, Heather." Eric nahm ihren Arm und schob sie durch die Tür.

Auf dem Weg nach draußen schwieg er. Und sie war ihm so unendlich dankbar dafür. Sie wusste, nur ein Wort, und sie würde in Tränen ausbrechen.

Kaum waren sie in die grelle Nachmittagssonne getreten, packte er sie am Arm und schleuderte sie herum. Er umfasste ihren Hinterkopf mit der Hand, damit er nicht gegen die Hausmauer schlug, und presste seinen Mund auf ihren.

Sie versuchte ihn wegzuschieben, seinen unerwarteten

Angriff abzuwehren, doch er hielt sie um die Taille fest, während seine Zunge sich zwischen ihre Lippen drängte. Der Widerstand brach sofort, ihre Glieder wurden weich. Die Abwehr schlug in pure Lust um. Hungrig erwiderte sie seinen Kuss, verlor sich darin, ließ sich fortschwemmen, weg von all ihrer Angst, hin zu einem Ort, wo es nur Eric und all das gab, was er in ihr weckte. Eine einsame, unentdeckte Insel der Zweisamkeit.

Als er jäh von ihr abließ, schwer atmend und sichtlich erregt, war sie zwar wieder zurück im realen London, doch ein kleines Stück der einsamen Insel sah sie in seinen grellblauen Augen.

„Was war das denn?" Ihre Stimme war zittrig und uneben.

„Eine Ablenkung." Er küsste ihre Stirn und ihren Scheitel. „Für uns beide", fügte er hinzu.

Heather war zu schwach, um sich gegen seine Umarmung zu wehren. Sie schmiegte sich an seine Brust und atmete seinen Duft ein, der ihr auf so einzigartige Weise Trost spendete.

„Sie ist sehr gelungen. Deine Ablenkung."

„Dankeschön. Die Ablenkung ist übrigens auch eine prophylaktische Entschädigung."

Heather sah ihn skeptisch an. „Wofür?"

„Während ich mit Emma bei den Leichen war, hat Nicolai mich angerufen. Er hat die Sicherheitsstufen geknackt."

„So schnell?"

„Er ist gut."

„Und was hat er rausgefunden?"

Eric schob sie zum Wagen und öffnete ihr die Beifahrertür. Erst als sie beide saßen, sprach er weiter. „Er hat herausgefunden, wie sie nach England gekommen sind."

Heather schwieg abwartend. Erics Gesichtsausdruck war mehr als beunruhigend.

„Sie sind illegal eingewandert. Oder vielmehr eingewandert worden. Andrew Bowler hat sie hierhergebracht."

Heather spürte wie ihr die Farbe aus dem Gesicht wich und sich ihr Magen hob, so dass sie hastig schlucken musste.

Diesen Namen hatte sie lange nicht gehört; hatte ihn verdrängt und mit aller Kraft versucht ihn in den Katakomben ihres Unterbewusstseins für immer verrotten zu lassen. Doch als sie den Namen nun hörte, ausgesprochen und so schmerzhaft wie eine klaffende Wunde, wusste sie, dass es ihr nie gelungen war. Der Name von Jakes Mörder, der Mädchenhändler, den sie mit einer kompletten Magazinladung niedergeschossen hatte, war Säure, die auf ewig ein Loch in ihre Seele gefressen hatte. Sie spürte Erics Blick und seine Unsicherheit. Er wusste ganz offenbar nicht, wie sie reagieren und ob sie zusammenbrechen würde. Doch sie zwang sich zur Ruhe und deutete ein Nicken an.

„Wann war das?" Ihre Stimme war tonlos und sie vermied es den Blick zu heben.

„Vor knapp fünf Jahren. Bowler hatte fast zweihundert Jugendliche aus Russland mit fiesen Tricks weggelockt, ihnen das Blaue vom Himmel herunter versprochen und sie dann in Bordelle gesteckt. Die russische Geheimpolizei war ihm auf der Spur und hat sämtliche Opfer unter Stufe II gestellt, während die Ermittlungen liefen. Nachdem Bowler tot war, wurden die meisten von ihnen befreit und wieder zu ihren Familien geschickt. Für diese wurde die Sicherheitsstufe aufgehoben, nicht aber für diejenigen, die abgehauen und untergetaucht waren. Wie diese beiden."

Heather schwieg, während Eric den Motor anließ.

„Wohin fahren wir?"

„Ins Gefängniskrankenhaus. Es gibt da jemanden, den ich gerne verhören würde." Sein Tonfall war eisig. Heather konnte sich seine Verhöre gut vorstellen. Dass jemand unter seinem stechenden Blick und der bedrohlichen Gestalt nicht einbrach, konnte sie sich kaum vorstellen.

„Aber diese Jungen waren doch Opfer! Wie -"

„Viele Opfer werden zu Tätern."

„Und selbst wenn! Diese Jungen sind nicht plötzlich aufgewacht und haben sich überlegt, dass Sie mich heute erschießen könnten. Irgendjemand hat es ihnen befohlen; hat sie bezahlt oder unter Druck gesetzt. Sally sagte doch, dass sie dichthalten. Und Bowler ist tot. Also wer, verdammt nochmal, hat sie zu mir geschickt?"

„Ist es hunderprozentig, dass Bowler tot ist?"

„Eric, ich habe ihn in Stücke geschossen! Diese zwei Minuten meines Lebens werden mich immer verfolgen. Er ist tot! Das ist so sicher, wie die Hölle!"

„Umso besser", sagte er mit grimmigem Gesichtsausdruck. „Dann müssen wir jetzt nur aus diesem Jungen rausquetschen, warum er dich töten sollte. Und wer ihn beauftragt hat."

Heather kaute auf ihrer Unterlippe und versuchte sich zu beruhigen. Es gelang ihr nicht. „Denkst du, dass das ein Zufall ist? Dass das jetzt geschieht? So direkt nachdem wir Mills enttarnt haben?"

„Es könnte einer sein."

„Aber glaubst du es?"

„Nein. Ich glaube, es hängt zusammen." Eric bog ab. „Aber ich habe keine Ahnung, wie! Er ist ein Serienmörder, mit Ritualen, mit einem klaren Ziel. Ich weiß nicht, wie diese Jungen und die Entführung deiner Mutter in dieses Schema passen sollen. Für mich sind es zwei Paar Schuhe. Und wenn es irgendeine Verbindung geben soll, dann sehe ich sie nicht."

Heather ging es genauso. Sie hatte absolut keine Vorstellung davon, warum all diese Dinge geschahen. „Willst du ihn verhören, wenn wir auf dem Revier sind?“

„Wenn du dich fit genug fühlst, können wir es auch zusammen machen.“

„Du meinst, guter Cop, böser Cop?“

Erics Mundwinkle zuckte. „Ich dachte eher an etwas wie böser Cop und ganz böser Cop.“

Heather nickte. „Klingt gut!“

*

Die beiden ließen sich durch die Schleuse in den Flügel des Krankenhausgefängnisses bringen, in dem der Junge lag.

„Wie heißt er eigentlich?“

„Alexander Domratschev.“

Heather nickte. Sie traten vor eine verspiegelte Glasscheibe, hinter der das Krankenbett zu erkennen war.

Er lag schlafend da. Die unverletzten Gliedmaßen waren am Bett festgekettet. Die Schusswunden waren mit Verbänden bedeckt. Im sterilen Weiß der Bettlaken wirkte er noch jünger, als er es ohnehin schon war. Kurz bevor sie Mitleid empfand, erinnerte sie sich selbst daran, dass er immerhin versucht hatte sie zu töten.

„Wollen wir reingehen?“

Eric öffnete zur Antwort die Tür.

„Mister Domratschev?“, fragte er. Seine Stimme war eisig und beherrscht. Er wirkte in dem kleinen quadratischen Krankenzimmer viel zu groß und deplatziert. „Mister Domratschev, wir haben einige Fragen an Sie.“

Heather trat ans Bett und betrachtete das so unschuldig wirkende Gesicht, ließ ihren Blick hinab zu seiner Brust gleiten, die sich still unter dem weißen Laken abzeichnete.

Zu still.

„Nicht!“, sagte Eric, als sie die Hand nach ihm ausstreckte.

Doch Heather hatte schon Zeige- und Mittelfinger an der Halsschlagader. Und fühlte nichts. Hastig griff sie nach der Notklingel und trat zurück, sah hilflos zu Eric auf.

„Er ist tot.“

„Was?“

Die Tür flog auf und ein Arzt stürmte herein.

„Ich glaube, er lebt nicht mehr“, sagte sie zu ihm.

Der Arzt stürzte ans Bett, während Eric Heather noch einen Schritt zurückzog. Sekunden später schob eine Krankenschwester einen Defibrillator ins Zimmer.

Schweigend beobachteten die beiden, wie man versuchte, den Jungen wiederzubeleben. Doch es war erfolglos. Zehn Minuten später stellte der Arzt seinen Tod fest.

„Wir müssen der Spurensicherung Bescheid geben.“ Eric glaubte offenbar ebenfalls nicht an einen natürlichen Tod.

„Ich rufe Emma an.“ Heather zog aufgewühlt das Telefon aus der Tasche, während sich der Arzt an sie wandte.

„An den Schussverletzungen ist er sicher nicht gestorben, das kann ich Ihnen sagen.“ Er wischte sich mit dem Ärmel über die Stirn und sah kurz hinter sich, während die Schwester das Gesicht des Toten abdeckte.

„Dann muss irgendwer hereingekommen und ihn umgebracht haben“, sagte Eric, während Heather telefonierte.

„Das ist eigentlich unmöglich.“

„Trotzdem ist der Junge *eigentlich* tot.“

„Emmas Team kommt sofort.“ Heather sah dem Arzt in die braunen Augen. „Wahrscheinlich wird die Spurensicherung nicht mehr viel finden. Bei ihrem Reanimationsversuch haben sie alles an ihm und um ihn herum angefasst."

„Sie erwarten ja wohl nicht, dass ich mich dafür entschuldige, versucht zu haben sein Leben zu retten?"

„Nein, natürlich nicht." Sie unterdrückte ein unzufriedenes Geräusch. „Untersuchen Sie sein Blut, bitte. An Altersschwäche ist er sicher nicht gestorben."

Der Arzt nickte und wandte sich mit einigen Anweisungen an die Schwester, während Eric und Heather das Zimmer und schließlich das Gebäude verließen.

„Wir hätten eine verdammte Stunde früher kommen sollen." Eric trat gegen einen nicht vorhandenen Gegenstand neben dem Wagen und öffnete dann erst die Fahrertür. Heather setzte sich schweigend auf den Beifahrersitz.

„Und was machen wir jetzt?", fragte sie resigniert.

Eric schnaufte, sein Körper war angespannt und seine Kiefer mahlten vor unterdrückter Wut. Er drückte einen Knopf am Navigationsgerät.

„Ja, Agen -"

„Sally", unterbrach er sie unwirsch. „Schicken Sie mir die Akte von Andrew Bowler. Alles. Verstehen Sie? Wirklich alles! Domratschev ist tot."

„Ich weiß, Sir."

„Sichten Sie die Akten des Personals im Krankenhaus."

„Alle, Sir?"

„Alle. Durchleuchten Sie alles und jeden, der irgendwie mit ihm in Berührung hatte kommen können. Jeden Klempner, jede Putzfrau. Prüfen Sie Zusammenhänge zu Bowler."

„Ja, Sir." Sie klang nicht mehr ganz so abgebrüht wie sonst.

„Beeilen Sie sich!"

„Wir sind schon dran, Agent Moore." Kurz herrschte Schweigen. *„Brauchen Sie oder Inspector MacLean etwas?"*

Eric kniff sich in die Nasenwurzel und schloss kurz die Augen. „Eine heiße Spur wäre jetzt gut, Sally."

„Ich weiß, Agent Moore. Wir tun, was wir können. Verlassen Sie sich darauf."

„Ich verlasse mich auf Sie!"

„Das ist schlau von Ihnen." Dann legte sie auf.

Heather griff nach Erics Hand und drückte sie sanft. „Du hattest übrigens Recht", sagte sie leise und fing seinen Blick auf, der sofort weicher wurde, als er ihre Augen fand.

„Womit?"

„Ich kann wirklich die Finger nicht von dir lassen."

Er lächelte und atmete aus, als hätte er die letzten Minuten die Luft angehalten. „Versuchst du mich aufzumuntern?"

„Funktioniert es denn?"

„Vielleicht ein kleines bisschen." Er beugte sich vor, bis seine Lippen die ihren fast berührten. „Küss mich", verlangte er leise.

Willig gehorchte Heather und verschloss seinen Mund mit dem ihren, ließ ihre Zunge zwischen seine Zähne gleiten und sog das wohlige Stöhnen auf, das ihm entglitt. Lust brandete in ihr auf, die alles in den Hintergrund drängte, die sie willkommen hieß und auskostete, nach der sie süchtig war; wie nach allem, was Eric ihr gab.

Sie umfasste sein Gesicht und krabbelte kurzerhand auf seinen Schoß, schlang die Arme um seinen Nacken, intensivierte ihren Kuss, verwandelte ihn in etwas Dunkles, verboten Köstliches. Unter sich spürte sie, wie sein Körper auf ihren Überfall reagierte.

Es schien ihn seine ganze Willenskraft zu kosten, als er sie von sich schob.

„Nicht so hastig, Rotschopf." Mit einem tiefen Atemzug versuchte er sich zu sammeln. „Das ist ein öffentlicher Parkplatz und es ist noch nicht einmal Teezeit."

Heather runzelte die Stirn, machte aber keine Anstalten sich von Erics Schoß herunterzubewegen. „Du möchtest lieber Tee?“

„So drastisch würde ich es nicht formulieren. Der wichtigere Teil des Satzes war ohnehin der, in dem das Wort öffentlich vorkam.“

Er ließ seine großen Hände über ihren Rücken gleiten, und verursachte eine Gänsehaut auf ihrem gesamten Körper. Heather wand sich auf ihm, fühlte sich gleichzeitig mächtig und willenlos. Wenn er ihr die Bluse vom Leib gerissen und sie am helllichten Tag auf einem Londoner Krankenhausparkplatz bestiegen hätte, sie hätte sich nicht einmal ansatzweise gewehrt. Sie beugte sich vor und brachte ihre Lippen an sein Ohr, spürte den Schauer, der ihn überlief, unter ihren Fingerspitzen.

„Kannst du es nicht ein bisschen weniger öffentlich machen?“

Erics Unterleib reagierte auf ihre Frage mit einem lustvollen Zucken. „Was schwebt dir denn vor?“

„Eine Lichtung, ein Baumhaus … vielleicht eine versteckte Lagune.“

„Wie wäre es mit einer Tiefgarage?“

Heather musste lachen. „Du unverbesserlicher Romantiker.“

„Ist das ein Ja?“

„Muss ich von deinem Schoß runter, während du fährst?“

Er gab ein abwägendes Geräusch von sich. „Nicht, wenn du den Kopf einziehst.“

„Dann ist es ein Ja.“ Sie kicherte übermütig, während Eric den Wagen anließ und den Rückwärtsgang einlegte. Es war unmöglich seine Eile nicht zu bemerken.

„Hör‘ auf, deine Hüften zu bewegen“, knurrte er, während er auf eine schmale Straße abbog, die Heather nicht kannte.

„Warum sollte ich?“ Sie rieb aufreizend ihre Mitte an Erics Härte und spürte wie der lustvolle Druck in ihrem Unterleib immer weiter wuchs.

Als es plötzlich dunkel um sie wurde, begriff sie, dass sie die Tiefgarage erreicht hatten. Eric fuhr ans hinterste Ende und parkte den Wagen in einer Parkbucht. Etwas unelegant würgte er den Wagen ab, während Heather sich an seinem Reißverschluss zu schaffen machte.

„Du hättest einen Rock tragen sollen“, presste er mühsam hervor, krallte seine Finger in ihre Hüften, während sie seine enorme Erektion befreite, sich daran weidete und sie gierig umfasste. Eric bog den Kopf in den Nacken und überließ sich für einen Augenblick ihrer Berührung.

Dann packte er ihre Hände. Als Heather ihm ins Gesicht blickte, ging sein Atem unregelmäßig. Seine Augen waren glasig.

„Ich will, dass du mich reitest“, brachte er mühsam hervor und trat damit eine Lawine der Begierde in Heathers Körper los. „Zieh‘ die Hose aus. Und dann komm‘ her.“

Anstatt sich wieder auf den Beifahrersitz zu setzen, wie Eric es seinem Blick nach zu urteilen, ganz offenbar erwartet hatte, stieg Heather kurzerhand aus. Sie knöpfte ihre Jeans auf, zog sie herunter, ließ nach einem kontrollierenden Blick in die menschenleere Tiefgarage auch ihren schlichten schwarzen Slip folgen und setzte sich rittlings auf Erics Oberschenkel, um die Tür wieder zu schließen. Sie spürte seine muskulösen Schenkel unter ihrer geschwollenen Mitte, verteilte ihre Feuchtigkeit darauf, während Erics Glied vor ihr einladend zuckte.

Bevor sie etwas tun konnte, packte er sie bei den Hüften und hob sie hoch. Sie stützte sich auf seinen Schultern ab, während er sie langsam auf sich herabließ. Die pralle Hitze seines harten Speers teilte Heathers Schamlippen, drang unerbittlich Zentimeter für Zentimeter weiter in sie ein, weitete sie, erfüllte sie, nahm ihr die Luft und die Sicht, bis sie ganz miteinander verbunden waren.

Heather fixierte ihn atemlos, küsste ihn gierig. Ein leichtes Abkippen ihres Beckens genügte, um ihn aufstöhnen zu lassen.

„Oh Gott, du bringst mich um", keuchte er, während er ihren Leib auf sich herunterpresste. Heather hielt die Augen offen, während sie sich etwas erhob und wieder herabließ. Sie beobachtete jede Facette der Lust in den grellblauen Seen, die seine Augen waren, in seinen strengen Zügen, von purer Erregung verzerrt. Innig umschlang sie seinen Nacken und beschleunigte ihren Rhythmus.

„Ich kann nicht warten", hauchte sie und ließ ergeben den Kopf in den Nacken fallen.

*

„Was ist das?" Heather hatte noch immer ihr Gesicht an Erics Hals vergraben und kam nur schwer zu Atem.

„Mein Telefon." Er schielte auf das Armaturenbrett. „Es ist Sally."

Mit einem genervten Stöhnen und zitternden Knien krabbelte Heather zurück auf den Beifahrersitz, während Eric seine Hose zuknöpfte.

„Ich bin noch nicht fertig mit dir!", sagte er zu ihr, die zur Antwort erschöpft lächelte.

Dann drückte Eric den Sprechknopf. „Sally?"

„Propofol."

Während sich Heather die Jeans überzog – sie hatte keine Ahnung wo ihr Slip war – schüttelte Eric den Kopf. „Was?"

„Der Junge hatte genug Propofol im Blut, um eine Herde Elefanten

auszulöschen.“

„Ach du Scheiße!“, entfuhr es Heather.

„Inspector MacLean, sind Sie außer Atem?“

Sallys Frage ließ sie in der Bewegung verharren. „Gibt es hier eine Kamera?“, flüsterte sie Eric ins Ohr.

„Ich hoffe nicht“, flüsterte er zurück.

„Sally, haben Sie eine Spur, wer ihm das Betäubungsmittel verabreicht haben könnte?“

Die körperlose Frauenstimme schien sich offenbar nicht daran zu stören, dass die Frage von Heather kam. „Nein. Er hat keine sichtbaren Einstichstellen.“

„Wurde die Mundhöhle untersucht?“

Erics Frage ließ sie angewidert das Gesicht verziehen.

„Ich glaube nicht, Sir. Ich werde das veranlassen.“

„Danke, Sally.“

„Und die Unterlagen über Andrew Bowler sind in fünf Minuten an ihrem Haus.“

„Gut. Der Bote soll warten, wenn wir später dran sind.“

„Natürlich, Sir.“

Eric beendete das Gespräch und startete den Wagen.

Heather schüttelte den Kopf. „Das ist eine verdammte Achterbahn der Gefühle.“

„Und welcher Teil der Achterbahn bin ich?“

Sie fing seinen neugierigen Blick auf. „Du bist das doppelte Looping.“

„Das, bei dem man vor Angst schreit?“

„Vor Begeisterung“, korrigierte sie.

„Ok, damit kann ich leben. Wichtig ist, dass du dich bei meinen Loopings nicht übergeben musst.“

Sie schmunzelte. Wieder schaffte er es, sie zum Lächeln zu bringen.

*

An Erics Haus wartete bereits ein MI6-Mitarbeiter mit einem ganzen Berg von Akten über Andrew Bowler. Heather schnappte sich den leichteren der beiden Kartons und folgte Eric hinein ins Haus. Der Anblick des Küchentisches weckte angenehme Erinnerungen, die jedoch sofort verblassten, als sie den Deckel von ihrem Karton hob und in das Gesicht jenen Mannes blickte, der ihre erste große Liebe erschossen hatte.

Während Eric Tee aufsetzte, breitete Heather die Unterlagen auf dem großen Eichentisch aus, sortierte sie chronologisch und zusätzlich nach Relevanz und ließ sich dann mit einem tiefen Seufzen auf einen der schlichten Holzstühle nieder. Als Eric ihr die Teetasse unter die Nase hielt, ließ sie der stechende Geruch zurückzucken.

„Ein Schuss Rum schadet nie", kommentierte er und setzte sich ebenfalls.

Heather nahm einen Schluck und betrachtete dann die von ihr aufgetürmten Stapel Papier. Beim Anblick all dieser Akten, in die sie sich bis über die Ellbogen hinein zu vergraben gedachte, sank ihr der Mut.

„Hier gibt es eine Menge Scheiße, durch die wir waten müssen", kommentierte Eric.

„Dann sollten wir wohl besser anfangen."

*

Fast drei Stunden später hatte Heather auf einem Block die wichtigsten Daten über Andrew Bowler zusammengefasst.

„Geboren 1976, Eltern unbekannt, aufgewachsen im Kinderheim St. Mary in Sussex, nachdem er in einer Kinderklappe entsorgt worden war." Heather sah kurz über das Papier hinweg Eric an, bevor sie fortfuhr. „Flog von so ziemlich jeder halbwegs respektablen Schule und setzte sich am Tag seines achtzehnten Geburtstages auf Nimmerwiedersehen ab, um dann das erste Mal mit 21 dem Haftrichter wegen versuchter Vergewaltigung vorgeführt zu werden. Es folgten Anklagen und Bewährungsstrafen wegen Prügeleien, Pöbeleien, Einbrüchen. Dann die erste Haftstrafe mit 23 wegen bewaffneten Raubüberfalls. Dann tauchte er ab und verschwand volle neun Jahre von der Bildfläche, bevor …" Heather atmete tief durch und beschloss es auszusprechen. „… bevor er Jake erschoss und von mir getötet wurde. Es wurden über zweihundert Entführungen aus Serbien, Weißrussland, der Ukraine und Russland von Mädchen und Jungen rekonstruiert, die er an Bordelle und Zuhälter im Londoner Umkreis verschachert hatte."

Erics Gesicht blieb konzentriert. „Gehen wir mal davon aus, dass die Morde, die Entführung deiner Mutter irgendwie mit Bowler zusammenhängen … dann wäre die einzig logische Erklärung, dass Mills versucht hat an dir Rache zu nehmen."

„Und was ist mit den Morden, den Ritualen, den angemalten Haaren und den immer wieder exakt übereinstimmenden Stichen bei den Opfern? – das passt doch nicht zu einem simplen Racheakt. Außerdem hatte Bowler keine Familie. Keine Frau. Keine Kinder. Niemanden. Er war allein und hat mit seinem Verhalten dafür gesorgt, dass sich daran auch nie etwas änderte." Sie legte den Block weg und fuhr sich frustriert mit beiden Händen durch die Haare. „Er war eiskalt und hat ein Vermögen damit gemacht, dass er unschuldige Mädchen und Jungen an geile Freier verkauft hat, ihre Jungfräulichkeit an den Meistbietenden versteigerte. Niemand würde für so einen Menschen Rache üben!"

„Wohl kaum." Eric verschränkte die Arme auf dem Tisch. „Irgendein wichtiges Puzzleteil fehlt uns."

„Ja, das sehe ich auch so.“ Sie schob eine rote Strähne hinters Ohr und lehnte sich zurück. „Mir brummt der Schädel. Aber weißt du was? Irgendwie tut es gut. Ich hatte große Angst davor die Akte von Bowler zu lesen, aber jetzt sehe ich die Jämmerlichkeit seiner Gestalt … in ihrer ganzen beschissenen Pracht. Es ist ein bisschen, wie wenn man Angst im Dunkeln hat, und sich so lange in einem stockdunklen Raum einsperrt, bis man keine Angst mehr hat. Weißt du, was ich meine?“

„Ich denke schon.“ Eric stand auf und holte zwei Coladosen aus dem Kühlschrank. „Apropos dunkel“, sagte er. „Es ist Abend. Ich habe Hunger. Wir haben alles gesichtet, was man sichten kann, und meine Gehirnwindungen haben jetzt die Konsistenz von Babybrei. Ich schlage vor, wir essen etwas.“

„Und dann?“

Er gab ein abwägendes Achselzucken von sich. „Ich gebe zu, dass deine Anwesenheit mir die Aussicht auf uneingeschränkten Zugang zu hemmungslosem Sex mit dir verspricht. Eine außerordentlich reizvolle Vorstellung.“

Heather lächelte und spürte gleichzeitig, wie die Spannung ein wenig aus ihrem Körper wich. „Ja, das finde ich auch.“

Sie nahm den letzten Schluck aus ihrem Teepott und hatte das Gefühl, dass es purer Rum war. „Weißt du was?“

„Was?“

„Seit ich dich kenne, ist die Erinnerung an Jake weniger schmerzhaft geworden.“ Sie senkte kurz den Blick, bevor sie wieder Erics Augen fand, leuchtende Türkise, die ihr versprachen niemals etwas vor ihr zu verbergen. „Ich hätte nicht gedacht, dass das jemals möglich sein würde.“

Eric hob seine Teetasse wie ein Weinglas um ihr zuzuprosten. „Das ist das Schönste, was ich jemals aus deinem Mund gehört habe.“ Er beugte sich über den Tisch und kam ihr auf halbem Weg entgegen. „Küss mich!“, verlangte er. Und sie gehorchte ihm nur zu gerne.

Seine Berührung war aufregend und aphrodisierend, aber gleichzeitig wie Balsam. Er heilte die schmerzhaften Stiche in ihrem Herzen und verlangte nichts, was sie nicht zu geben bereit war.

Gerade als Eric um den Tisch herumkam, schoss ihr ein Gedanke durch den Kopf.

„Stopp!“, verlangte sie mit erhobener Hand.

Eric hielt verwundert in der Bewegung inne, während Heather von ihrem Stuhl aufsprang.

„Stiche!“

Er blinzelte irritiert. „Stiche?“

„Stiche.“

„Ich kann dir nicht ganz folgen.“

Heather zog die Waffe aus ihrem Holster und hielt sie Eric hin, der noch immer sehr ahnungslos wirkte. „Mein Magazin hat zwölf Schuss“, erklärte sie aufgeregt.

Eric nickte. „Ich weiß.“

„Und alle Opfer haben doch immer nach dem gleichen Muster, gleichviele Einstiche im Oberkörper. Nicht wahr?“

„Ja, das stimmt.“

„Hast du die Akte des letzten Opfers hier?“

„Nein, aber den Autopsiebericht.“ Eric zog sein Smartphone heraus und wischte ein paar Mal darüber. „Zwölf Einstiche.“

Als er den Blick hob, wusste Heather, dass sie ein wichtiges Puzzleteil gefunden hatten. „Hast du ein Bild?“

„Ja.“ Er hielt ihr das Telefon hin. „Hier.“

Heather zwang sich den durchlöcherten, aufgequollenen Torso anzusehen.

„Leg’ es auf den Tisch.“ Sie schlug den Bericht aus der Pathologie von Andrew Bowler auf und fand, wonach sie gesucht hatte. Sie legte das Bild mit den Schusswunden neben das Handy und beugte sich zusammen mit Eric darüber, um die Wunden zu vergleichen.

„Sie sind identisch", stellte er verblüfft fest. „Sie sind tatsächlich identisch. Erst wirkt das Muster willkürlich, doch er hat es stetig wiederholt, an exakt denselben Stellen. Unglaublich. Der einzige Unterschied ist, dass es keine Schüsse, sondern Stiche sind."

Heather nickte. „Aber wir sind ja auch nicht in den USA, wo man Fünfjährigen schon Gewehre in die Hand drückt. Bei uns hat ja noch nicht einmal die Streifenpolizei Schusswaffen. Ein Messer ist leichter zu beschaffen und unauffälliger."

„Und es erfüllt den gleichen Zweck." Eric setzte sich. „Das wirft ein ganz neues Licht auf sein Profil. Er tötet dich nicht nur immer und immer wieder … – tut mir leid!"

Sie hob die Hände. „Schon okay. Red' weiter!"

„Er tut es auch immer auf dieselbe Art und Weise, auf die du Bowler getötet hast. Akribisch genau tötet er seine Opfer. Er färbt ihnen die Haare. Deswegen sind alle so hell, blond und haben auch helle Augen. Sie sind wie leere Leinwände für ihn und er erschafft auf ihnen, oder vielmehr aus ihnen heraus, dich. Er färbt ihnen die Haare, vielleicht setzt er ihnen Kontaktlinsen ein. Er foltert sie, er quält sie, doch er lässt sie nicht gehen, lässt dich nicht gehen." Erics eindringlicher Blick und seine Worte hinterließen eine Gänsehaut und das aufkeimende Gefühl der Panik bei Heather. „Er lässt dich büßen, und wenn du genug gebüßt hast, dann tötet er dich, genau wie du Bowler getötet hast. Und damit man ihm nicht direkt auf die Schliche kommt, wirft er die Leichen ins Wasser, damit sich die Farbe abwäscht und seine Fingerabdrücke verschwinden."

„Aber warum hat er mich nicht direkt getötet? Warum all diese Morde?"

„Vielleicht weil es ihm so mehr bringt. So kann er dich immer und immer wieder töten. Und am Ende – so wie jetzt – durchschaust du ihn. Du siehst, dass sie alle deinetwegen sterben und er weiß, dass du dir Vorwürfe machst. Er hat versucht mich zu töten, genau wie Jake gestorben ist. Mit einem Kopfschuss. Er wiederholt die Dinge. Er spielt sie wieder und wieder ab, wie in einer Endlosschleife."

Heather schüttelte den Kopf, obwohl sie es genauso sah. „Aber was ist mit den männlichen Opfern? Egal wie lange er diesen armen Jungen rote Farbe auf den Kopf pinselt. Sie werden nie so aussehen wie ich! Niemals."

Eric überlegte und auch Heather verfiel in Grübeln.

„Es sei denn …" Es fiel ihr schwer den Gedanken überhaupt zuzulassen, doch es war eine Möglichkeit.

„Es sei denn was?"

Sie sah auf. „Er tötet diese jungen Menschen doch paarweise. Immer einen Jungen und dann ein Mädchen."

„Ja, das stimmt."

„Vielleicht tötet er gar nicht nur mich. Vielleicht tötet er Jake ebenfalls."

Eric zog die Stirn kraus. „Das würde nur Sinn machen, wenn Jake ebenfalls rothaarig gewesen ist."

Heathers Blickfeld verschwamm für einen Moment, doch sie schluckte den Kloß hinunter, der ihr die Stimme nahm, und nickte. „Das war er."

Eric griff nach ihrer Hand und betrachtete sie betreten. „Tut mir leid, das wusste ich nicht. Ich habe seine Akte -"

„Nicht gelesen. Ja, ich weiß." Sie sah mit einem angestrengten, halbherzigen Lächeln zu ihm auf. „Und was bedeutet das jetzt?"

„Vor allem wohl, dass es bei dieser Sache nicht nur um dich als Zielobjekt geht, sondern auch um Rache. Rache für Bowler."

„Ich kann mir noch immer nicht vorstellen, wie jemand für diesen Abschaum der Menschheit Rache üben will."

„Ja, das fällt mir auch schwer. Aber davon müssen wir derzeit einfach ausgehen. Einen kleinen Schritt weiter sind wir jetzt immerhin."

Heather streichelte über seine Wange. Er schmiegte sein Gesicht in ihre Handfläche und schloss kurz die Augen. „Ich muss Abercrombie anrufen", erklärte er seufzend. „Ich habe ihm versprochen ihn auf dem Laufenden zu halten. Er kommt fast um vor Sorge."

„Ja, das verstehe ich. Ruf' ihn an und ich durchsuche in der Zeit deinen Kühlschrank nach etwas, das wir zu Abendessen verarbeiten können."

Heather stand auf und blieb etwas unentschlossen stehen.

„Geht es?", fragte Eric. „Was ich über Jamesons Motiv gesagt habe, belastet dich sehr, nicht wahr?"

Sie sah zu ihm auf. Die Gewissheit, dass dieser Mann zu ihr stand und an ihrer Seite war, gab ihr Kraft. „Könntest du mich vielleicht umarmen. Richtig fest, so dass ich keine Luft mehr bekomme und mir fast die Rippen brechen?"

Eric beugte sich zu ihr hinab und umschloss ihren Körper. Erst als er sie berührte, spürte sie das leichte Zittern, das sie erfasst hatte. Mit kontrollierter Kraft schloss Eric seine muskulösen Arme um sie, presste seinen Brustkorb gegen ihren und vergrub das Gesicht in ihren roten Wellen. „Wir kriegen ihn, Heather", sagte er leise. „Ich verspreche es dir. Wir kriegen ihn."

Sie gestattete sich eine winzige Träne, die von Erics Hemd aufgesaugt wurde. „Ich glaube dir."

*

Heathers Fähigkeiten am Herd waren außerordentlich begrenzt. Aber nachdem sie das Highlight ihrer Kochkünste – Spaghetti mit Tomatensauce – bereits präsentiert hatte, beschloss sie aus einem vom Ablauf des Mindesthaltbarkeitsdatums unmittelbar bedrohten Paket Eier Omeletts zu zaubern. Was die Beilagen zum Omelett betraf, stieß Erics Kühlschrank ganz offenbar an seine Grenzen. Sie musste improvisieren.

„Omeletts mit Fischstäbchen?" Eric sah mit einiger Verwunderung auf seinen Teller.

„Hast du ein Problem damit?" Heather quetschte an einer schon etwas eingetrockneten Zitronenhälfte, die sie ebenfalls im Kühlschrank gefunden hatte.

„Ich bewundere lediglich deine kulinarischen Fähigkeiten", erklärte er und nahm einen Bissen Fischstäbchen. „Müsste die Panade nicht knusprig angebraten sein?"

Sie kniff die Augen zusammen. „Weißt du, eigentlich wollte ich nachher einen tollen Auftritt in meinem sexy Enten-Pyjama hinlegen. Aber das scheine ich mir noch einmal überlegen zu müssen."

Eric riss die Augen auf. „Oh Gott, bitte tu' es! Ich liebe dein Essen! Es ist fantastisch. Knusprig, goldbraun, saftiger Fisch."

„Du klingst wie ein Werbespott!"

„Und erst das Omelett!", schwärmte er.

„Schon gut, schon gut." Lächelnd schob sie den Bademantel am Ausschnitt etwas zur Seite, den sie sich nach der kurzen Dusche vor dem Essen übergezogen hatte.

„Du hast ihn schon an?"

„Allerdings."

„Wie soll ich mich denn jetzt noch aufs Essen konzentrieren?", fragte er vorwurfsvoll.

„Das ist ja wohl nicht mein Problem", gab sie grinsend

zurück und schnitt sich ein Stück Omelett ab.

Eric betrachtete sie noch wenige Sekunden vorwurfsvoll, dann wechselte er die Taktik und fing an sein Essen hinunterzuschlingen.

Heather trat sich unter dem Tisch ihren Schuh ab und ließ ihre Zehen an seinem Hosenbein hinaufwandern. Erics Gabel blieb auf halbem Weg zum Mund stehen, während sich Heather ein Fischstäbchen zerteilte. Sie rutschte auf ihrem Stuhl ein wenig nach vorne, so dass sie ihr Bein weiter nach vorne strecken konnte.

Eric hatte gerade wieder angefangen zu kauen, da berührten ihre Zehenspitzen die Stelle, wo sich seine Beine trafen. Er war bereits steinhart.

Sein Atem ging schwer, doch er wollte sich offenbar nicht die Blöße geben und aß weiter.

Schweigend schlang er an seinem Essen und Heather massierte mit den Zehen seinen harten Schaft. Eric unterdrückte ein Stöhnen und krallte sich so fest an sein Besteck, dass sie grinsen musste.

„Dafür wirst du mir büßen“, zischte er und spießte sein letztes Fischstäbchen auf die Gabel. Heather zuckte übermütig mit den Achseln und strich auffordernd über sein Geschlecht.

„Das hoffe ich doch sehr“, gab sie zurück und legte die Serviette neben den Teller.

Eric tat dasselbe und beobachtete wie ein Luchs, wie Heather sich von ihrem Stuhl erhob. Als er aufstand, war die Beule in seinem Schritt enorm.

Ihre Erregung war durch die Fußmassage schon entflammt worden, aber der Anblick dessen, womit er plante sie büßen zu lassen, steigerte ihre Begierde merklich. Eric kam um den Tisch herum, doch Heather wich ihm aus und ging auf die andere Seite.

„Was tust du da?“, fragte er skeptisch.

Sie griff nach dem Knoten ihres Bademantels und löste ihn. Mit leisem Rascheln glitt er zu Boden und sie trug nur noch ihren Pyjama. Eric leckte sich schweigend die Lippen und zog mit einer eleganten Bewegung das Shirt über seinen Kopf. Der Anblick seines nackten Oberkörpers war beeindruckend. Das Spiel der Muskeln, die breite Brust und der Schwung seiner Taille, die sich zur Hüfte verjüngte, der dünne Streifen blonden Haares, der in seinem Hosenbund verschwand.

„Deinem Blick entnehme ich, dass du interessiert bist", stellte er amüsiert fest. „Ich empfehle dir also stehen-zubleiben."

„Und dann?"

„Dann würde ich mich gegebenenfalls deines hungrigen Körpers annehmen."

Heather nickte ironisch. „Außerordentlich gütig."

Eric lief um den Tisch herum, doch sie hatte es kommen sehen, und floh auf die andere Seite. Lachend klopfte sie auf die Tischplatte. „So wird das aber nichts, Agent Moore."

Gerade als sie dachte, er würde wieder um die Platte hetzen, sprang er kurzerhand auf den Tisch und auf der anderen Seite wieder herunter. Heather kreischte vor Vergnügen und lief den Gang hinunter ins Schlafzimmer.

Erics Hände packten sie im Lauf und warfen sie regelrecht aufs Bett, wo sie noch immer lachend auf dem Bauch landete. Als sie herumwirbelte, stand er am Fußende.

Ihr Herz klopfte zum Zerspringen. Lust und Erregung rauschten durch ihren Körper zusammen mit einem Übermut, den sie sich nicht erinnern konnte jemals zuvor empfunden zu haben.

Erics Hände glitten zu seinem Hosenbund.

„Jetzt hab' ich dich da, wo ich dich haben will, Rotschopf", erklärte er mit einem lüsternen Lächeln, während er den obersten Knopf öffnete.

Ihr Mund wurde trocken, während ihr Schoß immer feuchter wurde. Eric öffnete den nächsten Knopf. Und den übernächsten. Als er sich die Hose abstreifte, sprang seine Erektion regelrecht hervor. Der dicke, von Adern überzogene Stab pulsierte heftig und schwitzte einen lustvollen Tropfen, bei dem sich Heather unweigerlich die Lippen leckte.

Ohne weiter darüber nachzudenken, rappelte sie sich auf die Knie und krabbelte ans Bettende. Während sie zu Eric empor sah, umfasste sie sein hartes Glied, strich mit den Fingerspitzen quälend sanft über die samtige Oberfläche und entlockte ihm ein tiefes Stöhnen.

Dann nahm sie ihn in den Mund und registrierte den heftigen Schauder, der Erics gesamten Körper überlief. Ihre feuchten Lippen glitten über die pralle Eichel, leckten spielerisch an dem salzigen Tropfen. Ihre Zunge glitt über die Kontur einer Ader, während Erics Stöhnen tiefer und rauer wurde.

„Oh Gott, Heather …" Seine Hand legte sich um ihren Hinterkopf. Sie spürte das erregte Zittern in seinen Fingern, während sie ihn tiefer zwischen die Lippen sog. Er schmeckte warm und salzig. Ein Geschmack, nach dem sie sofort süchtig wurde, den sie genoss. Ihre Zunge glitt über die Unterseite seiner Erregung, während ihre neu-gierigen Finger seine prallen, schweren Hoden fanden. Sie ließ ihn wieder aus ihrem Mund gleiten, züngelte über seine Spitze, während sie zu ihm emporblickte. Sein Gesicht war vor Lust verzerrt, Schweiß stand ihm auf der Stirn und den Schläfen als untrügliches Zeichen, dass er sich zurückhielt.

Aber das sollte er nicht, nein, Heather wollte, dass er sich gehen ließ. Sie legte beide Hände auf seine muskulösen

Pobacken und nahm ihn wieder in den Mund, so tief es ging. Hart trieb sie die Nägel in seinen Hintern, woraufhin er instinktiv nach vorne und in sie hineinstieß. Heather stöhnte rau, zeigte ihm, dass sie es wollte.

Sofort zogen sich seine Hüften leicht zurück und stießen sein Glied in ihre warme Mundhöhle, erst zögerlich, doch auch verlangend. Heather hielt seine Hüften fest umklammert, während er wieder zustieß, fester diesmal und heftig dabei stöhnte. Beim nächsten Stoß spürte sie ihn am hinteren Ende ihres Rachens, nahm ihn fast bis zur Wurzel in sich auf und spürte, wie seine Erregung immer weiter wuchs. Sein Rhythmus beschleunigte sich, wurde härter, gieriger. Sie überließ sich ihm ganz, schenkte ihm und damit sich selbst so innige Lust, dass es ihr schier die Sinne raubte. Sein Schaft schien in ihrem Mund noch weiter anzuschwellen, sie leckte und massierte ihn mit ihren Lippen.

„Heather … wenn du es nicht willst …“ Er stöhnte und stieß einmal langsamer zu. „… dann muss ich jetzt …“

Sie blickte zu ihm empor und nahm ihn demonstrativ wieder tief in den Mund. Das war ihm Absolution genug.

Er fand zurück zu seinem Rhythmus, der Griff um Heathers Kopf wurde fester, wieder und wieder drang sein Schwanz in ihren Mund, erfüllte sie. Sein Stöhnen wurde lauter, kehliger und mit einem letzten Stoß schrie er auf und kam so tief in ihrem Rachen, dass sie keinen Tropfen auf der Zunge schmeckte, sondern alles reflexartig schluckte, bis das lustvolle Zucken in ihr schließlich nachließ.

Eric zog sich zurück, den Körper von einem Schweißfilm überzogen, die Beine zittrig ging er vor ihr auf die Knie, so dass sie auf Augenhöhe waren. Befriedigung und Bewunderung waren in seinem Blick zu lesen.

„Das war unglaublich“, sagte er leise und küsste sie innig. Ihre eigene Erregung war noch immer auf einem Maximum, und Eric schien es zu spüren, vielmehr schien auch die seine wieder zu wachsen. Er blickte an sich hinab, wo sich sein Glied schon wieder begann aufzurichten.

„In deiner Gegenwart bin ich unersättlich", erklärte er.

„Das freut mich zu hören." Sie zog ihn küssend über sich auf das Bett und genoss die Schwere seines Körpers auf dem ihren. Ihre Hände glitten über seinen Rücken, durch das tiefe Tal über seiner Wirbelsäule hinab zu seinem muskulösen Hintern. Sie reckte ihm das Becken entgegen, presste sich gegen seine Härte.

Erics Kuss glitt auf ihren Hals, hinab über ihr Schlüsselbein zum Ansatz ihrer Brust. Plötzlich hörte sie das Reißen von Stoff. Mit einem protestierenden Geräusch sah sie auf. Er hatte beim Lächeln einen Knopf zwischen den Zähnen, den er auf den Boden spuckte. Dann leckte er über ihre harte Brustwarze, saugte daran, zog sie hart zwischen seine Lippen, bis sie aufstöhnte.

Seine Hände glitten unter ihr Pyjamaoberteil und schoben es ihr über den Kopf. „Oh, ja …" Er weidete sich am Anblick ihres nackten Leibs und hob ihn an seine Lippen.

Sie war wirklich wie Wachs in seinen Händen, biegsam und warm, empfänglich für jede Berührung. Ihre Nervenenden pochten, ihr ganzer Körper wand sich erwartungsvoll. Sie wollte ihn so sehr.

„Eric, bitte …" Sie zog sich selbst die Pyjamahose aus, spreizte die Beine und presste ihre Mitte gegen ihn.

„Bitte was?", knurrte er erregt, während seine Finger ihre feuchte Scham ertasteten.

„Ich will dich so sehr", keuchte sie und reckte sich seinem Finger entgegen, der leicht in sie hineinglitt. „So sehr habe ich noch nie jemanden gewollt. – Oh Gott!" Seine Eichel teilte ihre Schamlippen und verharrte regungslos. Heather hob die Hüften, um ihn in sich aufzunehmen, doch er entzog sich ihr spielerisch, hielt ihre Hüften unter sich fest, glitt über ihre Feuchtigkeit und drang nur wenige

Zentimeter in sie ein, bevor er wieder verharrte.

„Ich will dich erst kommen lassen“, flüsterte er. „Auf diese Art.“ Wieder strich er mit seinem harten Stab über ihre nasse, pulsierende Scham. Sie wollte ihn so unbedingt in sich spürten, dass es schmerzte.

Er lachte wölfisch, als sie an ihm zog und zerrte, um endlich Erfüllung zu finden. Dann beugte er sich wieder über sie, saugte an ihren Brustwarzen und imitierte dabei einen Rhythmus mit seinen Hüften, strich über ihren Unterleib, reizte und massierte ihn, brachte ihn zum Kochen und Beben. Heather konnte es nicht mehr länger aushalten. Während sie sich an Erics breite Schultern krallte, bäumte sich ihr Körper auf und erbebte unter einem heftigen Höhepunkt.

Während sie kam, drückte Eric ihre Knie weit auseinander und drang tief in sie ein. Heather war so jenseits von Gut und Böse, dass sie kaum dazu in der Lage war, irgendwie zu reagieren. Ihr Körper hatte ein Eigenleben, bäumte sich auf und hieß Eric willkommen mit den ekstatischen Kontraktionen ihres Innersten. Er verharrte in ihr und genoss ihren Höhepunkt, kostete ihn mit ihr zusammen aus, bis sie zu Atem kam und endlich wieder die Augen aufschlug.

„Du bist die schönste Frau, die ich jemals gesehen habe“, sagte er leise und zog seine Hüften ein wenig zurück.

Heather wollte etwas sagen, doch die Reibung in ihrem Inneren, nahm ihr den Atem. Wieder schob er sich vorwärts und brachte sie dazu aufzustöhnen. Ihre Lust war mit voller Wucht zurück und sie spreizte ihre Beine weit, um ihn vollständig in sich aufnehmen zu können.

Erics Hüften schafften es nicht lange bei ihrem ruhigen, steten Vor und Zurück zu bleiben. Seine Bewegungen wurden schon bald hungriger, fordernder. Er ballte die Faust um ihre roten Locken und zog ihren Kopf daran in den Nacken, küsste ihre aufgeworfenen Lippen, während er seine Härte mit aller Kraft wieder und wieder in ihr heißes, weiches Fleisch trieb. Er dehnte und weitete sie, saugte jeden ihrer lustvollen Schreie gierig in sich auf. Unter halb geschlossenen Lidern beobachtete er sie, während ihre Hüften sich immer wieder begegneten. Ihre Lippen verloren den Kontakt, während sich ihre Glieder anspannten. Der Druck in Heathers Innerem wurde unerträglich. Und mit einem Schrei, der ihr beinah das Bewusstsein nahm, zersplitterte sie in einem Höhepunkt, der Erics Schwanz molk wie eine heiße, hungrige Faust und auch ihn zur Explosion brachte.

Atemlos sanken sie nebeneinander in die Laken, wo Eric es gerade noch schaffte sie in einer besitzergreifenden Geste in die Arme zu ziehen, ihr einen Kuss auf die Schläfe zu drücken, bevor sie praktisch augenblicklich einschliefen.

*

Ein trockenes Gefühl im Mund und ein Kratzen im Hals, was beides zweifellos ihrem hemmungslosen Geräuschpegel zuzuschreiben war, weckte Heather auf. Da sie die ganze Zeit nackt dagelegen hatte, fröstelte sie und griff schnell nach ihrem Pyjama, um sich dann ein Glas Wasser zu holen.

Eric lag schlafend im Bett, das er mit seinen weit von sich gestreckten, muskulösen Gliedmaßen praktisch ausfüllte, und bemerkte nicht, wie sie aufstand. Mit einem Lächeln stellte Heather fest, dass der oberste Knopf ihres Entchenpyjamas angerissen war. Oder vielmehr abgebissen.

Auf Zehenspitzen ging sie in die Küche und füllte sich am Waschbecken ein wenig Wasser in ein Glas. In gierigen Schlucken trank sie, stillte ihren Durst, während sie sich rückwärts gegen die Küchenzeile lehnte. Ihre Beine waren noch immer etwas wacklig, ihr Schoß schmerzte auf die köstlichste Weise und sie fühlte sich durch Eric gleichzeitig ermattet und bis zum Bersten mit Energie vollgepumpt.

Sie nahm noch einen Schluck Wasser und atmete tief durch. Plötzlich stieg ihr ein schwerer, öliger Geruch in die Nase. Sie schnupperte um sich herum, konnte aber keine Quelle ausmachen. Irgendwie kam ihr dieser Geruch bekannt vor. Es roch nicht nach Essen oder Blumen, nicht nach Benzin oder nach Alkohol.

Sie sah in den Herd und schnupperte an den ungespülten Tellern. Die Fischstäbchen waren es auch nicht.

„Verdammt, was stinkt hier nur so …?“ Noch einmal drehte sie sich um die eigene Achse. Dann fiel es ihr wie Schuppen von den Augen. „Oh, mein Gott!“, hauchte sie.

Sie ließ das Glas in die Spüle fallen, wo es in tausend Scherben zersprang und sprintete ins Schlafzimmer.

„Eric!“ Sie packte seinen Arm und zerrte mit aller Kraft daran. „Steh‘ auf! Um Gottes Willen! Steh‘ sofort auf!“

Mit heftigem Blinzeln erwachte Eric aus dem Tiefschlaf, nahm Heathers Aufgeregtheit mit sichtbarer Verwunderung wahr. „Was ist denn?“

„Gas!“, rief sie. „Irgendwo tritt Gas aus. Das ganze verdammte Haus stinkt danach!“ Wieder zerrte sie an ihm. „Wir müssen sofort hier raus!“

Diese Worte ließen Eric offenbar blitzartig aufwachen. Er sprang in die Höhe und lief mit Heather den Gang entlang in die Küche, wo er im Vorbeigehen sein Handy packte, dann die Tür aufriss und Heather ins Freie stieß. In dem Augenblick, in dem sie das Gras unter ihren nackten Füßen spürte, war ein Knall hinter ihr zu hören. Sie wollte sich umdrehen, wurde aber von einer Druckwelle erfasst, die sie von den Füßen riss und unsanft auf dem Rasen warf. Als nächstes folgte eine Hitzewelle, die aber schnell wieder abebbte. Heather spürte, wie sie auf die Beine gezerrt wurde. Eric packte sie unter den Armen und zog sie weiter weg vom Haus. Erst auf dem Bürgersteig wagten sie sich umzudrehen.

„Großer Gott!"

Die hintere Haushälfte war in einen Haufen Steine und loser Bretter verwandelt worden. Ein einsamer Lampenschirm baumelte an dem Stückchen Kupferblech, das früher einmal die Dachrinne gewesen war und der nackte Kamin hatte bedrohliche Schräglage.

Eric tigerte auf dem Bürgersteig auf und ab, krallte die Hände in sein kurzes, blondes Haar, während er einige Flüche ausstieß. Die Lichter in den Nachbarhäuern gingen nach und nach an. Hinter Gardinen tauchten die Gesichter von Schaulustigen auf.

„Verdammt nochmal!", rief er so laut, dass Heather zusammenzuckte. „Das hätte nicht passieren dürfen! Niemals! Es ist nicht auszudenken, was dir hätte passieren können."

Heather war schockiert über seinen Ausbruch von Wut und Verzweiflung und überlegte fieberhaft, wie sie ihn beruhigen konnte. „Aber mir geht es gut."

Er fuhr wütend herum, packte sie beiden Schultern. Er war splitterfasernackt. „Du hättest verletzt werden können! Du hättest getötet werden können, verdammte Scheiße!"

Mit einer beinah animalischen Bewegung riss er den Kopf in den Nacken und stieß ein Wutgebrüll aus, das die Scheiben des Nachbarhauses erzittern ließ. Heather war wie in Schockstarre. Er war splitterfasernackt, ein männliches Tier, das außer sich war.

„Eric, um Gottes Willen", sagte sie leise und spürte, wie sie sein Zustand beinah mehr ängstigte, als die Tatsache, dass jemand versucht hatte, sie in die Luft zu jagen. „Du musst dich beruhigen."

Er riss sich von ihr los und machte einige energische Schritte auf dem Rasen hin und her. „Ich soll mich beruhigen?“, fuhr er sie an. „Jemand jagt mein Haus in die Luft. Du wärst beinah getötet worden! Verdammt nochmal, Heather, ich liebe dich! Ich kann mich nicht beruhigen. Ich *will* mich nicht beruhigen!“ Wieder packte er sie bei den Schultern. „Ich habe versagt. Bei Gott, beinah hätte ich dich verloren!“

Heather fühlte sich, als wäre sie von einem LKW überfahren worden. Und das nicht wegen der Explosion. Ihr Herz pochte zum Zerspringen, während sie blinzelnd zu Eric aufsah.

„Was hast du gesagt?“ Ihre Stimme war ein tonloses Hauchen.

Mit einer ungestümen Bewegung riss er sie in seine Umarmung. Sie spürte seinen rasenden Herzschlag und sah aus dem Augenwinkel, wie der Kamin in seinem Haus wie in Zeitlupe kippte und schließlich krachend in den Trümmern landete.

„Ich habe gesagt, dass ich dich beinah verloren hätte.“ Er war schon etwas ruhiger, also löste sich Heather von ihm und sah ihm in die Augen.

„Ich meine den Satz davor.“

Die ersten Leute von gegenüber kamen in Morgenmänteln aus ihren Häusern, während Eric noch immer nackt dastand und aufgewühlt auf Heather herabsah.

„Den Satz davor wolltest du ja eigentlich nicht hören. Er hat mit Gefühlen zu tun …“

„Wiederhole Ihn bitte trotzdem.“

Er schnaufte. Noch immer aufgebracht, aber doch auch liebevoll schob er ihr zerzaustes Haar zurück. „Es muss wohl so etwas in der Art gewesen sein, wie: Ich liebe dich. … oder so ähnlich.“

„Oder so ähnlich?“

„Naja, ziemlich genau sogar."

Heather kniff die Augen zusammen. „Ziemlich genau?"

„Na schön. Exakt. Es war exakt der Satz: Ich liebe dich. Und wenn du es schon genau wissen willst, ich meine ihn auch verdammt nochmal genauso." Er ließ sie los. „Und es ist mir egal, ob du jetzt sauer bist, weil du es eigentlich nicht hören wolltest. Weil du nicht bereit dafür bist. Weil du dich nicht binden willst oder mich einfach grässlich findest. Ich habe es trotzdem gesagt. Wir sind immerhin fast in die Luft gesprengt worden und da habe ich es eben gesagt. Glaube ja nicht, dass ich es wieder zurücknehme. Weil es nämlich verdammt nochmal die Wahrheit ist. Verstanden?"

Heather lächelte, stellte sich auf die Zehenspitzen und küsste Eric sanft auf die angespannten Lippen.

„Ich freue mich sehr, dass du es gesagt hast", erklärte sie leise. „Und bevor wir weiterreden …" Sie stieg aus ihrer Pyjamahose, da ihr das Oberteil glücklicherweise bis über den Hintern reichte, und hielt sie Eric hin.

Verständnislos sah er die Hose an. „Was soll ich damit?"

„Du ängstigst deine rechtschaffenden Nachbarn."

„Was?"

Sie nickte in Richtung seines nackten Unterkörpers. „Deine Nachbarinnen werden nach dem heutigen Anblick nur noch schwerlich mit dem zufrieden sein, was ihre Männer ihnen zu bieten haben."

Er folgte ihrem Blick und fuhr zusammen. „Ach, du Scheiße!" Mit einer schnellen Bewegung riss er die Flanellhose an sich, die glücklicherweise einen Gummizug hatte und zog sie an. Sie war so eng wie eine Leggins, und es wirkte, als würde sie von Erics Oberschenkeln abplatzen, wenn er sich auch nur einen einzigen Millimeter damit bewegte, aber immerhin war er bedeckt.

Etwas hektisch sah Eric sich um, schüttelte dann

nochmal den Kopf und atmete tief durch. Plötzlich leuchtete das Display seines Telefons. Mit gerunzelter Stirn sah er darauf, gab ein fassungsloses Geräusch von sich und hob ab.

„Sally, schlafen Sie eigentlich nie?"

„Nicht, wenn Ihr Haus in die Luft gejagt wird."

„Woher wissen Sie das?"

„Ich arbeite für den MI6", gab sie kühl zurück. *„Außerdem ist die Feuerwehr auf dem Weg zu Ihnen. Brauchen Sie einen Krankenwagen?"*

„Nein, Sally. Eher eine verdammt gute Hausratversicherung. Oder bezahlt das der MI6?"

Sie gab eine Art Schnauben von sich. *„Immer zu Scherzen aufgelegt, der gute Agent Moore."*

„Das hatte ich befürchtet."

„Ich habe Ihnen einen Wagen geschickt. Er müsste sie gleich abholen. Kleidung liegt im Wagen. Die Ihre empfinde ich als keineswegs adäquat."

Heather und Eric wechselten einen erstaunten Blick.

„Und wohin bringt uns der Wagen?"

„In die Zentrale."

„Warum?"

„Wir haben die Blutprobe aus dem Maisfeld untersucht."

Eric riss die Augen auf. „Und was kam dabei raus?"

„Wir haben eine Übereinstimmung." Plötzlich klang Sallys Stimme beinah weich, was kalte Angst in Heather emporsteigen ließ.

„Und?", fragte Eric ungeduldig.

„Die Übereinstimmung ist beunruhigend, Agent Moore. Director Abercrombie erwartet Sie hier und … bringen Sie Inspector MacLean mit."

„Warum denn, Sally?"

„Verdammt nochmal. Beeilen Sie sich einfach!"

Dann war die Leitung tot.

□
IV

Eric starrte zuerst auf sein Telefon und blickte dann zu Heather auf. Ganz offenbar stand ihr der Schock ins Gesicht geschrieben. Und das nicht allein wegen der Tatsache, dass Mills identifiziert worden war, sondern vor allem wegen Sallys Tonfall.

Was hatte die Frau, die bei Mord und Totschlag nicht einmal mit der Wimper zuckte, nur so aus der Fassung bringen können?

„Das muss der Wagen sein." Eric zeigte auf die Straße.

Eine schwarze Limousine mit abgetönten Schreiben hielt direkt vor ihnen am Bordstein. Die Beifahrerscheibe fuhr herunter.

„Agent Moore?" Der Blick des jungen Fahrers glitt staunend zu dem Steinhaufen hinüber, der einmal Erics Haus gewesen war.

„Ja. Besorgen Sie mir jemanden, der den Tresor aus dem Haus schafft und ins Vauxhall bringt", sagte er und öffnete Heather die Tür.

Als sie sich setzte, spürte sie den Luftzug an ihrem nackten Hintern. Hastig zog sie sich das Pyjamaoberteil hinab. Eric setzte sich zu ihr, was die Entchenhose mit einem protestierenden Knacken der Nähte quittierte.

„Hier sind Ihre Kleider, Sir. Ma'am." Der junge Mann reichte einen Stapel Kleidung nach hinten und starrte bei dieser Gelegenheit mit unverhohlener Neugierde auf Heathers nackte Beine und ihren unfreiwillig weiten

Ausschnitt.

„Ich rate Ihnen, sehen Sie auf die Straße, Freundchen", erklärte Eric grimmig.

„Natürlich, Sir." Hastig drehte sich der junge Fahrer um und lenkte die Limousine auf die Straße.

Heather sah sich um.

„Was suchst du?"

„Einen Knopf, wo ich eine Trennscheibe hochfahren lassen kann." Sie hatte nicht vor sich vor diesem vorwitzigen Hormonbündel nackt auszuziehen.

„Leider gibt es keine", erklärte Eric. „Aber der junge Mann wird dich nicht mit Blicken belästigen. Schließlich hängt sein Leben unmittelbar davon ab. Das hat er doch verstanden, nicht wahr?"

Der Fahrer nickte hastig und hielt den Blick geradeaus gerichtet.

„Natürlich, Sir. Schuhe stehen im Fußraum, Sir."

Eric nickte und Heather griff nach einer dunklen Stoffhose, die sie sich überzog. Auf den Slip verzichtete sie hierbei. Nach einem weiteren Kontrollblick nach vorne, zog sie sich den Pyjama über den Kopf und schlüpfte in den nagelneuen Baumwoll-BH, der bereitlag, und schließlich in den dünnen Wollpullover. Elegante Lederslipper rundeten das fremde Ensemble ab.

„Weißt du, was ich beängstigend finde?", fragte sie Eric, indem sie ihm seine Kleider reichte. „Sally kennt sogar meine Körbchengröße."

„Dann kannst du dir ja in etwa vorstellen, was ich empfinde, wenn ich hier die richtige Unterhosengröße entdecke." Er hob ein schwarzes Stück Stoff in die Höhe und schüttelte den Kopf. Dann streifte er die Pyjamahose ab und zog die Kleider an, die Sally ihnen geschickt hatte.

Als sie über die Vauxhall-Bridge fuhren, blickte Heather an der imposanten Fassade des MI6-Hauptquartiers empor.

„Ich war noch nie im Vauxhall“, sagte sie leise und konnte dabei ihre Nervosität nicht verbergen. In ihrem Kopf drehte sich alles und sie wusste nicht, worüber sie zuerst nachdenken sollte: über Erics Liebeserklärung oder über die Identifizierung von Mills Jameson. Beides war von großer Bedeutung für sie. Auch wenn diese Bedeutung unterschiedlicher nicht hätte sein können.

Als das große Tor vor dem Innenhof des Vauxhalls aufschwang und sich ein halbes Dutzend Überwachungskameras auf sie zu richten begann, schob sie diese Überlegung in den Hintergrund.

„Wir sind da.“ Der Fahrer stieg aus und öffnete Heather die Tür. „Mr. Abercrombie erwartet Sie in 16 B, Sir."

„Danke. Und sorgen Sie dafür, dass dieser Pyjama nicht wegkommt.“ Eric legte Heather den Arm ins Kreuz und führte sie über den quadratischen Innenhof zur Eingangstür, wo sie von zwei Wachen mit einem stummen Nicken begrüßt wurden.

„Bist du nervös?“, fragte er, während sie den schmalen Gang entlang auf die Treppe zusteuerten.

„Ja, sehr.“ Heather atmete tief durch. „Man könnte auch sagen, ich bin panisch.“

Er küsste sie zur Beruhigung auf den Scheitel und ging mit ihr ins erste Stockwerk. An fast jeder Tür stand eine Wache, sogar jetzt, um kurz nach Mitternacht.

Eric klopfte an eine breite Eichentür und trat dann ohne eine Antwort abzuwarten ein. Am Ende des Raumes stand ein Mann im grauen Anzug, der mit auf dem Rücken verschränkten Armen durch die bodentiefen Fenster auf die Themse blickte.

Als er Eric und Heather hörte, fuhr er herum. Sie erinnerte sich an den Mann, den sie auf dem Revier getroffen hatte; damals als sie Mills auf die Spur gekommen waren.

Ihr Magen ballte sich zusammen. Was auch immer er ihnen zu sagen hatte, war sicher nicht angenehm.

Die beiden Männer schwiegen sich an. Nur zu gut erinnerte sich Heather an ihre letzte Begegnung und wie Eric ihn aus dem Besprechungsraum geworfen hatte.

„Ich bin Heather MacLean, Sir Abercrombie“, trat sie die Flucht nach vorne an. Sie streckte ihm ihre Hand entgegen, die er nach kurzem Zögern ergriff. Seine Hände waren kalt und zittrig. Sein Gesicht wirkte eingefallen. Es war das Gesicht eines Mannes, der vor Kummer beinah umkam.

„Miss MacLean, ich freue mich. - Eric?“ Er streckte ihm die Hand entgegen und er ergriff sie schnell.

„Sir.“

„Seid ihr verletzt worden?“

„Nein, Sir.“ Eric blickte auf Heather hinab. „Es geht uns gut. - Sally sagte, es gäbe Neuigkeiten?“

„Ja, bitte folgt mir.“ Abercrombie ging durch eine Verbindungstür in einen weiteren Raum, wo es eine große Leinwand gab. Als Heather den Blick hob, entglitt ihr ein erschrockener Schrei. Mills Jameson starrte auf sie herab. Zumindest wirkte es so. Ihren Körper ergriff ein Zittern, den auch die beruhigende Berührung von Eric an ihrem Arm nicht lindern konnte.

Das Bild von Mills glich einem Fahndungsfoto. Und er wirkte darauf jünger, seine Haare waren länger, die Züge verkniffen. Er war schmaler, die dunklen Augen lagen tief in den Höhlen. Er wirkte … krank.

Abercrombie ging an einen Computer. „Das Blut aus dem Maisfeld ist das Blut von Peter Bendon.“

„Wer ist Peter Bendon?“ Eric trat näher an den Computerbildschirm und zog Heather mit sich, die ihre Augen nur schwer von der Leinwand lösen konnte. Irgendwie war ihr der Gedanke, dass sie sich abwandte und ihr Mills in den Rücken starrte, unerträglich.

„Peter Bendon war vor allem Patient“, hob Abercrombie an. „Und zwar in so ziemlich jeder Nervenheilanstalt, jedem Therapiezentrum, jeder psychotherapeutischen Praxis, die es im Londoner Umland gibt.“

„Weswegen?“, fragte Heather, deren Eindruck sie offenbar nicht getäuscht hatte. Sie wusste, wie Mills aussah, wenn er glücklich war. Sie wusste es nur zu gut.

„Er war schizophren und manisch depressiv, hatte Wahnvorstellungen und Zwangsneurosen. Im Laufe der letzten fünfzehn Jahre hat er sich wieder und wieder in Behandlung begeben.“

„Er hat sich also selbst eingewiesen?“, fragte Eric.

„Ja. Er wollte sich helfen lassen.“

„War er je gewalttätig?“

„Nein. Nie.“

Während Heather sich wieder seinem überlebensgroßen Portrait zuwandte, versuchte sie zu verstehen, wer dieser Mensch eigentlich war. Was war geschehen? Was hatte aus einem kranken, aber friedlichen Mann, einen Mörder gemacht?

„Das klingt nicht nach jemandem, der junge Menschen entführt und tötet.“

„Nein, das tut es nicht.“ Abercrombie atmete zittrig aus, woraufhin Heather sich umwandte.

„Tut mir Leid, Sir. Was für ein dämlicher Kommentar von mir.“

„Entschuldigen Sie sich nicht. Sie sind Eric eine große Hilfe und ich weiß ja, dass Sie selbst ebenfalls in Lebensgefahr sind.“

Heather blickte zu Eric empor und fragte sich, was genau er Abercrombie erzählt hatte.

„Wie also wurde aus dem harmlosen, aber schizophrenen Peter Bendon der mordende Künstler Mills Jameson?“, sprach sie ihre Überlegungen aus.

Abercrombie wandte sich wieder seinem Computer zu. „Peter Bendon schloss seine letzte Behandlung ab im Juli vorigen Jahres. Nach Therapieende verließ er die Klinik. Man hat nie wieder etwas von ihm gehört. Dass er seine Identität gewechselt hat, ist nicht nachvollziehbar. Es gibt keine Unterlagen über Namensänderungen, Umzüge und dergleichen. Aber die beiden sind definitiv ein und dieselbe Person."

Eric starrte nachdenklich auf die Leinwand. „Das erklärt rein gar nichts", befand er.

„Nein, in der Tat." Abercrombie klickte ein Diagramm auf dem PC an. „Aber wir haben noch etwas anderes über Mills Jameson, alias Peter Bendon herausgefunden."

Heather fuhr herum. „Und was?"

„Bei der Bluttuntersuchung ist uns noch etwas aufgefallen, was höchst beunruhigend ist."

Heathers Herz pochte bis zum Zerspringen. Sie betete, dass er keine ansteckende Krankheit und sie womöglich damit angesteckt hatte. Verdammt, sie war so eine Idiotin gewesen, sich jemals mit ihm einzulassen.

„Was, um alles in der Welt?" Erics angespanntem Gesichtsausdruck nach zu urteilen, gingen seine Gedanken in eine ähnliche Richtung.

„Genetisch stimmt Peter Bendon oder Mills Jameson, oder wie auch immer Sie ihn nennen wollen, zu 82 Prozent mit Andrew Bowler überein."

Während Heather innerlich vor Erleichterung einerseits in sich zusammensank, stürzte sie die Erwähnung von Bowlers Namen andererseits in die nächste Panikattacke. Sie schüttelte den Kopf. „Bedeutet das, dass die beiden verwandt sind?"

Eric fand ihren Blick. „Es bedeutet, dass sie Brüder sind."

„Um genau zu sein …“ Abercrombie setzte sich auf einen Stuhl und sah zwischen Eric und Heather hin und her „… sind sie Zwillingsbrüder.“

„*Was*?“ Heathers Stimme wurde schrill. „Sie sehen sich doch überhaupt nicht ähnlich.“

„Sie sind zweieiige Zwillinge“, erklärte Abercrombie. „Wenn sie eineiig wären, würde das Genmaterial zu fast 100 Prozent übereinstimmen. Aber sie sind definitiv Vollgeschwister, und da sie beide im Frühjahr 1976 geboren sind, müssen sie folglich Zwillinge sein. Bendon wurde in einem Kinderheim in der Trafalgar Street in Brighton abgegeben. Einen Tag, nachdem Bowler im Norden in eine Babyklappe gelegt worden war.“

Heather tastete nach der Tischkante hinter sich. „Du meine Güte.“

Sie hatte mit dem Bruder von Jakes Mörder geschlafen. Mit dem Zwillingsbruder. Und jetzt wollte er sie töten.

„Er nimmt für seinen Bruder Rache“, flüsterte sie. „Er quält all diese Menschen, tötet mich und Jake immer und immer wieder und jetzt, da er enttarnt ist, greift er mich direkt und frontal an.“

„So sehe ich es auch“, sagte Abercrombie. Er verschränkte die Hände im Schoß und sah dann mit gequältem Blick zu Heather auf. „Solange er Sie noch nicht hat, glaube ich, wird er Jane … am Leben lassen. Sie ist seine Versicherung dafür, dass Sie nicht untertauchen. Sein Köder. Sie sind der einzige Rettungsanker, den meine Tochter noch hat.“

Bei den letzten Worten versagte ihm die Stimme. In einer fahrigen Bewegung zog er sich die Brille von der Nase und wischte mit dem Hemdsärmel über seine Augen.

„Entschuldigung.“

„Es tut mir Leid, Sir.“ Eric legte ihm um Trost die große Hand auf die Schulter und Abercrombie nickte dankbar.

Es dauerte einen Augenblick, bis er sich gefasst hatte.

„Indem sie die Kinder an zwei unterschiedlichen Stellen abgab, versuchte die Mutter damals offenbar zu verhindern, dass sie durch die Zwillinge irgendwie auffiel und womöglich später zur Rechenschaft gezogen werden konnte. Die einzige Spur, die wir haben ist Bendons früheres Leben und daraus resultierend vielleicht irgendwelche Orte, an denen er sich verschanzt haben könnte." Er setzte die Brille wieder auf. „Es ist die einzige Spur, die wir haben."

„Ja, das sehe ich auch so." Eric schaltete die Leinwand und damit den stechenden Blick von Mills Jamenson ab. „Wir fangen morgen ganz am Anfang an. Wir dürfen nichts übersehen."

„Sie wollen zu dem Kinderheim?", fragte Abercrombie.

„Zu beiden", gab Eric zurück. „Wir dürfen kein Staubkörnchen übersehen."

*

Abercrombie brachte Eric und Heather in einen Flügel des Vauxhalls, der ganz offenbar eine Art Notfallplan für Übernachtungen darstellte.

Es war ein Ein-Zimmer-Apartment, ausgestattet mit Einwegzahnbürsten, Hotelportionen an Shampoo und Seifen und einer funktionsfähigen Kaffeemaschine.

Eric schloss die Tür hinter Heather und ließ sich in einen der beiden Sessel fallen, die vor einem kleinen Fernseher standen.

„Komm her", sagte er leise und streckte Heather die Arme entgegen. Sie ließ sich auf seinen Schoß nieder und vergrub seufzend das Gesicht an seiner Kehle. Der Geruch seiner Haut, die Wärme seines Körpers und sein ruhiger Herzschlag besänftigten ihre aufgewühlten Gedanken.

„Du kannst dir gar nicht vorstellen, wie gut du mir tust", flüsterte sie und schloss die Augen. Eric streichelte ihren Rücken, während sich ihr Körper immer mehr entspannte.

„Ist das die Antwort auf mein *Ich liebe Dich* von vorhin", fragte er leise.

Sie schmiegte sich noch fester in seine Umarmung. „Es ist zumindest ein gebührender Auftakt zu einer möglichen Antwort", erklärte sie schläfrig.

„Na, das ist doch ein Wort." Er stand vorsichtig mit Heather auf seinen Armen auf.

„Was machst du denn?"

„Ich bringe dich ins Bett. Du musst schlafen." Er ging mit ihr ins Nebenzimmer.

„Ich bin topfit", nuschelte sie, indem sie ein Gähnen unterdrückte.

„Natürlich."

Er trat sich die Schuhe ab und bettete Heather auf die Matratze, wo er ihr die Zudecke unterm Hintern wegzog. Dann knöpfte er ihr die Hose auf und zog sie ihr herunter. Beim Anblick ihres nackten Unterkörpers atmete er scharf ein. Als er sie von Bluse und BH befreite, zitterten seine Finger.

„Gefalle ich dir, wenn ich nackt bin?", fragte sie müde und kuschelte sich in die Decke, die er über sie zog.

„Das ist die Untertreibung des Jahrtausends." Er zog sich bis auf die Unterhose aus und legte sich zu ihr, zog ihren warmen Körper an sich und schlang die Arme um sie. „Und jetzt schlaf, Rotschopf. Wir müssen früh raus."

„Eric?" Sie schlief schon beinahe.

„Hm?"

„Sagst du es nochmal zu mir?"

Er küsste ihre Schläfe und strich ihr die losen Strähnen aus der Stirn, bevor er flüsterte. „Ich liebe Dich."

*

Nur langsam kämpfte sich Heathers Bewusstsein in den Wachzustand. Ihr Körper schmerzte, als sie sich im Bett umdrehte, und sie wusste nicht genau, ob es von der Nacht mit Eric oder von der wenig sanften Bruchlandung nach der Explosion seines Hauses herrührte. Sie beschloss ersteres anzunehmen.

Als ihr Gehör einsetzte, hörte sie das Prasseln der Dusche. Widerwillig öffnete sie die Augen und sah auf den kleinen Radiowecker auf dem spartanischen Nachttisch.

5:24 Uhr morgens!

Stöhnend sank sie zurück in die Kissen.

Wie konnte ein Mensch so früh, nur so wach sein, dass er – wenn sie ihre Ohren nicht täuschten – sogar in der Dusche summte? Oh, und den Refrain sang er sogar mit.

Eric schien einen vollen, sicheren Bariton zu haben. Und das Lied, auf das seine Wahl gefallen war, erschien ihr äußerst interessant.

Mühsam schob Heather die Beine über die Bettkante und stand nach kurzem Zögern auf, um nackt ins Badezimmer zu schleichen.

Der kleine, weiß geflieste Raum war erfüllt von Wasserdampf und dem Duft einer fremden Seife, der sich auf köstliche Weise mit Erics Körpergeruch vermischte. Gerade als er mal wieder beim Refrain angekommen war, öffnete sie die beschlagene Duschtür. Eric fuhr herum und blickte sie ehrlich überrascht an.

„Ich bin also ein Tier?", fragte sie amüsiert und zitierte dabei aus seiner *Blurred Lines* – Interpretation.

Erics Körper glänzte feucht, das Wasser rann über sein blondes Haar, das Gesicht und seine Lippen. Er lächelte und zog Heather zur Antwort in die Dusche. Sie stieß einen Schrei aus, als sie der unerwartet kühle Duschstrahl erwischte. Doch zwei Sekunden später war sie klatschnass und spürte nur noch Eric, dessen Hände sich in ihr Haar gruben. Er lächelte auf sie herab, während er sie gegen die Wand presste.

„Du hat gelauscht?", fragte er bedrohlich leise und presste seine bereits steinharte Erektion gegen ihren Bauch. Sie keuchte auf. „Es war kaum … zu überhören."

„Na dann …" Er umfasste ihre Pobacken und hob sie an den nassen Fliesen empor. „*Just let me liberate you*", flüsterte er in ihr Haar und schlang sich ihre Beine um die Hüften. Heathers Körper verlangte nach ihm und die Heftigkeit und Geschwindigkeit, mit der die Lust in ihr aufbrandete, sobald Eric in ihrer Nähe war, war beinah erschreckend.

Sie umschlang seinen Nacken und hieß keuchend seine Härte willkommen, die er mit einem tiefen Stoß in ihr vergrub.

„Oh, ja", hauchte sie und kostete das herrliche Gefühl des Ausgefülltseins und der Verbundenheit aus, ließ stöhnend ihr Becken kreisen und genoss die Reibung und Hitze in sich.

„Ich kann dich überall spüren", hauchte sie in seinen noch beherrschten, intensiven Rhythmus. „Du bist … überall. Oh Gott!"

Eric verschloss ihre Lippen mit einem Kuss, der rau und besitzergreifend war. Er schlang sich ihre roten Locken um die Faust und fixierte sie an der Wand, während er sich zurückzog und wieder in sie stieß. Der Anblick seiner breiten Schultern, der gewölbten Brust, die sich zu den Hüften hin verjüngte, die Bewegung seines Körpers, das leise Geräusch des Saugens ihrer vereinigten Geschlechter, das nur beinahe vom Wasser verschluckt wurde.

Alles feuerte sie an und trieb sie rasch empor. Erics untrügliches Gespür dafür, wie nah sie ihrem Höhepunkt war, ließ ihn seinen Takt beschleunigen. Mit wenigen harten Stößen trieb er sie über die Klippe und ließ sie mit einem lustvollen Schrei in die Tiefen ihres Höhepunktes stürzten, der in sie hineinfuhr und sie durchzuckte; der Erics Erektion gierig massierte, ihm ein kehliges Stöhnen entlockte und ihn offenbar ebenfalls fast zur Explosion brachte.

Es dauerte Minuten, bis Heather wieder gelandet war. Als sie die Augen aufschlug, fand Erics fiebriger Blick den ihren. Fast augenblicklich flammte die Begierde wieder in ihr auf. Auch wenn sie schon jetzt fast völlig ausgelaugt war, hatte ihr Schoß offenbar seinen eigenen Willen. Eric glitt aus ihr heraus und stellte sie auf die Füße. Dann griff er nach einer Flasche Duschgel und schäumte etwas davon in seiner Handfläche auf.

„Lass mich dich waschen, Heather." Als seine schaumigen, duftenden Handflächen ihre Brüste fanden, darüber hinwegglitten, sie vorsichtig massierten, schloss sie die Augen.

Erics Berührung war herrlich, vorsichtig und gleichzeitig fordernd. Gewissenhaft wusch er ihren Oberkörper, bis seine Hand tiefer glitt. Er schob sie zwischen ihre Schenkel und entlockte ihr dabei ein Stöhnen.

„Spreiz die Beine ein bisschen für mich", knurrte er lüstern.

Sie gehorchte und seine Hand glitt mit sanftem Nachdruck über ihre Schamlippen, spreizte diese mit dem Zeigefinger und wusch sie in den empfindlichen Nischen ihrer Blütenblätter, bis sie von neuem in Flammen stand. Als sein Zeigefinger ihren empfindlichsten Punkt fand und anfing zu massieren, fuhr sie zurück. Sie wollte nicht kommen. Noch nicht.

„Warte", brachte sie mühevoll hervor. „Jetzt bin ich dran."

Bei diesen Worten zuckte Erics Glied heftig, als wollte es

sich freiwillig zur Verfügung stellen. Heather lächelte und leckte sich über die Lippen, während sie nun ihrerseits das Duschgel zwischen ihren schlanken Fingern aufschäumte, bis es duftende Blasen warf. Sie verzichtete auf den Umweg über seinen Oberkörper und umfasste direkt Erics Erektion.

Mit einem kehligen Stöhnen fiel sein Kopf in den Nacken, während Heather die Hand über seinen harten Schaft gleiten ließ, die samtige Haut über dem harten Kern vor und zurückschob und spürte, wie er in ihrem Griff noch härter wurde. Mit der anderen Hand, umfasste sie seine schweren, prallen Hoden, knetete sie sanft, ohne den quälend langsamen Rhythmus an seinem Schaft zu unterbrechen.

„Heather“, keuchte er.

„Noch nicht.“ Sie glitt mit dem Daumen über seine Eichel, umfasste ihn dann wieder fester und ließ ihn aufstöhnen. Sie genoss den hingebungsvollen Ausdruck auf seinem Gesicht, das Gefühl von Macht, das sie durchströmte, wenn sie ihm solche Lust schenkte. Als sie ihren Rhythmus beschleunigte, ihn härter und schneller rieb, zuckten Erics Hüften, er stieß ihr entgegen, konnte nicht anders.

„Nein“, sagte er plötzlich und entzog sich ihrer Berührung, wirbelte sie mit einer schnellen Bewegung herum und presste sie mit dem Gesicht zur Wand gegen die nassen Fliesen. Dann zog er ihr Hinterteil an den Hüften zu sich heran und versenkte sich mit einem harten, sehnsuchtsvollen Stoß in ihr, der sie beide aufschreien ließ.

Heather spreizte die Beine weit, um ihn ganz in sich aufnehmen zu können, stützte sich gegen die Wand, um seinen gierigen Stößen standzuhalten. Die Lust peitschte sie beide vor sich her, überließ sie dem irrsinnigen Tanz ihrer Körper, bis ihr Keuchen lauter, ihre Glieder immer angespannter wurden. Heather spürte, wie sich der nächste Höhepunkt in ihr aufbaute, wie die Anspannung in ihren Körper kroch, ihn gleichzeitig hart und weich machte, bis sie in einem heftigen Orgasmus explodierte. Sie schrie auf und spürte, wie sich Eric in heißen Strömen in ihr vergoss und schließlich keuchend an ihr zusammensank.

„Das Wasser wird kalt“, brachte er mühsam hervor. Heather atmete schwer und bemerkte kaum, dass sie zitterte.

Besorgt umfasste er ihr Gesicht. „Deine Lippen sind ganz blau.“

„Ich glaube, meine Beine funktionieren nicht mehr richtig.“

Eric drehte das Wasser ab, hob Heather auf seine Arme und trat mit ihr auf die Fliesen.

„Nimm das Badetuch und wickle es um uns herum.“

Sie streckte die müden Arme aus und angelte nach dem weichen Handtuch. Dann gingen sie zurück ins Schlafzimmer, wo Eric sie behutsam aufs Bett legte und sie mit einem Kuss zudeckte. Er zeigte auf den Beistelltisch.

„Frühstück.“

Erstaunt blickte sie auf. „Soll das etwa heißen, jemand war hier drinnen, während wir …“

„… geduscht haben? Sieht so aus.“ Er trocknete sich ab und verschwand mit einer Jeans und einem Oberteil ins Bad. Heather wandte sich dem Beistelltisch zu. Neben zwei Tellern mit Rührei und Würstchen stand der heiß ersehnte Pott Kaffee. Eric kam fertig angezogen zurück. Die blonden Haare standen ihm in feuchten Stacheln vom Kopf ab und ließen ihn ungewohnt jugendlich aussehen.

„Hier ist noch etwas aus deiner Wohnung. Nur eine Hose und ein Oberteil.“ Er gab ihr den kleinen Stapel Kleider und setzte sich neben sie auf die Bettkante, wo er mit seiner Gabel eine Maximalmenge Rührei aufspießte.

„Wir fahren gleich nach Sussex“, sagte er kauend. „Da es ein ganzes Stück ist, dachte ich mir, es schadet nicht früh aufzustehen.“

„Aha.“ Früh aufstehen war reichlich untertrieben, dachte sich Heather und nahm noch einen Schluck Kaffee.

„Und danach fahren wir nach Dartford.“

„Und was wollen wir da?“

„Wir ziehen um. Wir können dort in einem Haus an der Themse wohnen, bis diese Sache vorüber ist.“

Heather betrachtete sein konzentriertes Gesicht. „Ich gehe nicht davon aus, dass das eine Frage war. Richtig?“

„Richtig. Das war eine Aussage. Und weil du eine kluge Frau bist, weißt du, dass es für uns am sichersten ist, erstens zusammenzubleiben und zweitens -“

Sie legte ihm ihre Hand auf den Unterarm und brachte ihn so zum Schweigen. Sein Blick wurde weich, als er ihre Augen fand.

„Du weißt, dass ich nicht nur der Sicherheit wegen mit dir zusammen sein will, Eric.“ Sie atmete tief durch. „Ich habe … verdammt, ich will es auch sagen. Aber ich habe eine verfluchte Maulsperre, wenn es um diese drei Worte geht.“

Er legte seine Hand über ihre. „Maulsperre klingt gut“, befand er. „Maulsperre klingt viel besser als *Scheißkerl, ich will nichts mit dir zu tun haben*, oder *verschwinde du hässlicher Knilch,* oder etwas in der Art. Ehrlich, mit Maulsperre kann ich wunderbar leben. Zumindest vorerst.“

Heather lächelte dankbar.

„Lass uns fahren.“

*

Heather und Eric hatten beschlossen erst das Kinderheim aufzusuchen, in dem Mills als Baby abgegeben worden war, bevor sie in den Norden von Brighton fuhren, um Bowlers Heim zu finden und dort mögliche Unterlagen zu sichten.

„Du musst hier rechts weg." Heather zeigte an Erics Gesicht vorbei durch die Seitenscheibe.

„Das ist eine Einbahnstraße."

„Ist doch egal. Wir sind von der Polizei." Sie griff ihm kurzerhand ins Lenkrad und buxierte den Wagen in die Einfahrt, die eigentlich eine Ausfahrt war.

Eric stöhnte genervt, bog aber ab und stand drei Minuten später auf dem Parkplatz des Kinderheims.

Nachdenklich sah Heather aus dem Fenster und stieg schließlich aus. „Findest du es auch ungewöhnlich, dass alle Jalousien runtergelassen sind?"

„Noch ungewöhnlicher finde ich es, dass an der Tür ein großer Zettel hängt und der Briefkasten abmontiert wurde."

Die beiden erklommen die wenigen Steinstufen zum Eingang und lasen die ausgebleichte Nachricht.

„Wie es aussieht, wurde das Heim schon vor einem Jahr geschlossen. Alle Kinder wurden im St. Marys untergebracht." Eric kniff die Augen zusammen und drückte probeweise an der Türklinke herum.

„Ist St. Marys nicht das Heim, in dem Bowler aufgewachsen ist?"

„Ja, genau." Eric sah sich einmal um, umfasste den Türgriff und rammte die Tür mit der Schulter. Außer einem leisen Knarren tat sich nichts.

„Das ist Eiche", sagte Heather kopfschüttelnd, während er sich die schmerzende Schulter rieb. „Meinst du, die kannst du so einfach einrennen, Superman?"

Wütend kniff er die Augen zusammen und zog seine Waffe.

„Was machst du denn?"

Er feuerte zwei Schüsse auf den Riegel und beobachtete zufrieden, wie die Tür mit einem leisen Geräusch aufschwang. „Na, geht doch!"

Autofahrer blieben hupend stehen. Heather beobachtete, wie die ersten ihre Telefone zückten.

„Wir sind von der Polizei", rief sie und fischte ihren Ausweis aus der Innentasche. So weit sie konnte, hob sie ihn in die Höhe und zeigte ihn herum. „Alles ist in Ordnung. Wir sind von der Polizei! Scotland Yard!"

Als sich die Menschen zögerlich wieder zu zerstreuen begannen, warf sie Eric einen finsteren Blick zu. „Was willst du überhaupt in dieser Bruchbude?"

„Es wird ja wohl eine Art Büro geben hier. Einen staubigen Keller, wo sich vergilbte Akten stapeln, oder etwas in der Art. Bendon muss ja schließlich irgendwie erfasst worden sein."

Da hatte er allerdings Recht. Heather folgte ihm in den dunklen Gang. Auf dem Fußboden wellte sich der graue Linoleumboden. Die Lampen an den Wänden hatten früher sicher nur spärliches Licht gespendet. Die erste Tür zur Linken führte in einen Speisesaal.

Der Raum wirkte wie ausgeschlachtet. Einige Tische und Stühle waren noch da, andere waren offenbar mitgenommen worden. Der Fußboden war auch hier zerschlissen und von den Fensterrahmen blätterte die gelbliche Farbe.

„Was für ein schrecklicher Platz für ein Kind, um aufzuwachsen", sagte Heather leise.

Eric trat vor eine Anrichte, auf der noch ein verstaubter Kochtopf stand. Der Emailledeckel war angerostet und obwohl das Heim schon seit über einem Jahr leer stand, hing noch der Geruch von abgestandenem Fett in der Luft.

„Hier drinnen kriegt man Depressionen“, befand er und kehrte dem Raum den Rücken. Wider Erwarten gab es kein Büro im Erdgeschoss, so dass Heather und Eric den knarrenden Stufen hinauf ins erste Stockwerk folgten. Hier waren insgesamt vier Schlafsäle. Metallbetten mit verrosteten Fußenden standen kreuz und quer, und Matratzen, deren Sprungfedern durch den Stoff gebrochen waren, fleckig und durchgelegen, waren auf dem Boden verteilt.

„Vielleicht haben über den Winter Obdachlose hier Zuflucht gesucht“, meinte Heather leise und hatte das Gefühl, dass all die Traurigkeit und Einsamkeit der Kinder an diesem Ort fast greifbar war. Ein ungutes Gefühl saß ihr wie eine eisige Faust im Nacken.

„Hier ist es echt unheimlich“, befand sie und ging weiter den Gang entlang, bis sie am Ende ankamen.

„Ja, und gleich wird es noch unheimlicher. Denn wenn unten und hier keine Unterlagen sind, bleibt nur noch der Keller.“

Heather verzog das Gesicht.

Sie gingen hinab ins Erdgeschoss und schoben den schweren Eisenriegel vor der Kellertür zurück. Die Steintreppe, die hinabführte, war schmal und voller Staub. Eric zog eine kleine Taschenlampe hervor und leuchtete die Stufen hinab in den dunklen Raum.

„Da sind Regale.“

Heather steuerte auf die hohen Archivregale zu, in denen offenbar kistenweise Unterlagen verstaubten.

„Das geht hier bei 1953 los“, las sie.

„Das sind mindestens 10 Regalwände.“ Eric leuchtete an den deckenhohen Archivböden entlang, während sie zur nächsten Reihe ging.

„Wenigstens ist es gut sortiert.“

Sie wischte mit den Fingerspitzen über einen Kartondeckel, wo unter der Staubschicht die Aufschrift „1959 – 1962“ zum Vorschein kam.

Aus dem Augenwinkel bemerkte sie, dass Eric plötzlich abrupt stehenblieb, die Taschenlampe hob und seine Waffe zog.

„Was ist?“

„Da war jemand schneller als wir.“

Sie kam um das Regal herum und starrte in den Lichtkegel der Taschenlampe, wo der Inhalt zweier Kartons ausgekippt und in einem wüsten Papierhaufen auf dem Boden verteilt worden war. Sie ging in die Hocke und wischte über das Datum auf dem Deckel, während Eric den Raum absuchte.

„Lass mich raten“, verlangte er mit einem bitteren Lächeln, nachdem er sichergestellt hatte, dass sie alleine waren. „1976?“

„Allerdings.“ Seufzend stand sie auf und klopfte sich die staubigen Finger an den Hosenbeinen ab. „Wir fahren besser schnell in das andere Heim. Auch wenn die Chancen gut stehen, dass er Bowlers Spuren dort ebenfalls verwischt hat.“

Ohne Wehmut ließen sie den finsteren Keller hinter sich und gingen wieder hinaus zu ihrem Wagen.

„Wenn dieses St. Marys Heim auch nur annähernd so trostlos ist wie dieses hier, ertränkte ich mich heute Abend in einem Whiskyfass.“

Heather betrachtete prüfend Erics Gesicht. „Das nimmt dich ja ganz schön mit.“

„Natürlich! Ich hatte eine großartige Kindheit, Heather, Eltern, die mich, meine Schwester und sich gegenseitig geliebt haben, ein sicheres Zuhause, einen Hund, der mich begrüßte, wenn ich von der Schule kam, Fußballtraining und Freunde.“ Er schüttelte den Kopf. „Wie schwer muss es sein, wenn man all das nicht hat? Ich kann fürwahr behaupten, dass wir im Leben meiner Eltern die Hauptrolle gespielt haben. Aber was muss es bedeuten, wenn man noch nicht einmal die Nebenrolle in jemandes Leben besetzt? Wenn man eine Zahl in einem Schlafsaal ist, ein Gedeck für den lieblosen Großküchenfraß?“ Sein Blick fand den ihren. „Ich sage nicht, dass diese ewige Entschuldigung von der schlechten Kindheit in unserem Fall auch nur irgendetwas ansatzweise rechtfertigt, aber ich sage, dass kein Kind so aufwachsen sollte.“

Heathers Mund stand offen und obwohl sie irgendetwas Sinnvolles erwidern wollte, schaffte sie es nur eine Zustimmung zu murmeln. Das war nicht der Psychologe in Eric gewesen, der da gesprochen hatte, auch nicht der Pastorensohn. Es waren die Worte eines Mannes gewesen, der sich verdammt nochmal mehr Gedanken über die Dinge machte, als sie selbst. Eine Tatsache, die sie mehr beschämte, als sie zugeben wollte.

Bis Eric den Wagen zum Stehen brachte, hing sie ihren Gedanken nach.

„Na, das sieht doch schon besser aus.“

Seine Worte ließen sie aufblicken.

Vor ihnen ragte die sonnengelb gestrichene Front eines vierstöckigen Neubaus auf. Der Eingang war von zwei bunten Säulen flankiert, die Türflügel waren mit Fingerfarben bemalt. Selbst das große Schild mit der Aufschrift „St. Marys Home“ war farbenfroh, und zweifellos nicht von Erwachsenen gestaltet worden.

Als Heather die Autotür öffnete, schlug ihr das Lachen und Kreischen von Kindern entgegen, die in einer Art überdimensioniertem Garten neben dem Haus ein Spiel mit mehreren Bällen spielten. Eric atmete hörbar aus und streckte Heather die Hand hin, die sie automatisch ergriff.

Noch ehe sie an der Eingangstür angekommen waren, schwang einer der gläsernen Türflügel auf. Eine Nonne, kräftig gebaut und um die Fünfzig, eilte ihnen mit ausgestreckten Händen entgegen.

„Willkommen im St. Marys!“ Ihre Stimme war etwas schrill und unmittelbar davon bedroht sich zu überschlagen, als sie Erics Hand ergriff und kräftig schüttelte. Dann wandte sie sich Heather zu. „Willkommen“, sagte sie noch einmal. „Wir freuen uns, Sie hier begrüßen zu dürfen.“

Heather warf Eric einen fragenden Blick zu, der mit einem Achselzucken antwortete.

„Miss … äh …“ Heather überlegte, wie man eine Nonne ansprach, wurde aber von dieser mit erstaunlicher Vehemenz ins Innere des Hauses gezerrt, so dass Eric nichts anderes übrigblieb, als den beiden zu folgen.

Der breite Flur war mit Teppich ausgelegt und auf einem Quadratzentimeter lagen mindestens zehn Kinderspielzeuge herum. Heather manövrierte sich erfolgreich hindurch, während Eric weniger Glück hatte und unter seinem schweren Schuh ein Spielzeugauto pulverisierte.

„Das tut mir leid“, sagte er schnell, doch die Nonne winkte nur ab.

„Machen Sie sich keine Sorgen. Wir haben Tausende dieser kleinen Stolperfallen herumliegen. Das lässt sich nicht verhindern. Wenn Sie erst eines unserer Kinder adoptiert haben, werden Sie schnell wissen, wovon ich spreche. Ich bin übrigens Schwester Agnes.“

Heather riss den Mund auf. Endlich begriff sie, warum sie hier so überschwänglich Willkommen geheißen wurden.

„Oh, ich fürchte, da liegt ein Missverständnis vor.“

Sie waren bereits in einem kleinen Büro angekommen, in dem so viele Grünpflanzen herumstanden wie in einem Feuchtbiotop.

„Missverständnis?“, fragte Schwester Agnes irritiert.

„Ja, sehen Sie, wir haben nicht vor ein Kind zu adoptieren, also …“ Sie warf Eric einen hilfesuchenden Blick zu, der sie jedoch nur schweigend musterte. „Wir … wir sind von der Polizei.“

Die Nonne griff sich ans Herz. „Ist einem der Kinder etwas passiert?“

„Nein!“ Heather schüttelte schnell den Kopf. „Nein, wir sind aus einem ganz anderen Grund hier. Es tut mir leid, falls wir den Eindruck erweckt haben …“ Diese verdammte Stotterei musste aufhören. „Wir haben ein paar Fragen an Sie, zu einem Jungen, der hier vor langer Zeit aufgenommen worden ist.“

Die Enttäuschung war im Gesicht der ältlichen Nonne schwer zu übersehen. Sie ließ sich etwas kraftlos auf ihren Schreibtischstuhl nieder und bot den beiden Platz an.

„Ach so“, sagte sie. „Als ich Sie beide Hand in Hand heraufkommen sah, hatte ich wohl einen falschen Schluss gezogen. Es tut mir leid, dass ich Sie so überfallen habe. Jedes Mal, wenn eines meiner Kinder Aussicht auf Eltern bekommt, werde ich ganz euphorisch.“ Sie wirkte so traurig, dass Heather fieberhaft überlegte, wie sie sie trösten konnte.

„Sie haben hier einen ganz wundervollen Ort geschaffen“, kam Eric ihr zuvor.

Das Gesicht der Schwester hellte sich ein wenig auf. „Die Kinder haben einen Großteil dazu beigetragen.“

„Wie viele Kinder leben hier bei Ihnen?“ Heather sah durch das Fenster hinaus in den Garten, wo Kinder unterschiedlichen Alters miteinander spielten.

„Sechsundzwanzig“, antwortete Schwester Agnes. „Die meisten sind zwischen zwölf und achtzehn Jahren alt. Unser Jüngster ist fünf.“

„Schwester Agnes, wir sind hier wegen eines Säuglings,

der 1976 bei Ihnen aufgenommen worden ist.“

Die Nonne zog die Stirn kraus. „Das ist lange her und ich war damals noch nicht hier beschäftigt.“

„Wie bedauerlich. Ich hatte gehofft, dass Ihnen noch einige Unterlagen von damals vorliegen.“

„Leider gibt es seit voriger Woche überhaupt keine Unterlagen mehr.“

Eric versteifte sich. „Warum nicht?“

„Es hat im Archiv gebrannt“, gab die Nonne zurück. „Die Akten sind erst ab 2000 digital erfasst. Alles, was älter ist, ging in Flammen auf.“

Heather und Eric wechselten einen flüchtigen Blick. Was die Nonne nicht ahnte, war beiden sofort klar: dieses Feuer war nicht zufällig ausgebrochen.

„Das tut mir leid zu hören“, befand Heather, doch Schwester Agnes winkte nur ab.

„Das Wichtigste ist, dass den Kindern nichts passiert ist.“

„Waren Sie hier, als das Feuer ausbrach?“

„Ja, aber ich habe oben geschlafen. Schwester Anne war hier unten im Büro, als es anfing zu brennen. Komischerweise sprang der Rauchmelder nicht an. Aber Anne hat ein feines Näschen. Dem Herrn sei Dank. Sie hat den Rauch gerochen.“

„Ist Schwester Anne auch hier?“

„Natürlich.“

„Könnten wir mit ihr reden?“

Schwester Agnes stand auf. „Aber selbstverständlich. Sie ist draußen bei den Kindern. Bitte folgen Sie mir.“

Heather und Eric wurden von der Nonne zu einer Glastür geführt, hinter der man die spielenden Kinder beobachten konnte. Mittendrin stand eine Nonne, die auf einen Lorbeerbusch einredete.

„Hat sie ein Headset?“, fragte Eric und schien offenbar am Geisteszustand der alten Dame genauso zu zweifeln, wie Heather.

„Sie ist nicht verrückt, wenn Sie das meinen“, gab Schwester Agnes zurück, während sie die Tür öffnete. „In dem Busch sitzt Liam.“

„Warum?“ Heather versuchte zwischen dem dichten Blattwerk etwas zu erkennen. Aber erfolglos.

„Er ist der jüngste. Und die Kinder sind nicht gerade zimperlich. Er versteckt sich vor den älteren. – Anne?“ Sie bahnte sich einen Weg durch die Kinder, die an ihr zupften und zerrten und versuchten die Nonne ins Spiel miteinzubeziehen. Sie schienen insgesamt wenig Respekt vor ihr zu haben, verstummten aber schnell, als sie Eric sahen. Offenen Mundes starrten sie zu ihm empor.

„Du scheinst den kleinen Terrorzwergen Respekt einzuflößen“, bemerkte Heather schmunzelnd und fing seinen amüsierten Blick auf.

„Na, Gott sei Dank.“

„Anne, könnten wir dich kurz sprechen?“ Agnes tippte der alten Nonne auf die Schulter. Als sie sich umwandte, traf Heathers Blick auf ein warmherziges Lächeln, strahlende blassblaue Augen in einem von feinen Falten durchzogenen Gesicht. Dieser Frau schien die Güte regelrecht aus den Augen zu leuchten.

„Guten Tag“, sagte sie mit etwas gebrechlicher Stimme und bedachte Heather und Eric mit einem gütigen Blick. „Ich stehe sofort zu Ihrer Verfügung. Ich muss nur gerade Liam dazu überreden aus den Büschen herauszukommen.“

„Was ist denn nun wieder passiert?“, wollte Agnes leise wissen.

„Eines der Mädchen wollte ihm ein Puppenkleid anziehen.“

„Ach, du meine Güte.“ Agnes beugte sich vor in die Büsche. „Liam, Schätzchen. Komm’ raus da! Wir gehen nach drinnen, und ich mache dir einen schönen Kakao.“

Der Busch schwieg beharrlich, so dass sich Agnes seufzend aufrichtete.

„Wir können uns auch hier unterhalten“, befand Heather. „Wir haben nur eine Frage zu dem Feuer, das bei Ihnen vorige Woche ausgebrochen ist.“

„Ein Glück, dass keinem der Kinder etwas passiert ist.“ Schwester Anne schüttelte den Kopf. „Das ganze Haus ist mit Feuermeldern ausgestattet. Das hätte überhaupt nicht passieren dürfen.“

„Haben Sie irgendetwas gesehen?“, fragte Eric.

„Nein, tut mir leid. Ich habe geschlafen.“

„Oder etwas gehört?“, setzte er nach.

„Ich … ich bin mir nicht sicher. Ich war im Büro eingeschlafen. Manchmal sehe ich dort fern. Ich sehe mir gerne Quizshows an, wissen sie?“ Sie verzog das ältliche Gesicht zu einem verschmitzten Lächeln, als hätte man sie auf frischer Tat ertappt. „Aber es war langweilig und ich bin eingeschlafen. Und als ich aufwachte, dachte ich, dass ich etwas gehört hätte. Dann bin ich aufgestanden, habe aus dem Fenster gesehen, aber da war nichts. Und dann habe ich den Rauch gerochen und das Feuer entdeckt.“

„Hatte sich die Polizei die Sache angesehen? Gab es irgendwelche Spuren?“

„Nein, wir wollten den Kindern keine Angst machen. Und es war ja schnell gelöscht.“

„Ich habe etwas gesehen.“

Alle vier Erwachsenen drehten sich zu dem Lorbeerbusch.

„Ist das etwa eine sprechende Hecke“, fragte Eric in sanftem Tonfall. Leises Kichern ließ ihn lächeln.

„Nein, ich bin Liam.“

„Ein Busch der Liam heißt. Interessant.“

Wieder Kichern. „Nein, ich bin kein Busch. Ich bin ein Junge. Und ich bin fünf und heiße Liam. Ich sitze hier nur.“

„Achso.“ Eric schüttelte über seine scheinbare Dummheit tadelnd den Kopf. „Tut mir leid, Liam. Was sagtest du also?“

„Ich habe jemanden gesehen“, wiederholte die Kinderstimme. „Als das Feuer ausgebrochen ist, war ein Mann im Haus.“

Heather und Eric wechselten einen alarmierten Blick. Am liebsten hätte sie den Jungen aus dem Gebüsch gezerrt und die Informationen aus ihm herausgequetscht, doch sie musste einsehen, dass Eric offenbar ein Händchen für Kinder hatte. Oder zumindest für dieses Kind.

„Was war das für ein Mann?“, fragte er und als der Junge schwieg, fuhr er fort. „War er so klein wie du?“

„Nein. Er war viel größer als ich. Und größer als Schwester Anne und Schwester Agnes.“ Er machte eine Pause. „Aber er war nicht so groß wie du!“

Heathers Mundwinkel zuckten amüsiert. Dieser clevere kleine Kerl hatte offenbar in seinem Busch eine sehr gute Aussicht.

„Und hatte er auch so weiße Haare wie ich?“

„Nein, seine Haare waren dunkler, glaube ich. Aber es war auch kein Licht an. Da habe ich es nicht genau gesehen. Ich habe mich versteckt oben an der Treppe. Barry hatte mir Wasser ins Bett geschüttet und da bin ich aufgestanden. Barry ist ganz gemein.“ Er klang verbittert, was in Heather heftiges Mitleid weckte. Und Wut. Sie ertappte sich dabei wie ihr Blick auf der Suche nach Barry über die Masse an Kindern schweifte. Auch wenn sie keine Ahnung hatte, wie der Kerl aussehen mochte.

„War sonst noch irgendetwas komisch an diesem Mann?“, fragte Eric.

„Ja.“

„Ja?“

„Er ist gehumpelt.“

„Weißt du auf welcher Seite?“

„Nein. Aber es sah lustig aus. Er ist gehüpft, wie ich hüpfe, wenn ich Pony spiele. – Ich mag Ponys. Ich mag sie ganz arg. Sie haben so weiche Nasen und eine lange Mähne. Und es ist bestimmt toll, wenn man sie reitet. Hast du schon mal ein Pony geritten?“

„Ja, Liam. Ich bin schon oft auf einem Pony geritten. Meine Schwester hat ganz viele Ponys.“

„Auch gefleckte?“

„Ja, auch gefleckte.“

Plötzlich raschelte das Gebüsch und bewegte sich. Zwischen den sattgrünen Blättern tauchte ein rotblonder Haarschopf auf, der einem kleinen Jungen mit braunen Kulleraugen gehörte. Heather blickte erstaunt auf den Knirps hinab, der für nichts außer Eric Augen hatte.

„Haben die Ponys auch Fohlen? Und die sind ganz klein? Kleiner als ich?“

Heather beobachtete, wie Erics Gesicht beim Anblick des Jungen weich wurde. Es berührte sie mehr, als sie geahnt hatte.

„Ja, sie hat auch Fohlen. Gerade jetzt hat sie wieder zwei kleine Fohlen bekommen. Ein schwarzes und ein schwarzweiß-geflecktes.“

Liams Augen leuchteten vor Begeisterung. „Die schwarzweißen finde ich am schönsten.“ Er griff nach Erics Hosenbein und zupfte daran. „Wenn du mich adoptierst, dann könnte ich es einmal streicheln. Nicht?“

Der hoffnungsvolle Blick des Jungen trieb Heather beinah die Tränen in die Augen.

Eric beugte sich zu Liam hinunter und hob ihn auf seine Arme. „Weil du uns so gut geholfen hast, und wenn die beiden Schwestern nichts dagegen haben, dann hole ich dich nächste Woche einmal ab und wir fahren zu meiner

Schwester. Und dann kannst du dort den ganzen Nachmittag die Ponys streicheln."

„Wirklich?" Die Freude des Jungen schien grenzenlos.

„Wenn die Schwestern nichts dagegen haben."

„Aber natürlich nicht!", rief Agnes freudig.

„Gut. Dann ist das abgemacht. Nächste Woche hole ich dich ab. Am Dienstag."

„Dankeschön!" Unvermittelt fiel Liam Eric um den Hals, was ihn offenbar überraschte. „Ich freue mich ganz arg!"

„Ich mich auch", sagte Eric und stellte den Jungen wieder auf dem Boden ab. „Und nun lass dir von der Schwester den Kakao geben. Und wenn die anderen Kinder dich ärgern", fügte er mit einem Blick auf die noch immer staunende Kindermeute hinzu, „dann sag ihnen, dass sie es mit mir zu tun bekommen."

Liam nickte grinsend und lief ins Haus.

„Sie haben ihm eine große Freude gemacht", erklärte Schwester Agnes gerührt.

„Ich tue es gerne. Und es hilft uns, was er gesehen hat. Denn ganz offenbar hat jemand versucht die Unterlagen zu vernichten, die wir suchen. In dem anderen Heim sind die Unterlagen ebenfalls vernichtet worden."

„Sie meinen in der Südstadt?", schaltete sich Anne ein.

„Ja, genau. Kennen Sie es?"

„Kennen?" Die Nonne winkte ab. „Ich habe dort über 40 Jahre meines Lebens verbracht."

„Dann können Sie uns vielleicht weiterhelfen", erklärte Heather hoffnungsvoll. „Wir haben Unterlagen von 1976 gesucht."

„Über wen?"

„Über Peter Bendon."

„Oh, Peter!" Schwester Anne lächelte. „Er war so ein wundervoller Junge. Still und schweigsam. Er wollte immer malen und spielte keines der groben Spiele mit den anderen Jungen. Was wollen sie denn von ihm?“

Heather und Eric wechselten einen bedauernden Blick. „Wie es aussieht hat er fünf Menschen ermordet.“ Ihr fiel einfach keine Möglichkeit ein, wie sie es ihr schonender beibringen konnte.

Die Nonne war sichtlich mitgenommen und ließ sich auf einen bunt bemalten Hocker neben der Hecke nieder. „Was sagen Sie? … Ermordet? Aber das kann doch nicht sein.“

„Leider doch.“

„Er war ein so lieber Junge. Ich kannte ihn von Anfang an.“

„Wie kam er zu Ihnen?“ Eric setzte sich ebenfalls auf einen der Hocker und zog Heather neben sich.

Schwester Anne schüttelte den Kopf und in ihren sonst vor Fröhlichkeit leuchteten Augen spiegelte sich der Schatten einer traurigen Erinnerung.

„Das erste, an das ich mich erinnere, ist, dass ich ein Kind schreien hörte, während ich das Mittagessen vorbereitet hatte.

In meinem Beruf kann man irgendwann der Art des Schreiens sofort zuordnen, wie alt das Kind ist, ob es Hunger hat, ob es wütend ist und all das. Es war ein Neugeborenes, das hörte ich sofort und es schrie vor Hunger; vor purem, verzweifeltem Hunger. – Ich ließ sofort alles stehen und liegen und rannte wie eine Verrückte durchs Haus zur Vordertür. Doch da war nichts. Also lief ich zurück, horchte und begriff schließlich, dass das Schreien aus dem Keller kam.“

„Wie war er denn in den Keller gekommen?“

„Die Mutter hatte ihn vor das offene Kellerfenster gelegt, in die kleine Mulde, in der sich sonst das Laub sammelt. Als ich die Treppe runter kam, schrie er aus Leibeskräften. Ich weiß, dass es für Sie keinen Sinn macht, aber in diesem

Moment, hatte ich das Gefühl, dass er so schrie, um seine Mutter anzuklagen, für den Frevel, den sie beging, indem sie ihn aussetzte."

Heathers Herzschlag beschleunigte sich. „Haben Sie seine Mutter denn gesehen?"

Schwester Anne lächelte bitter. „Sie lief wie der Teufel, wenn mir dieser Vergleich gestattet ist. Als ich bei dem Kleinen ankam, war sie schon ein ganzes Stück weit gelaufen. Damals war ich noch jung, ich bin die Treppe wieder hoch und hinter ihr her. Sie war zu Fuß. Falls sie einen Wagen hatte, stand er nicht in der Nähe. Ihre Kleider waren abgetragen und wirkten schäbig. Als sie um die Ecke lief, bekam ich sie zu fassen und riss sie herum. Einen Moment lang sah sie mir in die Augen." Schwester Anne rieb sich die Oberarme, als hätte sie unter der dunklen Kutte eine Gänsehaut. „Ihr Blick war leer, eiskalt und … tot. Es waren nicht die Augen einer Mutter. Es war nur Berechnung und Kälte darin, obwohl sie so jung war, fast selbst noch ein Mädchen. Ich wollte etwas sagen, etwas ruhiges, etwas, um sie zu beruhigen und ihr Mut zu machen, das Kind zu behalten. Doch ich kam nicht dazu. Sie schlug mir mit voller Wucht ins Gesicht."

„Sie hat sie geschlagen?" Heather starrte die alte Nonne fassungslos an.

„Mit voller Wucht. Ich war so perplex, dass ich sie habe entkommen lassen. Und das war wahrscheinlich am Ende auch die richtige Entscheidung. Denn wenn eine Frau so leicht zuschlägt, will ich mir gar nicht ausmalen, was sie mit ihrem Kind gemacht hätte."

„Erinnern Sie sich noch an ihr Gesicht?"

Aus dem Augenwinkel nahm Heather wahr, dass Erics Hand zu seiner Hosentasche glitt. Er zog das Telefon hervor, während Schwester Annes Miene hart wurde.

„Ich werde dieses Gesicht nie vergessen. Ich habe es so

lebendig vor mir, als stünde sie hier bei uns."

„Lebendig genug, um sie einem Zeichner zu beschreiben?", fragte Eric.

„Auf jeden Fall."

Er wischte über sein Telefon und hatte kurze Zeit darauf Sally in der Leitung.

„Ich brauche einen Phantomzeichner im St. Marys. Einen guten! Am besten schicken Sie mir Ace."

„Ist in einer Stunde vor Ort, Sir."

Eric legte auf und wandte sich wieder Schwester Anne zu. „Fällt Ihnen sonst noch etwas ein?"

„Nein, tut mir leid. Ich erinnere mich an ihr Gesicht, an die schäbige Kleidung und dass sie ihr Kind vor unserem Kellerfenster entsorgt hat. Und das war mir, wenn ich ehrlich sein darf, damals auch weit mehr als genug."

„Tatsächlich wissen wir, dass sie Zwillinge geboren hat."

„Zwillinge?" Die Nonne blickte verständnislos Heather an, als wollte sie sich bei ihr versichern, dass sie richtig gehört hatte, bevor sie sich wieder Eric zuwandte.

„Ja. Peter Bendons Zwillingsbruder wurde hier im St. Marys in der Kinderklappe … abgegeben."

Schwester Anne zog die Stirn kraus. „Wer soll das sein?"

„Andrew Bowler."

„Was?" Die Schwester schien ehrlich schockiert und krampfte die Finger ineinander.

„Sie erinnern sich an ihn?" Heather versuchte die Gefühle im Gesicht der Schwester zu lesen. Dort war von Unglaube, bis hin zu Schock und Verwunderung alles zu sehen. Die Nonne schluckte trocken.

„Ich weiß, dass ich in meiner Eigenschaft als Braut Christi eigentlich keine derartigen Dinge sagen darf, aber ich tue es trotzdem: Andrew war ein Teufel. Je älter er wurde, desto verderbter wurde er. Er hat nicht gespielt, er hat die Dinge kaputtgemacht, er hatte keine Freunde, er hatte Gefolge und Feinde. Einmal musste ich ein Kind retten, dass er an einen der Bäume gebunden hatte und gerade anzünden wollte.“ Sie schüttelte den Kopf. „Und das sind nur die Dinge, die ich mitbekommen habe bei den wenigen Gelegenheiten, in denen ich hier oben ausgeholfen habe. Agnes wird Ihnen noch viel mehr erzählen können. Sie kam hierher, als er ungefähr acht Jahre alt war.

Ich glaube, bei ihm war diese traurige Karriere aus Gewalt und frühem Tod praktisch vorprogrammiert. Er hatte nichts, aber auch gar nichts mit Peter gemein. Wenn man einmal vom Alter absieht.“

Heather versuchte die Informationen zu verarbeiten. „Und doch sind sie nun beide zu Mördern geworden“, sagte sie gedankenverloren.

„Schrecklich“, gab Schwester Anne niedergeschlagen zurück.

Eric stand auf. Offenbar waren es für ihn genug Informationen. „In einer knappen Stunde wird ein Polizeizeichner hier sein. Es wäre uns eine große Hilfe, wenn sie ihm Peter Bendons Mutter so genau wie möglich beschreiben könnten.“

„Aber natürlich.“ Sie lächelte, auch wenn es ihr sichtlich schwerfiel. „Wir sehen uns dann in der nächsten Woche, wenn Sie Liam abholen“, erinnerte sie Eric noch einmal.

„Auf jeden Fall.“

„Notfalls kann ich ihn auch bringen“, setzte sie mit milder Vehemenz nach.

„Sie können sich auf mich verlassen“, gab Eric zurück und wandte sich mit einem Lächeln zum Gehen.

*

„Wem willst du das Bild der Mutter zeigen?“, fragte Heather, als sie wieder im Auto saßen und auf dem Rückweg nach London waren.

„Es gibt im Einzugsgebiet der Kinderheime genug arme Gegenden. So wie Schwester Anne ihren Aufzug beschrieben hat, schwamm die Mutter nicht gerade im Geld. Wir werden es herumzeigen und hoffen, dass sie jemand wiedererkennt. Und wenn das der Fall ist, finden wir vielleicht einen Ort, einen Schlupfwinkel, irgendeinen Hinweis, der uns weiterbringt.“

„Das ist ziemlich dünn.“

„Ja, aber da wir nicht gerade behaupten können, dass wir in heißen Spuren schwimmen …“

Heather seufzte zustimmend.

„Mir schwirrt der Kopf von diesen ganzen Geschichten. Es ist noch nicht einmal Mittag und ich würde am liebsten schon wieder ins Bett gehen.“

„Und führe mich nicht in Versuchung“, sagte Eric leise und rang ihr ein erschöpftes Lächeln ab.

„Wo fahren wir überhaupt hin? Meine Wohnung ist durchlöchert und dein Haus ist pulverisiert.“

„Mein Haus ist nicht pulverisiert. Es ist derzeit nur … teilweise nicht existent.“

„Das ist die optimistischste Art ein gesprengtes Haus zu beschreiben, die ich jemals gehört habe.“

Eric warf ihr einen finsteren Blick zu.

„Es ist nur teilweise gesprengt, und wir fahren zu einem anderen Haus.“

„Ein anderes Haus?“, frage Heather überrascht.

„Was für ein Haus?“

„Lass dich überraschen.“

„Ich hasse Überraschungen.“

Eric legte seine Hand auf ihren Oberschenkel und löste damit unweigerlich ein Prickeln auf ihrer Haut aus.

Als sie den Blick hob, leuchteten seine hellblauen Augen. „Diese hier wird dir gefallen“, prophezeite er.

*

Und „gefallen“ war noch untertrieben!

„Wow!“ Heather blieb buchstäblich der Mund offen stehen, als Eric den Wagen in der gekiesten Einfahrt eines Steinhaues aus der Tudorzeit zum Stehen brachte. Die Front war mit Efeu überwuchert, so vollständig, dass die Fensteröffnungen offenbar freigeschnitten worden waren. Die Eingangstür war zweiflüglig mit kleinen Tiffany-Fenstergläsern auf Blickhöhe und ein in voller Blüte stehender Blauregen bildete ein duftendes Dach über den Eingangsstufen.

Eric kam um den Wagen herum und umfasste Heathers Hinterkopf mit seinen langen Fingern. Er küsste sie langsam und andächtig, bevor er Richtung Haus nickte.

„Gefällt es dir?“

„Es ist wundervoll. Es ist …“ Sie holte tief Luft und schüttelte den Kopf. „Es ist einfach nur … wow. - Gehört es dir?“

„Nicht mehr.“

Sie riss die Augen auf. „Du hast dieses Juwel verkauft?“

Er gab ein abwägendes Geräusch von sich. „Nicht direkt.“

„Sondern?“

„Das ist eine lange Geschichte. Ich erzähle sie dir, wenn wir mehr Zeit haben. Jetzt lass uns erst einmal einziehen.“ Er umfasste Heathers Taille und schob sie Richtung Eingang.

„Macht es den neuen Besitzern denn nichts aus, wenn wir hier übernachten?“

„Sie ist noch nicht eingezogen. Das dürfte also kein

Problem sein.“

„Sie? Eine Frau?“

Seine Mundwinkel zuckten. „Hast du etwas dagegen?“

„Kommt darauf an.“

Er schloss die Tür auf. „Auf was?“

„Hattest du etwas mit ihr?“

„Darauf kann ich aus Verschwiegenheitsgründen nicht antworten.“

Heather straffte die Schultern. „Ich fasse es nicht, dass du mich in das Haus einer Ex -“

Sie kam nicht dazu den Satz zu Ende zu sagen, da Erics Hände plötzlich an ihrer Taille und seine Lippen auf den ihren waren. Er presste sie gegen die grobe Steinwand, drängte seine Zunge zwischen ihre Lippen und sorgte innerhalb kürzester Zeit mit seinem intensiven, aufreibenden Kuss dafür, dass ihre Glieder weich wurden und sie ihre Frage vergaß.

Als er Minuten später von ihr abließ, ging sein Atem unregelmäßig. In einer innigen Geste legte er die Stirn gegen ihre und schloss die Augen.

„Das ist mit Abstand die schönste Art, dich zum Schweigen zu bringen.“

„Ja, ich favorisiere diese Methode ebenfalls." Sie holte etwas zittrig Luft. "Definitiv.“

„Komm“, raunte Eric. „Ich will dir die Aussicht zeigen.“

Während er sie durch das Haus schob, dessen geschmackvolle Einrichtung sie aus verständlichen Gründen nur am Rande wahrnahm, zog er ihr die Bluse und den BH aus, knöpfte ihre Jeans auf und zog sie ihr so ruckartig herunter, dass sie ins Straucheln kam und beinah hinfiel. Lachend warf sie sich dabei in seine Arme, und hatte dadurch ebenfalls Gelegenheit Eric das Hemd über den Kopf zu ziehen. Als sie an der großen Panoramascheibe des Wohnzimmers ankamen, die direkt auf die Themse zeigte, waren sie beide nackt.

„Und?“, raunte Eric, der hinter ihr stand und ihre Hände gegen die Glasscheibe hob, so dass sie sich daran abstützen konnte. „Wie findest du es?“

Seine Finger glitten über ihre Arme zurück zu ihren Brüsten, umkreisten ihre Brustwarzen, die sich sofort zu harten Knospen aufrichteten. Sie unterdrückte ein Stöhnen und schob ihren Hintern zurück. Erics Erektion drückte sich heiß und pochend gegen ihren Rücken.

„Atemberaubend“, flüsterte sie und drehte sich über die Schulter zu ihm um. Er stützte sich ebenfalls an der Schweibe ab, beugte sich über sie und küsste sie. Sein hartes Glied schob sich zwischen ihre nackten Schenkel, rieb über ihren Venushügel und verteilte ihre Feuchtigkeit über sie beide.

„Du fühlst dich an wie Seide“, flüsterte Eric und ließ seine Lippen auf ihre Kehle gleiten, leckte und küsste ihren Nacken, saugte sich daran fest und ließ sie erschaudern. Schnell breitete sich eine wohlige Gänsehaut über ihren Körper. Das Pochen in ihrem Schoß wurde drängender und die verheißungsvolle Reibung an ihrer Mitte ließ sie nach mehr verlangen.

Erics Hände glitten hinab zu ihren Hüften und griffen fest zu, was Heather einen leisen Schrei entlockte. Nicht vor Schmerz, sondern vor Vorfreude und purer Erregung.

„Genieß‘ die Aussicht, Rotschopf“, flüsterte er, zog ihr Becken zurück und brachte seine Härte in Position. Langsam und genüsslich teilte seine pulsierende Spitze ihre Schamlippen und schob sich Zentimeter für köstlichen Zentimeter in sie.

Heathers zuckender Schoß umschloss ihn fest. Sie beugte sich noch weiter vor, spreizte die Beine, um ihn noch tiefer in sich aufzunehmen. Das Gefühl war unglaublich. In dieser Position konnte sich Eric bis zur Wurzel in ihr vergraben, konnte alles von ihr spüren und umso intensiver fühlte sie ihn. Als er sich nur ein bisschen zurückzog, kam sie beinah, so überwältigend war das Gefühl. Dann drang er wieder ein und füllte sie ganz aus.

Ihre Finger zitterten und drohten auf dem Fenster abzurutschen, sodass sie ihren Griff erneuerte. Eric ließ die Hüften kreisen, was eine irre Reibung in ihr verursachte und sie hemmungslos aufstöhnen ließ.

„Noch nicht", knurrte er, als spürte er, wie nah sie ihrem Höhepunkt war. Er ließ ihre Hüften los, hob seine Hände neben die ihren ans Glas und legte seine Brust an ihren Rücken. Sekundenlang verharrte er regungslos, bevor er sich wieder bewegte und sich fast ganz aus ihr zurückzog. Als er hart in sie stieß, schrie sie auf.

„Küss mich", verlangte er, so dass Heather den Kopf wandte und seine heißen Lippen empfing. Sie schob seine Zunge zwischen seine Zähne, wollte in ihm sein, wie er in ihr war. Ein Kreis, der sich schloss; eine Verbindung, ohne Anfang und Ende.

Seine Stöße waren tief und hart, aber nicht ungeduldig, als wollte er seine und ihre Lust so lange wie möglich hinauszögern. Seine Hände glitten wieder zu ihren Hüften und rissen sie energisch gegen sich, so dass ihre Lippen den Kontakt verloren. Dann beschleunigte er seine Bewegungen, trieb Heathers Erregung vor sich her, peitschte sie empor, füllte sie aus, stark und voller Begierde, die er an ihr und in ihr stillte.

Sie schrie auf bei jedem harten Stoß, erst leise, dann immer lauter und lauschte doch dem feuchten Klang ihrer Vereinigung und Erics kehligem Stöhnen, das drängender und ungehemmter wurde. Ihre Muskeln begannen sich anzuspannen, sie spürte, wie seine Hände zitterten.

„Lass los", verlangte er grimmig. „Oh, Gott. Heather!"

Als würde ihr Körper seinem Befehl gehorchen, zersprang ihr Körper in einem Höhepunkt, der sie aufschreien, zittern und erbeben ließ, der sie schwerelos machte, blind und taub. Eric stieß noch zweimal zu, dann schrie auch er, pumpte seine heiße Lust in sie hinein, wieder und wieder, bis sie beide kraftlos gegen die Scheibe sanken.

Heather legte ihre feuchte Stirn gegen das kühle Glas, das von ihrem rasenden Atem beschlagen war. Sie versuchte Luft zu holen und blinzelte heftig.

„Ist das die Themse?"

Erics Brust hob und senkte sich an ihrem Rücken. „Muss wohl", brachte er mühsam hervor, während er über ihren Scheitel hinausblickte. „Und wenn ich das richtig sehe, werden wir vom anderen Ufer aus angefeuert."

Unweigerlich musste Heather lachen. „Meine Beine zittern."

„Meine auch. Trägst du mich nach oben?", fragte er.

„Klar."

„Oh, danke." Eric löste sich von ihr, angelte nach einer Wolldecke, die auf der Armlehne der Couch lag, und schlang Heather darin ein. „Lass uns etwas trinken."

Während er sie durch das großzügige Wohnzimmer schob, betrachtete Heather die breite, bequem aussehenden Möbel, sowie eine Fotoserie von Kinder-bildern über dem Kamin. Die Küche war im Cottagestil eingerichtet und hatte einen rustikalen Dielenboden.

„Das ist ein tolles Haus", sagte sie leise und ließ sich auf einen der schlichten Esstischstühle nieder.

„Es gefällt dir also?" Eric sah sich kurz nach irgendeinem Kleidungsstück um, griff dann aber einfach nach der Schürze.

„Es ist ein Traum. Und direkt am Fluss. Ich kann das Wasser riechen."

Als er mit einem Glas auf sie zukam, musste Heather beim Anblick seines nackten Körpers, der nur von einer knappen Baumwollschürze mit der Aufschrift „Kiss the cook“ bedeckt war, schmunzeln.

„Findest du, es stinkt nach Fisch?“

„Nein, gar nicht. Ich meine wirklich das Wasser. Es riecht kühl und klar. Ich mag es.“ Sie lächelte zu ihm empor und nahm einen Schluck Wasser. „Es passt gut zu dir. Das Haus, meine ich.“

Indem er sich über sie beugte und ihr das feuchte Haar aus der Stirn strich, küsste er ihren Scheitel. „Und zu dir?“

„Zu mir?“

„Ja, zu dir. Würde es zu dir auch gut passen? Was denkst du?“

„Natürlich.“ Sie zeigte mit beiden Händen um sich, wobei ihr die Decke bis auf die Taille hinabrutschte. „Wenn ich das Geld hätte, um mir ein Haus zu kaufen, würde es so aussehen.“

Lächelnd nahm Eric ihr das Wasserglas ab und trank einen Schluck. „Gut zu wissen.“

„Was ist das für ein Geräusch?“, fragte Heather und spitzte die Ohren.

„Dein Telefon.“

Unwillig verzog sie das Gesicht und warf ihm einen bittenden Blick zu. Stöhnend schüttelte er den Kopf.

„Nein, bitte! Lass mich dein Telefon holen“, bat er ironisch und verschwand aus der Küche. Als er zurückkam, läutete es noch immer. Heather nahm es schnell und hob ab.

„Hallo?“

Als sie das verzweifelte Schluchzen am anderen Ende der Leitung hörte, war sie sofort in Alarmbereitschaft. Ein Blick zu Eric genügte, und er wusste Bescheid. Die Stimme war jung und dünn, das Schluchzen klang kraftlos und schwach, verzweifelt.

„Jane?“

Die weinerliche Stimme verstummte, als würde der Frau etwas auf den Mund gepresst. Heathers Puls schoss in die Höhe und unwillkürlich sprang sie auf die Beine.

„Genau richtig, Heather.“

Mills Stimme brachte ihr Blut zum Gefrieren.

„Mills.“ Für einen Augenblick schloss sie die Augen, um sich zu sammeln. „Bitte tu ihr nichts!“

Eric gestikulierte und es dauerte Sekunden, bis Heather begriff, dass sie auf Lautsprecher stellen sollte.

„Sie ist nicht wie du, Heather. Meine Flammengöttin! Meine wunderschöne Flammengöttin.“

Als sie den irren Unterton in seinen Worten hörte, wurde ihr schlecht. Speiübel! Eric packte sie am Arm und sorgte mit seinem groben Griff dafür, dass sie im Hier und Jetzt blieb.

„Mills, bitte lass sie frei!“

„Oh, das werde ich.“

„Aber bitte verletz sie nicht. Lass sie einfach gehen. Bitte!“

„Ich sage doch, ich werde sie freilassen. Und ich halte mein Wort … unter einer Bedingung.“

„Unter welcher?“

„Du holst sie ab.“

Sie schluckte trocken. „Wo?“

„In unserem kleinen Liebesnest, meine Schöne. Meine wunderschöne Heather.“

Sie warf Eric einen Seitenblick zu. Sein ganzer Körper war steif, die Muskeln zum Zerreißen gespannt und während er die Lippen zu einem dünnen Strich zusammenkniff, schüttelte er den Kopf.

„Wann?“, fragte sie.

„In zwei Stunden. – Ach, und Heather … wenn irgendjemand bei dir ist, muss ich ihr dasselbe antun, wie den anderen. Ich muss es, verstehst du mich?" Dann war die Leitung tot.

Als Heather den Mund aufmachte, kam Eric ihr zuvor.

„Du wirst unter gar keinen Umständen zu diesem Cottage fahren!"

„Ich muss!" Sie zog sich die Decke bis unter die Achseln und sah ihn kampfbereit an. Natürlich wollte er sie nicht gehenlassen. Ihr wäre es ja anders herum auch nicht anders ergangen.

„Heather, über dieser Scheiße steht in roten Leuchtbuchstaben *Falle*. Er wird dich töten."

„Und was ist mit Jane?"

Er sprang auf die Beine und packte sie bei den Schultern. Sein eisblauer Blick bohrte sich hart und verzweifelt in ihre Augen. „Wenn sie dort ist, dann wird er euch beide töten! Verstehst du das denn nicht?"

„Willst du denn Jane einfach so sterben lassen?"

„Ich will dich nicht verlieren!", rief er und ließ sie abrupt los, als er bemerkte, dass sein Griff zu hart wurde.

„Das ist eine Falle", wiederholte er, ruhiger diesmal. „Und zwar eine tödliche."

Sie umfasste sein Gesicht mit beiden Händen und fixierte ihn ernst. „Eric, ich weiß, dass du das nicht möchtest; dass du mich am liebsten in irgendeinem Erdloch einsperren und verstecken würdest.

„In einem Erdloch in Nordfinnland", schob er schnell dazwischen.

„Aber ich kann es nicht zulassen. Wenn ich sie nicht hole, dann wird er sie töten. Und diesmal wird er es tun, weil er will, dass ich weiß, dass es meine Schuld ist."

„Es ist doch nicht -"

„Lass mich dieses Mädchen dort rausholen. Und vielleicht erwischen wir dabei sogar Mills."

Eric stieß ein freudloses Lachen aus. „Das glaubst du doch wohl nicht ernsthaft."

„Wir haben keine Wahl." Sie ließ ihn los und zog sich ihre Decke wieder nach oben. „Und jetzt wäre ich dir wirklich dankbar, wenn du irgendwelche Geheimagenten-tricks hättest, die uns wenigstens einen klitzekleinen Vorteil verschaffen."

Als er wütend gegen einen nicht vorhandenen Gegenstand neben ihr trat, wusste sie, dass er nachgeben würde.

*

Fasziniert starrte Heather auf Eric, der in schwarzer Kampfmontur in langen Schritten den Gang zu einer Art Hangar hinabschritt.

Sie hatte keine Ahnung, wo genau sie waren. Es war offenbar irgendein geheimer Geheimagenten … platz.

Eric stieß die schwere Metalltür zu einem großen Raum auf, indem sofort zwei Dutzend Männer herumwirbelten, die genauso gekleidet waren wie er.

„Ich will sechs Mann auf dem Grundstück", herrschte er und zählte mit dem Finger die Kandidaten für diese Aufgabe ab. „Und zwar unsichtbar. Candrick, Sie nehmen das Medipack. Brock, Sie führen die Gruppe an. Raus!"

Sofort liefen die sechs Männer zu einem schwarzen Jeep, sprangen hinein und brausten davon.

Heather blieb der Mund offen stehen. Die Abläufe waren offenbar so gedrillt, dass wenige Worte genügten, um jedem unmissverständlich klar zu machen, worin seine Aufgabe bestand.

„Young, schicken Sie eine Drohne mit einer Wärmebildkamera hoch. Ich will wissen, ob die Geisel noch lebt und ob sie alleine ist."

„Ja, Sir."

„Morgan, bewaffnen Sie fünf Mann. Ich will drei Scharfschützen auf 500 Metern Entfernung und zwei Bogenschützen auf 100 Metern."

„Bogenschützen, Sir?"

Eric ging an einen Tisch, an dem einige Waffen aufgereiht waren. Er wirkte wie ein fleischgewordener Alptraum, als er so breitbeinig dastand und mit routinierten Handgriffen zwei Handfeuerwaffen lud und an seinen Seiten verstaute. Danach folgten zwei Messer. „Ich weiß nicht, wie gut er ausgestattet ist. Er könnte die Gewehre orten. Wir gehen kein Risiko ein."

Morgan nickte. „Ja, Sir."

„Und Morgan?"

Der dunkelhäutige Agent drehte sich noch einmal um. „Ja?"

„Das Zauberwort heißt: unsichtbar. Verstanden?"

„Glasklar, Sir." Dann verschwand er ebenfalls.

„Die anderen bilden die zweite Linie. Wenn die Geisel und Inspector MacLean in Sicherheit sind, besteht für den Geiselnehmer Tötungsbefehl."

Mit einem Nicken verabschiedeten sich die restlichen Männer und verschwanden ebenfalls.

Heather beobachtete Eric eine Zeitlang, wie er die restlichen Waffen lud und dann mit einem resignierten Seufzen wieder auf den kahlen Metalltisch legte. Sie trat von hinten an ihn heran und legte ihm die Hand auf die Schulter, woraufhin er erstarrte.

„Ich möchte dir gerne etwas sagen", flüsterte sie und wartete bis Eric sich herumdrehte. Er schloss die Arme um sie und vergrub das Gesicht an ihrem Scheitel.

„Willst du mir sagen, dass du dort doch nicht reingehen wirst?" Seiner Stimme war deutlich anzuhören, dass er das nicht einmal selbst glaubte.

„Nein."

„Sondern?“

Sie löste sich von ihm und sah ihm in die eisblauen Augen. Ihr Herz flatterte und sie wusste nicht, ob es die Angst zu sterben war oder das innige Gefühl, das sie empfand, wenn sie Eric gegenüberstand. „Du siehst echt scharf aus in Kampfuniform.“

Er zog eine Braue in die Stirn. „Das wolltest du mir unbedingt sagen?“

Heather schnaufte genervt und ärgerte sich über sich selbst. Sie war so verdammt feige.

„Nein“, sagte sie zögerlich. „Das war es eigentlich nicht. Ich wollte … verdammt …“ Wieder sah sie auf, war dabei so aufgeregt, dass ihr schlecht wurde. „Ich liebe dich auch.“

Ihre Schultern sackten herab und unweigerlich traten ihr die Tränen in die Augen, während Eric sie wieder in seine Umarmung zog.

Jetzt war es heraus.

„Und wie geht es dir mit dieser Erkenntnis?“, murmelte er in ihr Haar.

„Beschissen.“

Seine Brust vibrierte unter einem leisen Lachen. „Vielen Dank.“

„Du weißt genau, was ich meine. Ich fühle mich verletzlich und schwach. Ich kann den Gedanken nicht ertragen, dass ich dich verliere. Er macht mich krank; nimmt mir die Luft.“

Eric ließ sie los und küsste sie keusch auf den Mund. „Dann kannst du dir ja in etwa vorstellen, wie es mir geht, wenn du in dieses verdammte Cottage marschierst.“

„Auch beschissen“, murmelte sie an seiner Brust.

„Ganz genau.“

Sie löste sich von ihm und zog wenig damenhaft die Nase hoch. „Dann wäre es wohl besser, wenn wir aus dieser Nummer beide lebend rauskommen.“

„Das sehe ich auch so.“

„Wie viel Zeit haben wir noch?“ Heather wäre am liebsten bis zum jüngsten Tag mit Eric allein in diesem Hangar stehengeblieben.

„Keine.“

*

Nachdem Eric ihr eine Art kugelsicheren Hosenanzug verpasst hatte, der ihr ähnlich grazile Bewegungen ermöglichte, wie Charly Chaplin in seinen besten Zeiten, fuhren sie bis auf 1000 Meter an das Cottage heran. Eric stellte den Motor ab, während Heather ihre Finger im Schoß knetete.

„Ich …“, hob sie an, doch er unterbrach sie.

„Ich will nicht, dass das hier ein Abschied wird. Oder sich auch nur so anhört“, sagte er mit grimmigem Gesichtsausdruck, bevor sein Blick wieder den ihren fand und dabei weich wurde. „Du gehst da rein und kommst wieder raus. Wenn Jane noch lebt und gehen kann, versuch sie mitzubringen. Wenn sie bewegungsunfähig ist, lass sie dort. – und wenn sie tot ist, lass die Leiche liegen und komm allein zurück.“

„Sie ist nicht tot“, antwortete Heather verbissen. „Eure Drohne sagte doch, dass die Person im Haus noch lebt.“

„Und wer sagt, dass die lebende Person Jane ist?“

Damit hatte er leider Recht. „Mist.“

„Allerdings. Heather bitte: geh’ da rein, tu, was du kannst. Aber riskier’ nicht noch mehr, als du es ohnehin schon tust. Und vor allem: komm wieder heraus. Komm zurück zu mir. Verstanden?“

Wieder knotete sich ihr Magen zusammen und sie nickte mit zitterndem Kinn. „Verstanden.“

„Gut." Er warf einen Blick auf seine Uhr. „In 14 Minuten sind die zwei Stunden um. Am besten, du gehst jetzt los. Draußen decken die Scharfschützen alles ganz gut ab. Drinnen bist du auf dich allein gestellt."

„Ich weiß." Sie wollte sich vorbeugen, um ihn zum Abschied zu küssen. Doch er hob die Hand, und ließ sie in der Bewegung innehalten.

„Küss mich, wenn du wieder zurückkommst. Sag mir noch einmal, dass du mich liebst, wenn du wieder zurückkommst." Er nahm ihre Hand und drückte sie fest. „Komm zurück, Heather. Versprich es mir!"

Sie nickte gefasst, wohl wissend, dass sie ihm das leider nicht versprechen konnte. „Ich verspreche, dass ich alles dafür tun werde."

Mit diesen Worten stieg sie aus. Einen letzten Blick warf sie zu Eric, prägte sich seine Gesichtszüge ein, als würde sie ihn das letzte Mal sehen, und marschierte los.

Je näher sie dem Cottage kam, desto drängender wurde Heathers Herzschlag. Ihre verschwitzten Handflächen wischte sie an den Oberschenkeln ihrer Keflarhose ab, während sie das Zittern ihrer Beine zu stoppen versuchte, indem sie die Zehen ballte. Ihr gingen tausend Dinge durch den Kopf, die allesamt vom aufrichtigen Gefühl der Todesangst überlagert wurden.

Das Grundstück war weitläufig, doch sie hatte keinen Zweifel, wo sie Jane finden würde, wenn sie denn hier war. Es gab nur einen Ort, wo Mills sie für sie platzieren würde: das Obergeschoss. Sein Schlafzimmer.

Möglichst unauffällig glitt ihr Blick hin und her. Doch weder von Mills, noch von dem zweifellos vorhandenen Schutztrupp war etwas zu sehen.

Nach wie vor lag die Cottagetür dank Erics erst wenige Tage zurückliegenden Fußtrittes nur lose an. Als Heather die Hand danach ausstreckte, zitterten ihre Finger.

Verdammt, sie musste sich zusammenreißen! Für Jane! Aber auch für sich selbst, wenn sie überleben wollte!

„Mills?“ Ihre Stimme war erstaunlich stark. Viel stärker, als sie sich fühlte. „Mills, bist du hier? Seid ihr hier?“

Als sie einen Schritt ins Innere des Hauses machte, fühlte es sich an, als würde sie sich dabei selbst beobachten.

„Ich bin hier. Wie abgesprochen. Jetzt gib mir Jane und lass uns gehen.“

Im Haus war und blieb es totenstill. Niemand antwortete. Nur das Knarren der Holzdielen unter ihren Schuhen war zu hören. Ihr Blick flirrte hin und her. Der Raum war leer. Sie ging ins Atelier. Auch hier war niemand, so dass sie ihren Blick zögerlich zu den Treppenstufen hinaufrichtete. Sie schluckte hart und nahm die erste Stufe.

Irgendjemand war dort oben. Entweder Jane. Oder Mills. Oder sie beide … und einer von ihnen war tot.

„Oh, mein Gott“, hauchte Heather, als sie den oberen Treppenabsatz erreicht hatte. Ihr Blick verschwamm für einen Moment, doch dann zwang sie sich zur Ruhe.

Jane lag auf dem Bett. Alles war rot, sie selbst, das ganze Bettzeug, selbst der Boden um das Bett herum. War das Blut? Oder Farbe? Lebte sie noch?

Sie bewegte sich nicht. Und um Atemzüge zu erkennen, war Heather zu weit weg. Vorsichtig blickte sie in den Raum, musterte ihn argwöhnisch, bevor sie ihn betrat.

Alles schien unauffällig. Es gab keine Schränke oder Winkel, hinter denen sich jemand hätte verstecken können. Jane war allein. Und damit war klar, dass Mills nicht in der Nähe war. Sonst hätte ihn die Wärmebildkamera aufgespürt. Heathers Herzschlag rauschte in ihren Ohren, während sie nähertrat.

Als sie am Fußende stand und auf Jane hinabblickte, kamen ihr wieder die Tränen. Mit zittrigen Fingern tastete sie nach ihrem blutroten Shirt und zog es hoch.

Als sie den unversehrten Mädchenkörper erblickte, pulsierte die Erleichterung heiß durch ihre Adern. Und erinnerte sie zwangsläufig daran, dass sie hier so schnell wie möglich rauswollte. Sie kam um das Bett herum und schüttelte das Mädchen vorsichtig bei den Schultern.

„Jane?"

In dem Moment, da sich das Bett durch ihren Aufweckversuch bewegte, war ein leises Klicken zu hören.

„Oh, verdammt." Heather ließ sich auf die Knie fallen, was in dem schusssicheren Anzug verdammt schwer war, und sah unters Bett. Dort zählte eine digitale Anzeige rückwärts. Und war schon bei 2:48.

Man musste bei Gott kein Prophet sein, um zu wissen, was passierte, wenn die Uhr bei Null ankam. Heather kämpfte sich in die Höhe und gab Jane eine saftige Ohrfeige!

„Wach auf, Jane! Wir müssen hier weg." Sie rüttelte das Mädchen bei den Schultern, besudelte dabei ihre Finger mit blutroter Farbe und fing unter dem enormen Gewicht des Anzuges bereits zu schwitzen an. Kurzerhand löste sie die schweren Lederbänder der Schutzhose, ließ sie herabgleiten und zog sich dann das schusssichere Oberteil über den Kopf.

„Jane!", schrie sie dabei. „Wach auf, wir müssen hier raus!"

Endlich regte sich das Mädchen. Heather packte ihren Arm und schlang ihn sich um die Schulter. Mühsam zerrte sie sie vom Bett.

„Was …? Was ist … passiert? Nein, gehen sie weg!" Jane fing an zu weinen und kämpfte gegen Heathers Griff an. Ganz unzweifelhaft war sie so orientierungslos, dass sie Heather für Mills hielt.

„Es ist gut. Hör' mir zu, Jane. Ich bringe dich hier raus.

Weg von ihm. Aber wir müssen uns beeilen, hörst du? Wir müssen weglaufen."

Das rotverschmierte Gesicht des Mädchens war angstverzerrt, die blaugrauen Augen gerötet und weit aufgerissen vor nacktem Schrecken. Tonlos zitterten ihre Lippen.

„Verstehst du mich?"

Die Andeutung eines Nickens war alles, was Heather von ihr bekam, aber wenigstens sträubte sie sich nicht mehr. Energisch zerrte sie sie mit sich an den Treppenabsatz.

Janes Körper war schlaff wie ein nasser Sack und beim Versuch die erste Treppenstufe zu nehmen, sank sie buchstäblich in sich zusammen. Heather versuchte sie aufzufangen, doch die Stufen waren rutschig von all der Farbe, die von Janes Körper tropfte, und sie fielen beide hin. Jane schrie auf und auch Heathers Knöchel durchzuckte ein heftiger Schmerz.

„Verfluchte Scheiße!", zischte sie zwischen zusammengebissenen Zähnen und hoffte, dass ihr Knöchel sie noch nach draußen bringen würde. Sie zog sich das halb bewusstlose Mädchen über den Rücken und rutschte mit ihr auf dem Hosenboden sitzend die Treppenstufen hinunter. Keuchend richtete sich auf und konnte ihr rechtes Bein kaum belasten.

Auch wenn sie nicht genau wusste, wie viel Zeit ihnen noch blieb, so wusste sie doch, dass es knapp werden würde. Verdammt knapp.

„Jane, du musst mithelfen", brachte sie mühsam hervor und schleppte sie durch den Türbogen, der Wohnzimmer und Atelier verband, die Haustür bereits im Blickfeld.

„Versuch zu gehen! Streng dich an!"

Die verdammte Bombe musste jeden Augenblick hochgehen und wenn dieses Mädchen nicht endlich ihre Beine benutzte, würden sie beide sterben. Sie erinnerte sich an Erics Worte. Wenn Jane nicht gehen konnte, sollte sie sie zurücklassen. Doch das würde sie nicht. Auf keinen Fall!

Mit einem angestrengten Knurren schulterte sie den schlaffen Körper des Mädchens und schleppte ihn mit verbissener Entschlossenheit zur Tür. Die Bombe musste hochgehen. Jetzt, eigentlich sofort!

„Bombe!", schrie sie, kaum dass sie ihren gesunden Fuß auf den Kies vor der Haustüre gesetzt hatte. Sie sah die Bogenschützen aus ihren Verstecken springen und auf sie zu sprinten.

„Nein!" Ihr fehlte die Kraft für ganze Sätze, während sie versuchte von dem Haus wegzukommen, das sich jeden Moment in eine gigantische Splitterbombe verwandeln würde. „Weg!"

Doch die Männer hörten nicht auf sie. Mit wenigen Schritten hatten sie sie erreicht. Der eine packte Jane und lief mit ihr fort. Der andere schulterte Heather und spurtete mit langen Schritten zu einer Böschung, als würde sie nichts wiegen.

Gerade als der erste Mann mit Jane hinter einem großen Findling Deckung fand, flog das Cottage mit einem lauten Knall, dem knackenden Geräusch berstender Deckenbalken und aufgesprengter Steine, in die Luft.

Der Bogenschütze warf Heather hinter den Stein und bedeckte sie mit seinem Körper, schützte sie vor den umherfliegenden Trümmern und Brettern, die spritz wie Dolche waren. Eine Minute später, löste sich er sich von ihr.

„Alles in Ordnung, Ma'am?"

Sie ließ erleichtert den Kopf zurück ins Gras fallen. Zwar war sie voller roter Farbe, in Unterwäsche und um ein Haar in die Luft gesprengt worden – schon wieder! -, aber sie war am Leben und Jane war es auch.

„Alles bestens. Geben Sie Agent Moore Bescheid, dass es uns gut geht!“

„Nicht nötig“, kommentierte der andere Schütze und als Heather seinem Blick folgte, sah sie Eric im Sprint auf sie zukommen. Ganz offensichtlich hatte er die Explosion gehört.

Sie hob die Hand und winkte ihm. Sogar auf die Entfernung meinte sie sehen zu können, wie sich Erleichterung auf seinem Gesicht breitmachte.

Gleichzeitig mit ihm erreichte sie ein Mann mit einer Art Erste-Hilfe-Koffer.

„Das ist nur Farbe“, erklärte Heather noch immer im Gras liegend und beruhigte damit sowohl Eric, wie auch den Sanitäter.

Sie breitete die Arme aus, und Eric stürzte sich regelrecht auf sie. „Gott sei Dank“, murmelte er und küsste ihre rotverschmierte Stirn. „Ich dachte, … als plötzlich dieses Cottage in die Luft geflogen ist …“ Er schüttelte den Kopf. „Wir konnten keine Sprengstoffhunde einsetzten, sonst wäre uns das nicht entgangen.“

Heather umschloss sein Gesicht mit beiden Händen. „Es ist alles in Ordnung. Jane ist schwach, aber unverletzt. – Richtig?“, fragte sie an den Sanitäter gewandt.

Dieser nickte. „Sie ist dehydriert und hat einen Schock. Einige Prellungen und Schürfwunden im Gesicht. Auf den ersten Blick nichts Ernsthaftes.“

„Gut. – Geben Sie mir eine Wärmefolie.“

Der Sanitäter gab Eric die silberne Folie, und ehe Heather es sich versah, wurde sie darin eingewickelt.

„Wo war die Bombe?“, fragte er sie, ohne sie loszulassen.

„Unter dem Bett. Als ich Jane geschüttelt habe, um sie aufzuwecken, habe ich durch die Erschütterung den Countdown aktiviert.“

„Ich hätte dich nicht in diesen Bleianzug stecken dürfen.

Er war viel zu unbeweglich und das Ausziehen hat dich wertvolle Zeit gekostet.“

Heather legte ihm eine Hand an die Wange. „Mach‘ dir bitte keine Sorgen. Und wenn wir schon dabei sind, vielleicht könnte uns jemand von hier wegbringen?“

Eric nickte. „Young, bereiten Sie den Abtransport vor.“

*

Es hatte in ihrem Leben schon einige Gelegenheiten gegeben, bei denen Heather eine heiße Dusche genossen hatte, aber heute war es mehr. Heute fühlte es sich an, wie ein Vorgeschmack aufs Paradies!

Nachdem der Notarzt sein Okay gegeben hatte, war sie von Eric nach Dartfort in das schöne Haus an der Themse gebracht worden, während Jane ins Krankenhaus fuhr. Dann hatte er Janes Vater verständigt und ihm die frohe Kunde überbracht. Nach dem Auflegen hatte Eric Tränen in den Augen gehabt, so sehr hatte ihn die Freude und Erleichterung von Brian Abercrombie gerührt. Ein befreiender Moment, auch wenn sie wussten, dass zumindest für Heather diese Geschichte noch lange nicht zu Ende war. Ganz im Gegenteil.

Als ihre Finger schrumpelig wurden, stieg sie seufzend aus der Dusche und schlang sich ein Handtuch um den Körper. Ihr Blick fiel auf den kleinen Hocker neben dem Waschbecken, wo sorgfältig gebügelt und gefaltet ihr Entchen-Pyjama lag. Unweigerlich musste sie lächeln. Sogar der oberste Knopf war wieder angenäht worden.

Sie frottierte sich schnell die Haare und schlang sie zu einem losen Knoten im Nacken. Dann beschloss sie Eric den Gefallen zu tun, und schlüpfte in ihren Flanellpyjama mit dem berühmtberüchtigten Entenmuster.

Als sie damit bekleidet ins Wohnzimmer kam, wo Eric sich einen Whisky eingegossen hatte, hellte sich sein Gesicht vor Begeisterung auf.

„Ich weiß wirklich nicht, was du an diesem Fetzen findest." Heather setzte sich neben ihn auf die Couch und goss sich ebenfalls ein Glas ein. Die goldene Flüssigkeit entflammte ihre Kehle und wärmte sie von innen.

„Du siehst einfach zu süß darin aus."

Sie schloss erschöpft die Augen und sank gegen die weiche Couchlehne. „Sag das nie wieder. Wenn ich heute noch etwas fitter wäre, würde ich dich für das Wort *„süß"* verprügeln."

„Ohne dass ich dafür bezahlt habe?"

Heather hob ein Augenlid und sah in Erics strahlendes Gesicht. „Weißt du, was mir zu denken gibt?"

Sein Lächeln glitt in ein Stirnrunzeln ab. „Nein. Und ich bin mir auch nicht sicher, ob ich es heute Abend noch hören will."

„Drei Minuten."

„Was?"

„Der Countdown im Cottage. Die Uhr zählte von drei Minuten rückwärts." Sie schüttelte schwach den Kopf und leerte den Rest ihres Glases. „Ich habe in der Eile zwar nicht auf die Uhr gesehen, aber ich möchte wetten, notfalls auch Geld, dass es mindestens fünf Minuten gedauert hat, bis wir aus dem Haus waren."

Erics Miene wurde immer finsterer. „Wie sicher bist du dir da?"

„Ziemlich sicher. Ich hatte sogar kurz überlegt, ob ich Jane im Haus lassen und rauslaufen sollte. Ich hätte es nicht getan", setzte sie schnell nach, „aber mir waren deine Worte eingefallen und ich war mir ziemlich sicher, dass die Zeit schon fast abgelaufen war."

Nachdenklich füllte Eric sein Glas und gleich darauf

Heathers. „Und was schließt du daraus?"

„Wenn es so wäre, dann nur, weil er wollte, dass wir überleben. Aber warum sollte er das wollen?"

Eric lehrte seinen Whisky in einem Zug. Er hob den Blick und sah durch das bodentiefe, breite Fenster, durch das man die Themse sehen konnte, auf deren ruhiger Oberfläche die Lichter der Stadt tanzten.

„Du hast auch schon darüber nachgedacht, oder?", fragte Heather.

„Ja, ich habe viel nachgedacht, warum er uns überhaupt erst die Möglichkeit gegeben hat, Jane zu retten."

„Und zu welchem Schluss bist du dabei gekommen?" Die Ungeduld in ihrer Stimme war nicht zu überhören.

Er zog die Stirn kraus. „Es ist so ein schöner Abend, Heather. Müssen wir -"

„Wir müssen", erklärte sie nachdrücklich.

Mit einem Seufzen kapitulierte Eric. „Wenn du es unbedingt wissen willst, gibt es meiner Ansicht nach nur einen Grund, warum er uns Jane zurückgibt. Und zwar lebendig. Vielmehr zwei Gründe. Der Hauptgrund dürfte wahrscheinlich sein, dass es für ihn so nicht mehr funktioniert."

„Dass was nicht mehr funktioniert?"

„Der Ersatz. Er hat sein Muster beibehalten und plötzlich hat er es durchbrochen. Er ist verwirrt, kann nicht zuordnen, was jetzt mit ihm passiert, aber eines weiß er. Er weiß, dass es mit der Kopie nicht mehr funktioniert. Es genügt ihm nicht mehr menschliche Leinwände mit roter Farbe zu bemalen, zu quälen und an eurer statt zu töten. Die Kopie funktioniert für ihn nicht mehr. Sie reicht ihm nicht mehr." Eric sah ihr in die Augen, als wollte er ihre Reaktion auf seinen nächsten Satz genau taxieren. „Er will die Kopie nicht mehr, weil er jetzt das Original will. Er will dich."

Heather schluckte trocken. Auch wenn ihre Gedanken in eine ähnliche Richtung gegangen waren, war es doch nochmals etwas ganz anderes, wenn man es aussprach.

„Und der zweite Grund?", fragte sie kleinlaut.

Eric zögerte kurz, bevor er sprach. „Der zweite Grund dient dem ersten. Er will, dass du es weißt. Er will es dir sagen, muss es dir sagen. Du sollst wissen, dass er jetzt bereit ist."

„Wofür?"

„Für dich. Dass er so lange geübt hat, bis er sich an das Original heranwagen kann. Und damit du daran keinen Zweifel hast, gibt er dir Jane zurück. Wie Abfall, wie einen Essensrest, auf den man keinen Appetit mehr hat."

„Aber wenn er mich töten will, warum hat er mich nicht in die Luft gesprengt?"

„Weil er es so nicht will. Auf keinen Fall so! Er hat es sich lange zurechtgelegt, mehr als ein halbes Jahr. Und jetzt ist er bereit. Und du weißt es."

Heather goss sich noch ein drittes Glas ein und leerte es in einem Zug. Sie schwieg eine Zeit lang, bevor sie sagte: „Das klingt nicht gerade ermutigend."

„Tut mir leid, aber du wolltest es ja unbedingt hören."

Sie seufzte. „Wie spät ist es?"

„Zeit zum Schlafen." Eric stand auf und nahm Heather das Glas aus der Hand. „Heute brauchst du ausnahmsweise nicht die Zähne putzen."

„Oh, danke, Mum!"

Während sie die Augen verdrehte, hob er sie auf seine Arme, warf einen kritischen Blick auf den leicht geschwollenen Knöchel, der aber wohl nur verstaucht war, und trug sie eine breite Holzwendeltreppe hinauf in das obere Stockwerk.

„Ich bin noch nie in meinem Leben so viel herumgetragen worden."

„Das freut mich zu hören."

Heather sah sich in Erics Armen um, so gut es ging. Das ganze Obergeschoss des Hauses war ein riesiger Raum mit einem Schreibtisch auf der einen und einem in cremefarbenen Laken bezogenen Bett auf der anderen Seite. Beim Anblick des bequem wirkenden Schlafmöbels musste Heather ein Gähnen unterdrücken. Eric zog sich das Hemd und die Hose aus, so dass er nur noch in Unterhosen vor ihr stand und schlug die Decke zurück.

„Wenn ich bitten darf?"

Heather deutete einen Knicks an und schlüpfte unter die Decke. Eric folgte ihr und umarmte sie fest.

„Das wird dir gefallen", murmelte er in ihr Ohr.

Heather lächelte in seiner Halsbeuge. „Ja, das wette ich."

„Nein, nein." Er schob sie in gespieltem Tadel von sich. „Das meine ich nicht. Schließ die Augen!"

Heather zog die Stirn kraus.

„Na, mach schon, MacLean."

Mit einem protestierenden Schnauben schloss sie die Lider.

„Und nicht aufmachen!", drohte er, als sie blinzeln wollte.

„Ja, ja. Schon gut."

Sie hielt die Augen geschlossen und lauschte, wie Eric sich kurz umdrehte, offenbar eine Nachttischschublade aufzog, und sich dann wieder neben sie rollte. Nach einem Klicken war über ihr ein leises Surren zu hören. Obwohl sie neugierig war, sah sie nicht hin.

Eric schloss die Arme um sie, und genoss offenbar, dass sie sich an ihn schmiegte.

„Jetzt darfst du die Augen aufmachen", sagte er leise.

Heather hob zögerlich die Lider und blinzelte in den dunklen Raum. Sie wollte schon fragen, was denn nun wäre, da glitt ihr Blick zur Decke empor.

„Wow!“, entfuhr es ihr.

„Schön nicht?“

Über ihnen war das Dach zur Seite gefahren und durch eine riesige Glasscheibe, sahen sie direkt in den klaren Sternenhimmel. Es war atemberaubend schön.

„Ich glaube, es ist Vollmond“, flüsterte Eric und zeigte nach oben. „Das da ist der große Wagen. Siehst du ihn?“

Heather wandte ihm den Blick zu und küsste ihn auf die Schläfe, woraufhin er sie verwundert ansah. „Ich liebe dich wirklich.“

Er zog sie enger an sich und schloss die Augen.

*

„Lass uns zuerst zu Jane fahren“, schlug Eric vor, während er seinen Toast mit Orangenmarmelade verschlang. Zu Heathers Erstaunen brauchte er dafür nur zwei Bissen. „Wir stellen ihr ein paar Fragen zu Jameson. Vielleicht ist ihr irgendetwas aufgefallen, das uns weiterbringt.“

„Gut. Und danach sehen wir uns das Phantombild seiner Mutter an. Vielleicht können wir es im Umkreis herumzeigen. Schwester Anne sagte, dass sie ärmlich aussah. Vielleicht kann sich in einem Trailerpark oder in einem ärmeren Wohnviertel irgendwer an sie erinnern.“

Eric trank einen Schluck Tee. „Unsere Spuren sind mehr als dünn.“

„Genau das hat Mills wohl beabsichtigt.“

*

„Wir möchten zu Miss Jane Abercrombie.“ Eric zeigte einem der beiden Wachmänner im Krankenhaus einen Ausweis und Heather hielt den ihren ebenfalls hoch.

„Tut mir Leid, Sir. Mr. Abercrombie wünscht keinen

Besuch für seine Tochter."

„Sagen Sie ihm bitte, dass Eric gerne zu ihm und Jane möchte."

Heather hatte das Gefühl, dass er absichtlich nur seinen Vornamen nannte, um etwas mehr Vertrautheit herzustellen. Der Wachmann gab die Information durch sein Funkgerät weiter und erhielt offenbar sofort eine Reaktion, da er sich mit nachdenklicher Miene den Knopf im Ohr hielt.

„Mr. Abercrombie kommt heraus. Bitte warten Sie hier, Sir."

Es dauerte kaum eine Minute, bis Brian Abercrombie die milchgläserne Tür aufstieß und Eric mit ausgestreckten Armen entgegenkam.

Heather erkannte den Mann kaum wieder. Wo vor zwei Tagen nichts als Gram und Schmerz in seinem Gesicht gestanden hatten, erkannte sie nun innige Freude und Erleichterung.

„Eric", sagte Abercrombie. „Ich weiß gar nicht, wie ich dir danken soll."

Er drückte die Hände des alten Mannes und lächelte ihn offen an. „Wenn Sie mir helfen wollen, lassen sie mich mit Jane sprechen."

Sofort wurde Abercrombies Miene ernst. „Eric, sie hat so viel durchgemacht. – Miss MacLean!"

Er kam zu Heather und schloss sie stürmisch in die Arme. Ein Gefühlsausbruch, mit dem sie bei dem so beherrscht auftretenden Mann niemals gerechnet hätte. „Ich weiß, dass Sie Jane aus diesem Gebäude geholt haben, unter Lebensgefahr und mit allerletzter Kraft. Ich ..., wir sind Ihnen so unendlich dankbar."

„Ich würde es jederzeit wieder tun, Sir. Aber Eric hat Recht." Sie warf ihm einen kurzen Blick zu, bevor sie sich wieder an Abercrombie wandte. „Jane war bei Jameson, hat gehört, was er gesagt hat, weiß, wo er sie hingebracht hat. Sie kann uns vielleicht helfen, ihn zu finden."

Abercrombies Schultern sanken herab. „Sie hat einen Schock, Miss MacLean."

Heather blickte ihn ernst an. „Bei allem nötigen Respekt, Sir. Sie ist am Leben. Und das ist mehr, als das nächste Mädchen erhoffen kann, wenn Mills Jameson nicht gefasst wird." *Genau wie ich selbst*, fügte sie im Geiste hinzu.

Abercrombie schien noch Sekunden mit sich zu ringen, dann gab er nach. „Aber bitte, regen Sie sie nicht auf!"

„Es wäre mir recht, wenn Sie nicht mit im Raum wären, während wir mit ihr reden." Eric betrachtete Abercrombie eindringlich. „Dafür haben Sie mein Wort, dass wir sie nicht überfordern."

„Also gut." Janes Vater nickte dem Wachmann zu, der daraufhin die Glastür aufschob. Kurz blieben sie vor Janes Zimmertür stehen. „Aber bitte …"

„Sie haben unser Wort!", sagte Heather ernst, dann klopfte sie an die Tür.

Zum ersten Mal sah sie das Mädchen ohne all die rote Farbe.

Sie war zart und schlank. Ihr blondes, glattes Haar war schulterlang und fast weiß. Die helle Haut wirkte durchscheinend. Ihre großen Augen waren wasserblau und leuchteten auf vor Freude, als sie Eric erkannte.

„Jane." Seine Stimme war leise und behutsam, als spräche er mit einem Kind, das gerade aus einem Alptraum erwacht ist. „Wie geht es dir?"

Sie lächelte etwas angestrengt. In ihrem Gesicht gab es einige Kratzer und blaue Flecken, die sich bereits gelblich verfärbten. „Es geht mir ganz gut. Wo ist Dad?"

„Er holt sich kurz einen Kaffee. – Jane, darf ich dir Heather MacLean vorstellen?"

Heather streckte dem Mädchen lächelnd die Hand

entgegen. „Sie erinnern sich vermutlich nicht mehr an mich. Ich -"

„Sie haben mich aus dem Haus geholt, nicht wahr?" Das Mädchen nickte erschöpft. „Ich erinnere mich schwach. Ich war etwas benebelt. Ich war öfter … er hat mir öfter etwas gespritzt." Sie hob Heather und Eric ihre Armbeuge entgegen, wo einige Einstichstellen zu sehen waren. „Er sagte immer, damit ich schlafen kann. Und ich war … ich war so froh, wenn der Schlaf kam. Dann hörte die Angst für einen Moment auf. Das war schön." Als ihr Tränen in die Augen traten, blickte Heather zu Eric empor, dessen Gesicht vor mühevoll unterdrückter Wut angespannt war. Sie beschloss, ihm die Gesprächsführung zu überlassen.

„Wir wissen, dass das schwer ist, Jane", hob er an, indem er sich auf den Stuhl neben dem Bett setzte. Heather blieb etwas unschlüssig neben ihm stehen. „Aber wir müssen dich einfach fragen, ob du dich an irgendetwas erinnerst, das uns vielleicht weiterhelfen könnte."

Jane zuckte hilflos mit den Schultern und schob sich eine der hellen Strähnen hinters Ohr „Ich weiß ja nicht, was euch helfen würde."

„Ist dir irgendetwas besonders eigenartig vorgekommen? Kannst du dich an Orte erinnern, an die er dich gebracht hat?"

„Ich weiß, dass er mich mehrmals woanders hin gebracht hat. Aber er hat mir vorher immer eine Spritze gegeben und ich bin dann erst in einem neuen Raum aufgewacht. Es gab nie Fenster. Die Mauern waren aus grobem Stein. Es war immer kalt und feucht." Instinktiv zog sie sich die Zudecke bis zum Kinn. „Ich glaube, es waren Kellerräume. Aber ich weiß nicht einmal, ob er mich nur vom einen in den anderen gebracht hat, oder ob wir wirklich jemals das Haus verlassen haben. In einem der Räume hörte ich immer wieder ein Rumpeln. Wie von einem Rasenmäher oder so. Aber es war kein Rasenmäher. Es war nur … wie ein Motor. Naja. Das ist wohl kein besonders guter Hinweis." Sie lächelte schwach.

„Sie haben blaue Flecke im Gesicht", sagte Heather leise. „Hat er sie geschlagen?"

Jane nickte und starrte auf ihre eigenen Finger, die sie unablässig knetete. „Anfangs öfter. Er hatte mir eine Art Lager in dem Keller eingerichtet. Ein paar Decken auf dem Boden, ein Hocker daneben. Und unmittelbar, nachdem er mich entführt hatte, war meine Angst am größten. Ich kannte ja die Zeitungsberichte von den Entführungen. – Er hat mich immer so eigenartig angesehen. Als würde er mich taxieren. Er nannte mich *Flammengöttin*, aber damit meinte er in Wirklichkeit Sie, nicht?"

Heathers Puls überschlug sich. „Wie kommen sie darauf?"

„In jedem der Kellerräume hatte er ein Bild von Ihnen aufgehängt. Er sagte immer zu mir, dass das mein Spiegel wäre und dass ich mir mein Spiegelbild ansehen sollte. Er nannte mich Heather und ich sagte ihm, dass ich Jane hieße. Daraufhin schlug er mich." In ihre Augen trat eine Art resigniertes Erinnern. „Er wollte mich erziehen. Er wollte von mir bestimmte Antworten auf Fragen und nach und nach lernte ich sie ihm zu geben."

„Was für Antworten?", fragte Eric dazwischen.

„Beispielsweise fragte er mich immer wieder, ob ich mich noch an die Ausstellung erinnerte, bei der er mich getroffen hätte. Zuerst sagte ich natürlich nein, und dass er mich verwechseln müsste. Nach einigen Malen hatte ich solche Angst vor den Schlägen, dass ich einfach ja sagte. Dann freute er sich." Sie blickte abwechselnd zwischen Heather und Eric hin und her. „Nach und nach wurde mir klar, dass er glücklich war, wenn ich die richtigen Antworten gab, und unglücklich, wenn es die falschen waren. Es war, als wollte er mich dazu erziehen … Sie zu sein."

Heather schluckte trocken und sah unsicher zu Eric auf, weil ihr die Worte fehlten.

„Und wissen Sie", fuhr Jane fort, „was das Erschreckendste war?"

„Was?", fragte Eric.

„Dass es funktionierte. Anfangs habe ich mich gegen all seine komischen Spielchen gewehrt, aber dann, nachdem ich begriff, dass er zufrieden war, wenn ich mitspielte, lernte ich nicht nur die richtigen Antworten zu geben … ich schmückte sie aus. Ich erfand Gefühle, von denen ich ihm erzählte. Ich erzählte ihm, dass ich von ihm geträumt hatte. Sogar Zukunftspläne haben wir geschmiedet. Es wurde immer leichter und ich … ich verlor mich völlig", sagte sie wieder unter Tränen. „Weil es so leicht war. So schrecklich. So schrecklich leicht."

„Diese Strategie hat dir das Leben gerettet", erklärte Eric. „Du hast ihn bei Laune gehalten damit."

Jane zog die Nase hoch und nickte. „Ja, ich weiß."

„Fällt dir sonst noch irgendetwas ein, das uns weiterhelfen könnte?"

Sie überlegte kurz, doch dann gab sie ein entschuldigendes Achselzucken von sich. „Nein, tut mir leid."

In diesem Moment klopfte es an der Tür.

„Das ist sicherlich dein Vater", bemerkte Eric mit einem Lächeln und drückte sanft Janes Hand. „Du hast uns sehr geholfen, Jane. Vielen Dank."

Sie schüttelte schwach den Kopf. „Habe ich leider nicht. Und bedanken muss ich mich. Auch bei Ihnen, Heather. Vielen Dank, dass Sie mich da rausgeholt haben."

„Erholen Sie sich", sagte Heather und spürte, wie ihre Knie zitterten, als sie Eric zur Tür folgte. „Alles Gute."

*

Er hielt Heather die Autotür auf und musterte ihr nachdenkliches Gesicht.

Es war erschreckend gewesen, aus dem Mund des Mädchens zu hören, wie sehr Mills von ihr besessen war.

„Es passt doch überhaupt nicht zusammen“, sagte sie, als Eric eingestiegen war. „Einerseits soll das ein Racheakt für seinen toten Bruder sein, andererseits verlangt er von Jane in meiner Rolle Liebesgeflüster?“

„Du darfst nicht vergessen, dass er dich tötet, wenn er die Mädchen tötet. Er versucht also auch bei Ihnen denselben Ausgangspunkt herzustellen, den es bei euch direkt gab. Ihr kanntet euch, ihr mochtet euch – zumindest kurzfristig – und nur, wenn es sich auch bei Jane und den anderen so anfühlt, macht es Sinn sie zu töten.“

„Aber wenn sie versagen in meiner Rolle, tötet er sie doch ebenfalls.“

„Ja. Die Geiseln konnten nur verlieren.“

„Und die männlichen Geiseln? Was hat er mit ihnen gemacht? Er kannte Jake doch überhaupt nicht.“

„Bis du dir sicher, dass sie sich nicht kannten?“

„Ja, naja … ziemlich. Oh Mann, keine Ahnung!“ Heather lehnte sich resigniert in ihrem Sitz zurück. „Wo fahren wir jetzt hin?“

„Ins Vauxhall. Wir holen das Bild des Zeichners, dann essen wir eine Kleinigkeit und danach suchen wir mit dem dreißig Jahre alten Bild die sprichwörtliche Stecknadel im Heuhaufen.“

„Klingt toll!“

Das Hauptquartier des MI6 war tagsüber belebt und geschäftig. Heather fragte sich beim Durchschreiten der breiten Korridore, wie viele Menschen in diesem Gebäude wohl arbeiteten. Plötzlich kam ihr ein Gedanke.

„Wo sitzt eigentlich Sally?“, fragte sie Eric, der sie zielstrebig durch das weitläufige Gebäude dirigierte.

„Ganz oben.“

Heather nickte verstehend und ließ sich weiterlotsen, bis sie vor einer Tür standen, auf der in großen Lettern „Wenn du keinen Kaffee mithast, zieh‘ Leine!“ stand.

Sie runzelte die Stirn, während Eric kurz anklopfte und ohne eine Antwort abzuwarten eintrat. Heather folgte ihm und erlitt beinah unmittelbar einen Hustenanfall. Die Luft im Büro war vom kalten Qualm unzähliger Zigaretten zum Schneiden dick. Bis auf eine kleine Funzel, die sie durch ihren Tränenschleier kaum erkennen konnte, war der Raum abgedunkelt und aus irgendeiner Ecke klangen die wenig sanften Töne von *rage against the machine*.

Eric durchquerte den Raum und riss beide Flügel des Fensters mit einem Ruck auf.

„Hey!“ Die Stimme kam irgendwo aus der Nähe der Lichtquelle und gehörte ganz unzweifelhaft einem Mann, der mehr Zigaretten pro Tag konsumierte als die Londoner Hells Angels. „Verdammt nochmal, ich kann in dieser verfickten frischen Luft nicht atmen!“

„Reiß dich zusammen, Ace, wir haben weiblichen Besuch.“

„Hat sie Kaffee mit?“

„Nein“, keuchte Heather wütend, deren Sicht sich allmählich klärte, so dass sie den Power-Knopf der Stereoanlage fand und die dröhnende Musik abstellen konnte, „aber eine SIG Sauer P226.“

Die Stimme des Mannes zerbarst in einem schrillen Lachen, das zwangsläufig ansteckend wirkte. Und Heather war wirklich nicht nach Lachen, wo sie doch innerhalb einer Minute so viel Nikotin inhaliert hatte, wie ein durchschnittlicher Kettenraucher in einem Monat.

Sie blinzelte ihre rauchigen Tränen weg und sah die Gestalt an der Lampe allmählich Kontur annehmen. Ein schwarz gekleideter Mann Anfang Fünfzig mit ebenfalls schwarz gefärbten Haarstacheln, die von seinem Kopf abstanden, als wäre er die Freiheitsstatue. Heather hatte Schwierigkeiten in seinem weiß geschminkten Gesicht eine Stelle zu finden, die nicht tätowiert oder wahlweise gepierct war. Als er die dunkel geschminkten Lippen zu einem breiten Grinsen verzog und dabei eine Reihe erstaunlich weißer Zähne entblößte, warf sie Eric einen fragenden Blick zu.

„Ace, darf ich dir Heather MacLean vorstellen?" Eric schob sie am Arm zum Schreibtisch, der von einem überdimensionierten Aschenbecher beherrscht wurde.

„Ihre Lunge muss durch den ganzen Teer doch so stabil sein, wie eine Stahlbetonwand."

Wieder riss Ace den Kopf zu einem Lachen in den Nacken. „Sie gefällt mir, E!"

„E?", fragte Heather, woraufhin Eric ein schicksalsergebenes Achselzucken von sich gab.

„Ace ist unser Zeichner", fuhr er dennoch unbeirrt fort.

„Ich hoffe, die arme Schwester Anne hat nicht der Schlag getroffen, als sie Sie zu Gesicht bekommen hat." Heather suchte nach einem Sitzmöbel, fand aber nichts dergleichen.

„Da sie mich für einen Penner hielt, hat sie mir zuerst ein Zimmer für die Nacht und eine warme Suppe angeboten. Ich habe ihr mehrmals erklärt, wer ich bin. Allerdings hat sie es erst geglaubt, als sie die ersten Skizzen sah."

„Apropos", sagte Eric. „Kannst du uns das Bild zeigen?"

„Klar." Die Luft war mittlerweile klar und stank lediglich erbärmlich nach kaltem Rauch.

Der Schreibtisch war – unter dem Aschenbecher – übervoll mit Skizzenblöcken und Zeichnungen. Tausende, in Bleistift angefertigte Augen blickten sie an und es war erstaunlich, was für unterschiedliche Gefühle sie dabei ausdrückten. Ganz offenbar verstand dieser Ace sein Handwerk.

Trotzdem war sie mehr als verwundert, was für alternative Menschen der MI6 beschäftigte. Sie hatte immer diese verkappten Men in Black im Hinterkopf, wenn sie an den Geheimdienst dachte.

„So“, sagte Ace und riss sie damit aus ihren Gedanken. Der Bildschirm seines IMacs war überdimensional groß und lud offenbar gerade eine sehr umfangreiche Datei.

„Die Nonne aus dem Kinderheim konnte die Frau erstaunlich gut beschreiben. – Und sie war echt sauer, dass sie ihr eine geknallt hatte, damals. Vielleicht wusste sie deshalb noch so genau Bescheid.“

Als das Bild auf dem Monitor erschien, war es erstaunlich plastisch und ließ sich per Knopfdruck in eine 3D-Figur umwandeln, die um 360 Grad gedreht werden konnte.

„Haben Sie das gezeichnet?“, fragte Heather.

„Nein, Schätzchen. Das war der heilige Geist.“

Heather bedachte ihn mit einem unbeeindruckten Blick. „Dann muss ich dem heiligen Geist mein großes Lob aussprechen. Die Zeichnung ist klasse.“

„Ja, das ist sie.“

„Bescheidenheit ist eine Zier.“

„Davon hab ich gehört.“

„Druck sie uns zehnfach aus“, unterbrach Eric das kleine Wortgefecht der beiden. „Ich will sie an einigen Plätzen hinterlegen.“

„Wird gemacht.“

Heather studierte das Gesicht der jungen Frau. Objektiv betrachtet war sie gutaussehend, mit hohen Wangenknochen und einem eleganten Schwung der Lider. Ihre Lippen waren voll und schön. Aber der Ausdruck in ihren Augen, dunkel und eiskalt, machte alles, was auf den ersten

Blick positiv war, zunichte. Unfassbar, dass das Mills Mutter sein sollte.

Eric nahm die Ausdrucke und legte sie in eine schlichte Mappe. „Danke, Ace."

„Kein Problem, E."

Eric nahm Heather am Arm und führte sie zur Tür des Büros, doch sie blieb mit gerunzelter Stirn stehen.

Irgendetwas war mit diesem Gesicht.

Als sie sich nochmals umdrehte und zu Ace an den Schreibtisch trat, sahen sie beide Männer verblüfft an.

„Haben Sie von ihr auch solche Einzelskizzen angefertigt, bevor sie das Bild digitalisiert haben?"

Ace nickte langsam und griff in dem Papierchaos zielstrebig nach einige Blättern.

„Das sind die Einzelteile des Gesichts. Ich füge sie erst am Schluss zusammen und digitalisiere das Bild. So bekomme ich es möglichst unverfälscht in die Datei."

Heather nickte verstehend und blätterte durch die Einzelzeichnungen von Augen, Nasen und Lippen.

„Was hast du denn?", fragte Eric, der wieder neben sie getreten war.

„Ich weiß nicht. Sie kommt mir irgendwie bekannt vor. Aber … doch irgendwie auch nicht."

„Vielleicht weil sie Mills ähnlich sieht? Oder Bowler?"

„Nein, das ist es nicht."

„Heather, die Erinnerung an diese Frau ist älter, als du es bist. Du kannst diese Frau gar nicht kennen."

Sie sah von den Aufzeichnungen auf und zeigte auf den Bildschirm. „Können Sie sie altern?"

„Klar!"

„Dann tun Sie es! Zeigen Sie mir, wie sie heute aussehen würde!"

Ace gab ein Achselzucken von sich und ließ seine beringten Finger über die Tastatur flitzen. Die Datei arbeitete wieder und spuckte das Bild einer älteren Frau aus, deren Züge noch immer edel, wenn auch gealtert wirkten.

Heather runzelte die Stirn. Nach kurzem Zögern schüttelte sie den Kopf.

„Nein“, sagte sie. „Ich habe mich getäuscht. Ich dachte, ich kenne sie irgendwoher, aber -“

„Warte!“ Eric beugte sich über den Monitor. „Ace?“

„Ja, Mann?“

„Pack’ 40 Kilo drauf!“

„Was?“

„40 Kilo Gewicht. Vielleicht auch mehr, aber fang erst mal mit 40 Kilo an.“

„Okay, aber ich muss dich warnen. Die Prognose kann bei Gewichtsveränderung sehr ungenau werden.“

„Tu’ es trotzdem!“

Wieder tippte Ace einige Befehle ein und auf dem Bildschirm lud die Datei. Als das neue Bild eingeblendet wurde, keuchte Heather erschrocken auf.

„Ach, du Scheiße!“, entfuhr es ihr.

„Kennt ihr sie?“

„Allerdings.“ Eric richtete sich auf. „Das ist Lady Carrington, das fette, alte Miststück. Von ihrem verdammten Gutshaus aus hat sie die ganze Zeit auf Mills Cottage herabgelächelt und die Geiselnahmen überblickt, vielleicht sogar koordiniert. Sie ist die Frauenstimme, die deine Mutter gehört hat. Sie ist Bowlers und Jameson Mutter. Und ich möchte mein mageres Jahresgehalt verwetten, dass sie bei Mills Morden nicht nur eine Nebenrolle gespielt hat.“

„Aber warum nur?“ In Heathers Ohren rauschte der Puls und in ihrem Kopf überschlugen sich die Gedanken. „Und was machen wir jetzt?“

Eric setzte eine grimmige Miene auf. „Wir stellen der Alten einige unangenehme Fragen.“

*

„Ich verstehe das einfach nicht!“ Heather krallte sich in den Türgriff, während Eric driftend eine Kurve nahm. „Das passt doch überhaupt nicht zusammen.“

„Was weißt du über Lady Carrington?“

„Sie ist eine fette, alte Frau mit künstlichem Grinsen und explosivem Dekolletee, die meiner Mutter immer die Shortbreads wegfuttert.“

„Wie lange kennt deine Mutter sie schon?“

„Seit der alte Lord sie ihr vor ungefähr sechs Jahren vorgestellt hat.“

„Der alte Lord?“, fragte Eric. „Du meinst, wie der Großvater des kleinen Lords?“

„So ähnlich. Nur dieser Lord war wirklich alt und wirklich böse. Mein Vater hat eine Zeitlang für ihn gearbeitet.“

„Lass mich raten: der alte Lord ist mittlerweile tot.“

„Ja, sehr tot. Er hat sich erhängt vor vier Jahren.“

Eric schnitt einen Wagen, dessen Fahrer hupend gestikulierte.

„Bevor du uns mit deinem Fahrstil noch umbringst, hätte ich noch eine Frage: willst du nicht warten, bis wir Verstärkung haben?“

„Nein. Sie rechnet nicht mit uns. Dieses eine Mal haben wir das Überraschungsmoment auf unserer Seite.“ Er verzog plötzlich angewidert das Gesicht. „Wenn ich daran denke, wie mir die Alte die Hand auf den Oberschenkel gelegt hat.“ Er schüttelte sich kurz, was Heather zum Lachen brachte.

*

Heathers Blick glitt an der imposanten Fassade des Gutshauses empor. Sie zog und entsicherte ihre Waffe, genau wie Eric es tat. Gemeinsam sondierten sie das Haus, die Nebengebäude und Umgebung. Der Kies knirschte unter Heathers Schuhen, während ihr Blick auf der Suche nach Bewegungen hin und her flirrte.

In einem Unterstand entdeckte sie den Geländewagen von Lady Carrington. Sie war also zu Hause.

Eric nahm die erste Stufe der breiten Steintreppe, die zum Eingang führte, und wartete kurz, bis Heather neben ihn trat.

Mit gezogener Waffe klopfte er gegen die Tür. Und wartete.

„Sie muss da sein“, flüsterte Heather. „Ihr Wagen steht dort. Und soweit ich weiß, hat sie nur einen.“

Also klopfte Eric noch einmal. Und wieder geschah nichts. Gerade als er die Hand zum Türknauf ausstreckte, hörte Heather ein Geräusch.

„Warte!“ Sie drehte sich um, und richtete suchend den Blick in die Richtung, aus der das Rattern zu ihr herüberdrang. „Weißt du, was das ist?“

Eric lauschte kurz. „Klingt wie ein Generator.“

„Genau. Und hat Jane nicht gesagt, sie hätte etwas gehört, das wie ein Rasenmäher klang?“ Heather fixierte seinen grellblauen Blick. Sie war sich plötzlich so sicher. „Ich wette, sie hat den Generator gehört. Es muss hier ein Nebengebäude geben. Einen Naturkeller vielleicht, oder etwas in der Art.“

„Dann lass‘ uns nachsehen.“

Sie wandten sich nach links, wo sie den blechern knatternden Generator vermuteten. Hinter dem Unterstand für den Wagen fiel die ungepflegte und etwas wild wuchernde Rasenfläche steil ab in Richtung Mills Cottage.

„Siehst du das?“ Eric zeigte auf den Boden, wo die langen Grashalme zerdrückt waren.

„Ein Trampelpfad.“ Sie folgte dem Weg, der mehr zu erahnen, als zu sehen war, während der Generator immer lauter wurde, bis er plötzlich ausging. „Mist.“

„Meistens laufen die Dinger nur kurz, um Wasser aufzuwärmen oder etwas in der Art.“ Eric suchte mit seiner Pistole die Umgebung ab, während Heather dem Trampelpfad folgte.

„Da“, flüsterte sie aufgeregt. „Eine Falltür. Mitten im Gras.“

Eric sah hinab auf die kleine, quadratische Tür mit dem verrosteten Griff. „Wenn wir da drinnen DNA von Jane finden, ist die Alte fällig.“

In dem Moment, da er die Tür aufzog, fuhr Heather mit einem angewiderten Geräusch zurück. Der Gestank nach Fäkalien und Moder brannte sich in ihre Nase und schoss in ihren Magen, der sich rebellierend krümmte.

Auch Eric verzog das Gesicht. „Da ist ein Kippschalter“, brachte er mühsam hervor. „Sieh‘ mal, ob wir damit Licht in die Bude bekommen.“

Heather betätigte mit der Fußspitze den gelblichen Schalter und tatsächlich sprang ungefähr drei Meter unter ihr blinzelnd eine Leuchtstoffröhre an.

„Ich glaube nicht, dass sie dort unten ist“, kommentierte Eric. „Offen gestanden habe ich Zweifel, dass sie überhaupt durch die Luke passt.“

„Ich sehe kurz nach, ob ich einen Hinweis darauf finde, dass Jane oder eine der anderen Geiseln hier war. Bleib du hier oben, und pass auf, ja?“

„Ja, Ma’am.“

Heather steckte mit gerunzelter Stirn die Waffe weg und stieg die steilen Stufen hinab, bis sie in einem kleinen

Kellerraum stand, der bis auf einen rostigen, ehemals silbernen Generator leer war und ganz offenbar in einen dunklen Tunnel führte.

Der Gestank war noch intensiver und brannte ihr in Nase und Augen. Sie entdeckte einen weiteren Schalter und betätigte ihn. Plötzlich war der Gang hell erleuchtet. Dennoch war nicht abzusehen, wohin er führte.

Zweifelnd warf Heather einen Blick in den modrigen Tunnel und trat hinein. Schon wenige Schritte später entdeckte sie eine schwere Holztür, die mit mehreren massiven Riegeln verschlossen war.

Sie zog ihre Waffe und trat mit klopfendem Herzen vor. Die Riegel ließen sich nicht ohne Scharren und Quietschen öffnen und gaben nur widerwillig nach, doch als sie den letzten geöffnet hatte, zog sie die Tür vorsichtig auf. Der Gestank überschlug sich förmlich und für einen Moment blinzelte sie nur hilflos dagegen an und versuchte zu Atem zu kommen.

Der Raum war dunkel, das hintere Ende nicht zu sehen. Sie zog ihre kleine Behelfstaschenlampe, drückte einige Male darauf herum, bis sie endlich den richtigen Schalter fand und leuchtete hinein.

Ihr Herz setzte aus. Und das Blut gefror ihr in den Adern. „Oh, großer Gott!"

Am anderen Ende des groben, feuchten Kellerraumes, kauerten insgesamt fünf Mädchen am Boden, hielten sich aneinander fest, wie kleine Kinder und starrten bibbernd in das grelle Licht der Taschenlampe.

„Eric!" Ihre Stimme bebte vor Aufregung. „Eric, du musst herkommen! … du musst … oh, mein Gott!"

Die Mädchen waren knochendürr und saßen buchstäblich in ihrem eigenen Dreck. Dem Zustand der Kleider nach zu urteilen, mussten sie seit Wochen hier eingepfercht sein.

„Was ist?“, fragte Eric atemlos, der schnell zu ihr in den Keller geklettert war.

Sie nickte schwach in Richtung der Mädchen und er erstarrte regelrecht, als er sie sah.

Zitternd hoben sie die Arme vor die Augen, als er den Lichtstrahl auf sie lenkte, als hätten sie seit Tagen kein Licht gesehen. Zwei fingen an zu weinen, so verschüchtert und verängstigt waren sie. Und all das geschah, während Heather endlich anfing zu begreifen.

„Es ist wie damals“, sagte sie leise, woraufhin Eric sie fragend musterte.

„Wie meinst du das?“

„Als wir Bowlers Ring ausgehoben haben, waren die Mädchen genauso gefangen gehalten worden; in ihren eigenen Fäkalien, durch Schläge, Nahrungs- und Lichtentzug systematisch so gefügig gemacht, dass sie sich nicht mehr wehrten, als sie an Bordelle verkauft wurden.“ Heather schüttelte fassungslos den Kopf. „Bowler hat die Mädchen gar nicht alleine verschoben. Er hat es mit seiner Mutter zusammen gemacht, und jetzt, wo er tot ist …“

„… macht sie es alleine“, komplettierte Eric ihren Satz.

„Wir brauchen einen Notarzt für die Mädchen. Ruf die Verstärkung und sag ihnen, wo wir sind.“

„Davon würde ich abraten!“

Heather und Eric fuhren gleichermaßen zusammen. Seine Hand schnellte zu seiner Waffe.

„Dazu kann ich Ihnen auch nicht raten, mein Junge. Es sei denn, Sie wollen, dass ich dieses rote Elend auf der Stelle abknalle.“

Lady Carrington war bis auf ihre Figur und die Frisur kaum wiederzuerkennen. Wo sie sonst ein geschwätziges, neugieriges Lächeln auf dem Gesicht trug, war nun nichts als Kälte, Berechnung und Brutalität mehr zu finden. Sie hatte einen Revolver auf Heather gerichtet und die Art, wie sie ihn in der Hand hielt, ließ keinen Zweifel daran, dass sie wusste, wie man ihn bediente.

Eric senkte seine Schusshand.

„Werfen Sie die Waffe weg! Beide!“

Es blieb ihnen fürs Erste keine andere Möglichkeit, als zu gehorchen. Das Geräusch der Waffen, die auf dem Steinboden aufprallten, hallte verzerrt durch den langen Gang.

„Und wenn Sie nun die Tür zur Ware wieder verschließen würden …“

„Ware?“ Heather verzog angewidert das Gesicht. „Sie sind doch der letzte Dreck“, sprudelte es aus ihr heraus.

Plötzlich überspülte sie kaum zu bändigende Wut bei dem Gedanken, dass sie die Mutter von Jakes Mörder war; und dass sie all die Monate über Bescheid gewusst hatte und ihr mit dem scheinheiligsten Lächeln begegnet war.

„Das hab’ ich schon oft gehört, Heather. Und jetzt mach die verdammte Tür zu, sonst verpasst dir die Lady einen zweiten Bauchnabel.“

Eric reagierte schneller als sie und schob die Tür zu. „Ich hätte nicht gedacht, dass Sie sich durch derartig schmutzige und beklemmende Luken quetschen, Lady Carrington.“ Seine Worte waren ruhig und beherrscht.

„Das tue ich auch nicht, junger Mann. Dies ist ein alter Fluchttunnel des Hauses. Ich bin ganz bequem durch die Bibliothek eingestiegen, wenn Sie so wollen.“

„Wie überaus praktisch.“

„Allerdings.“ Lady Carrington holte tief Luft. Überflüssigerweise fiel Heather auf, dass ihre nackten Füße aus den dunklen Pumps hervorquollen.

„Junger Mann, ich verstehe überhaupt nicht, wie Sie sich in diesen rothaarige Abschaum verlieben konnten.“

Heather sog tief die Luft ein, beherrschte sich jedoch in der Hoffnung, dass Eric mit seiner lockeren Konversation irgendein Ziel verfolgte.

„Nun, soweit ich weiß, bin ich nicht der einzige, dem es so ergangen ist."

Lady Carringtons Gesicht verlor das süffisante Grinsen. „Mills bedauerliche Schwäche hat uns viel Ärger und Arbeit beschert."

„Sie nennen ihn ebenfalls Mills?" Eric behielt den Plauderton bei.

„Aber natürlich. Ich habe ihn schließlich erschaffen. Aus dem ärmlichen Waisenkind Peter habe ich einen gefeierten Künstler gemacht. Es hat mich eine beträchtliche Menge Geld und Einfluss gekostet, aber es ist mir gelungen. Eigentlich wollte ich nur eine weitere gute Tarnung, um das Geld zu waschen, das wir mit den Mädchen verdienten. Aber nachdem dieses kleine rote Monster Andy abgeknallt hatte, brauchte ich auch einen neuen Mann fürs Geschäft." Sie zeigte abfällig auf Heather.

„Also tun Sie das aus Rache für Ihren Sohn?", fragte diese.

Die Alte warf den Kopf zu einem eisigen Lachen in den Nacken, allerdings nur soweit, dass sie die beiden nicht aus den Augen verlor. „Machen Sie sich nicht lächerlich", spie sie.

„Aber warum dann, um alles in der Welt?"

„Weil du bezahlen musst, Schätzchen", sagte sie mit plötzlich bedrohlich leiser Stimme. „Viele Menschen haben mir in meinem Leben dazwischengefunkt: der Kerl, dem ich diese beiden Versager zu verdanken habe, hat teuer bezahlt. Genauso der alte Lord, dieser Bastard. Ich habe alle Rechnungen beglichen, Schätzchen. Die einzige, die noch nicht dafür bezahlt hat, dass sie mir ein Millionengeschäft kaputtgemacht hat, bist du. Aber das holen wir jetzt nach."

„Und während ihrer Rachepläne haben Sie mit meiner Mutter Tee getrunken?"

Die Alte wirkte amüsiert. „Ich musste doch den Schein wahren. Schließlich bin ich nur eine alte, fette Kuh mit viel zu viel Geld. Das ist es doch, was ihr alle denkt, nicht wahr? Niemand würde je auf die Idee kommen, dass ich aus meiner alten Heimat Jungen und Mädchen anlocke und an Zuhälter und Bordelle verkaufe."

„Ihre alte Heimat?"

„Russische Einwandererfamilien haben nicht viel Geld", antwortete sie und trat von einem Fuß auf den anderen. „Und ich musste früh zusehen, dass ich mir selbst etwas dazuverdiente. Ich war hübsch damals, gertenschlank und Gott sei Dank nicht empfindlich. Die Männer haben gut bezahlt."

„Und wann sind Sie auf die Idee gekommen unschuldige Mädchen an Bordelle zu verkaufen?"

„Spät." Sie lächelte selbstgefällig. „Der alte Lord war ein sadistischer Scheißkerl. Aber mir machte das nichts aus. Ich wusste immer, dass meine Stunde kommen würde."

„Er hat sich also nicht ganz alleine erhängt?", fragte Eric.

Lady Carrington wirkte amüsiert. „Nun, nicht vollkommen alleine. Ich brauchte sein Geld. Als Startkapital sozusagen. Der Rest war kinderleicht. Jungen Leuten kann man alles erzählen. Man braucht ihnen nur das Blaue vom Himmel herunterversprechen, dann folgen sie einem blind überall hin."

„Und dann haben Sie Bowler rekrutiert", stellte Eric fest.

„Genau. Er war geschäftstüchtig und hatte keinen Sinn für Gefühlsduselei."

„Er war ein Monster", zischte Heather mühsam beherrscht.

„Er war perfekt", konterte Lady Carrington. „Ich hatte ihn schon lange beobachtet und als ich ihm vorschlug seine Anlagen mit meinem Geld zu kombinieren, musste er nicht lange überlegen."

„Und als er tot war, haben Sie ihn einfach durch seinen Bruder ersetzt und ihn all diese unschuldigen Menschen töten lassen."

„Das war ursprünglich anders geplant. Mills hatte von mir lediglich die Aufgabe übertragen bekommen, dich zu töten. Aber dieser Schwachkopf war von Anfang an außer Stande sogar eine so einfache Aufgabe zu erfüllen. Die Sache lief völlig aus dem Ruder. Erst wollte ich auch dazwischen gehen, aber dann wurde ich mir des Vorteils bewusst."

„Welchen Vorteils?"

„Die Polizei war doch schön abgelenkt durch die Morde. Seit das erste Mädchen verschwunden war, gab es im Umkreis von 50 Meilen keine Razzia mehr in einem Bordell. Meine Kunden wurden immer mutiger … und kauften fleißig ein."

„Wo ist Mills überhaupt?", fragte Eric wie beiläufig.

„Oh, er parkt euren Wagen um. Da ihr schon so freundlich wart in diese Luke zu klettern, wollen wir einen kleinen Unfall inszenieren."

„Mutter?"

Lady Carringtons kaltes Lächeln wurde noch etwas breiter, als sie verzerrt Mills Stimme hinter sich hörte. „Wenn man vom Teufel spricht."

„Mutter, ich habe den Wagen – Heather!" Mills kam etwas atemlos und noch immer leicht humpelnd neben Lady Carrington zum Stehen und blickte Heather aus unergründlich dunklen Augen an.

Ihr Puls raste und die erdrückende Last der Hoffnungslosigkeit brach über ihr zusammen.

„Endlich haben wir die beiden, Mills." Lady Carrington nickte in Erics Richtung. „Hol' dir ihre Waffen!"

Sein Gesicht war ernst und kampfbereit, als er Eric in die Augen sah. „Machen Sie einen Schritt zurück! Du auch,

Heather."

„Na los!", rief seine Mutter, woraufhin sich Heather und Eric widerwillig etwas zurückzogen.

Schnell huschte Mills nach vorne und sammelte die beiden Pistolen ein. Wieder bei seiner Mutter angekommen richtete er eine der Waffen auf Eric. Auch wenn seine Hand etwas zittrig war, so blieb seine Miene entschlossen.

„Sie haben die Ware gesehen, Mills."

Sein Blick glitt zu Heather, die noch immer fassungslos, vielleicht sogar ein wenig unter Schock, den Kopf schüttelte. „Wie konntest du diesen Mädchen das nur antun?", fragte sie. „Wie konntest du nur all diese Menschen töten."

„Ich -"

„Du brauchst ihr nicht zu antworten, Mills. Sie versucht dich zu verunsichern." Lady Carrington sprach mit ihm, als wäre er nicht ganz bei Trost. Was ja letztendlich auch stimmte.

„Ja, du hast Recht, Mutter." Er richtete die Waffe auf die beiden. „Du hast ganz Recht."

Heather sah verzweifelt zu Eric auf. Er schien genauso ratlos, wie sie selbst zu sein.

Zum ersten Mal in ihrem Leben kam ihr der Gedanke, dass sie jetzt sterben würde.

„Töte ihn!", verlangte Lady Carrington kalt. „Töte du ihn und ich töte die Frau."

Mills Hand zitterte, während er seine Pistole auf Erics Brust richtete und seinen Zeigefinger gegen den Abzug presste, ohne ihn durchzudrücken.

Als Lady Carrington auf Heather zielte, schnappte er plötzlich nach Luft.

„Warte!", rief er.

Seine Mutter blickte ihn aus dem Augenwinkel an. „Was ist denn?"

Heather spürte, wie sie sein Blick traf. Er war innerlich zerrissen und endlich entdeckte sie die Verletzlichkeit und Schwäche, von der Schwester Anne gesprochen hatte. Er war kein Mörder. Er war ein Mordwerkzeug. Und sie wollte verdammt sein, wenn sie in seinen Augen nicht ein inniges Gefühl der Zuneigung für sie las.

„Du darfst sie nicht töten“, sagte er leise. Seine Unterlippe zitterte und er wagte weder seiner Mutter in die Augen zu sehen, noch die Waffe herunter zu nehmen.

„Was redest du da für einen Blödsinn?“, fuhr sie ihn an.

„Sie darf nicht sterben! Sie …“ Er schüttelte den Kopf und biss sich auf die Unterlippe.

„Verdammter Schwachkopf! Du bist noch nutzloser als dein Bruder. Ich hätte dich in der verdammten Anstalt, in der du dich eingewiesen hattest, verrotten lassen sollen!“ Sie bewegte den Finger am Abzug. „Immer dieses Gejammer. Diese Heulerei. Ich zeige dir jetzt, wie man Probleme aus der Welt schafft!“

„Nein!“ Er fuhr herum und richtete die Waffe auf seine Mutter. „Lass sie gehen!“

„Bist du denn völlig durchgedreht? Wir können niemanden gehen lassen. Sie müssen sterben!“

„Ich will aber niemanden mehr töten! Ich wollte es nie.“

„Dafür hast du dich aber ganz schön ausgetobt mit dem Messer.“

„Du hast es von mir verlangt. Du hast mich *gezwungen*!“

Als seine Mutter Heather fixierte, schob er sich zwischen die beiden, noch immer auf Lady Carrington zielend.

„Verdammt nochmal, geh’ mir aus dem Weg!“

Heather und Eric wechselten einen Blick, verharrten jedoch regungslos. In ihrem Kopf drehte sich alles.

„Du tötest sie nicht, habe ich gesagt, Mutter!“

Ihr Gesicht bekam einen eisigen Ausdruck, als sie ganz offenbar eine Entscheidung traf.

„Um dich ist es nicht schade“, erklärte sie unbewegt und schoss Mills in die Brust.

Im praktisch selben Moment löste sich aus seiner Waffe ein Schuss.

Für einen kurzen Moment erschien auf Lady Carringtons Gesicht ein fassungsloser Ausdruck, bevor sie mit ihrem Kopfschuss zu Boden ging. Sie war auf der Stelle tot.

Mills taumelte. Die Waffe fiel ihm aus der Hand und als er versuchte sich umzudrehen, verlor er das Gleichgewicht. „Heather?“ Seine Stimme war nicht mehr als ein Hauch.

Instinktiv fing sie ihn auf, als seine Beine nachgaben, und ließ sich mit ihm vorsichtig zu Boden gleiten.

„Heather?“ Sein Blick war so schutzlos, so verzweifelt und bar jeder Aggression, dass sie überhaupt nicht begriff, wer er war; was mit ihm geschehen war. Er war kein Verführer, er war kein Mörder. Im Grunde war er noch immer ein kleiner Junge.

„Ich bin hier“, sagte sie leise und beobachtete, wie sein Hemd sich mit rasender Geschwindigkeit rotfärbte.

„Wir brauchen einen Helikopter. Und zwar sofort“, sagte sie an Eric gewandt, der sein Telefon zog.

„Heather, sie wollte, dass ich dich töte“, brachte er mühsam hervor. „Ich sollte dich genauso töten, wie Andrew gestorben war. Aber ich konnte es nicht, ich …“

„Du darfst nicht sprechen, Mills.“

„Nein.“ Er krallte sich in ihren Ärmel. „Ich … ich konnte es nicht. Ich habe ihr andere Mädchen gebracht und sie getötet. Ich habe sie aussehen lassen wie dich, aber sie hat es nicht geglaubt. Ich habe ihr auch Männer gebracht, rothaarig wie Jake. Ich habe mit ihnen geübt. Sie sollte … ich dachte, sie vergisst dich, wenn ich immer wieder neue Jakes und Heathers heranschaffe. Jakes und Heathers, bis sie meine Heather vergisst. Aber das hat sie nicht. Sie hat mich durchschaut.“

Unweigerlich kamen Heather die Tränen, als sie anfing das Ausmaß der seelischen Verwüstung zu erkennen, das in diesem Mann herrschte.

„Ich habe die Detonationen verzögert. In der Stadt und im Cottage, damit … dir nichts passiert."

Als er hustete, lief ihm ein Rinnsal Blut aus dem Mundwinkel. „Neue Jakes und Heathers. Jake und Heather … immer wieder. Aber meine Mutter hat mich durchschaut. Sie ist meine Mutter. Sie sagte, ich muss tun, was sie sagt, weil sie meine Mutter ist." Er atmete zittrig ein. „Habe ich dich gerettet?"

Heather konnte förmlich zusehen, wie er schwächer wurde, wie sein Gesicht die Farbe verlor und sein Griff die Kraft.

„Ja, du hast mich gerettet." Sie warf einen kurzen Blick zu Eric empor, der regungslos neben ihr stand und stumm nickte.

„Das ist … gut." Der Hauch eines Lächelns breitete sich über sein Gesicht. „Gott sei Dank!"

Kurz bäumte er sich unter Schmerzen auf, bevor er in ihren Armen zusammensackte. Sein Atem ging nur noch flach.

„Ich liebe Dich", hauchte er leise.

Heather schluchzte auf vor Mitleid und Wut. Mills war kaum noch bei sich. Man brauchte kein Arzt sein, um zu sehen, dass er es nicht schaffen würde, bis der Hubschrauber eintraf.

„Sag' es." Die leisen Worte kamen von Eric und ließen Heather ruckartig aufsehen.

„Was?"

„Sag es ihm. Er stirbt. Schenk ihm Frieden."

Wieder fiel Heathers Blick auf Mills kalkweißes Gesicht. Er hatte Mühe die Augen offen zu halten.

„Ich liebe dich auch", sagte sie leise und sah durch ihren

Tränenschleier das schwache Lächeln auf seinem Gesicht.

„Das ist der schönste Moment … meines Lebens." Seine Hand glitt von ihrem Arm. „Ich bin so müde."

„Dann schlaf ein bisschen." Eine ihrer Tränen tropfte auf seine blutige Brust, als seine Augen den Glanz verloren. „Ich passe solange auf."

Und das tat sie.

Bis die Sanitäter seine Leiche aus ihrer Umarmung lösten.

Epilog

Heather blickte auf die schwarze Graberde, die zwischen den frisch gepflanzten Petunien und dem Heidekraut zu sehen war. Sie hatte die Geschehnisse der vergangenen zwei Wochen noch immer nicht verdaut und fragte sich, ob sie das jemals würde.

Die gefangenen Mädchen waren befreit worden. Aber ansonsten gab es bei diesem Fall im Grunde nur Verlierer. Fünf Familien hatten geliebte Kinder und Enkel verloren, weil Mills sie getötet hatte. Mills selbst war von der Frau, die ihn einst zur Welt gebracht und postwendend in einem Heim entsorgt hatte, zu einem Werkzeug ihrer Rache und Habgier geformt und nicht zuletzt aufgrund seiner schizophrenen Psyche zum Mörder geworden.

Und doch … Hatte er nicht dennoch geliebt? Sie geliebt? Hatte er ihr nicht das Leben gerettet? Zweifellos, denn wenn er nicht getan hätte, was er getan hat, würden sie und Eric jetzt 1,8 Meter tief unter der Erdoberfläche liegen. Und Mills würde vielleicht genau dort stehen, wo sie jetzt stand. Diese Erkenntnis brachte ihr schwarzweißes Verständnis von Gut und Böse bedrohlich ins Wanken.

„Bist du soweit?“ Eric schlang von hinten die Arme um sie und drückte ihr einen Kuss aufs Haar.

„Es lässt mich irgendwie überhaupt nicht los“, sagte sie leise, ohne ihren Blick von dem dunklen Grabstein zu lösen.

„Alles andere wäre auch verwunderlich.“

„Es war gut, dass du mich dazu gebracht hast, es zu sagen.“ Sie sah zu ihm empor und fand seinen ruhigen Blick, der ihr so viel Kraft schenkte. „Dass ich ihm gesagt habe, dass ich ihn liebe. Auch wenn es nicht stimmt, vielleicht sogar genau deswegen. Er war ein Mörder, aber er war kein eiskalter Mörder. Im Grunde hat er es nur aus Liebe zu mir getan."

„Mach dir ja keine Vorwürfe!"

„Nicht? Bin ich nicht schuld daran, dass diese jungen Leute sterben mussten?"

„Nein. Er hat sie getötet und seine Mutter hat ihn dazu gebracht. Mills war ein Opfer, das zum Täter wurde. Du darfst bei seinem Verhalten nicht deine Denkmuster anwenden. Er war krank. Wenn du den Fachbegriff hören möchtest: dissoziative Persönlichkeitsstörung. Er war weder der souveräne Verführer, der er bei dir sein wollte, weil er dachte, dass du es dir wünschst. Genauso wenig war er der Mörder, den seine Mutter von ihm erwartete zu sein. Dies alles waren nur Facetten seines Ichs, die er sich aneignete, um überleben zu können. In Wahrheit war er noch immer ein Kind. Wahrscheinlich war er nur in den letzten Augenblicken seines Lebens der Mensch, der er wirklich war."

Heather schwieg grübelnd, bis Eric sie bei den Schultern nahm und herumdrehte. Ihr Herz pochte wild, wenn er sie auf diese Weise ansah und eine Welle des Glücks überspülte sie bei der Gewissheit, dass dieser Mann zu ihr gehörte.

„Lass uns gehen", sagte er leise und küsste sie sanft. „Komm."

*

„Wo fahren wir überhaupt hin?", fragte sie während der Fahrt erschöpft. „Mein Mietvertrag wurde aus schussfesten Gründen gekündigt, wie du weißt. Und dein Haus wird gerade Stein für Stein wieder aufgebaut."

Eric lächelte und bog ab. „Wir fahren in das Haus an der Themse."

„Ist deine Käuferin noch immer nicht einzogen?“

„Nicht wirklich.“

Er brachte den Wagen in der gekiesten Einfahrt zum Stehen, stieg aus und öffnete Heather die Tür.

Sie unterdrückte ein Gähnen und schob sich die Haare aus dem Gesicht.

„Du siehst fix und fertig aus“, befand Eric.

Sie sah ihn ungerührt an. „Du musst unbedingt aufhören, mir so viele Komplimente zu machen.“

Er führte sie lächelnd die Einfahrt hinauf und zum Haus. Während er die Tür aufschloss und die Koffer in der kleinen Halle abstellte, die Heather so entzückend fand, schüttelte sie den Kopf.

„Dass die Käuferin das mit sich machen lässt, verstehe ich nicht. Wenn es mein Haus wäre, würde ich nicht erlauben, dass hier noch andre rumlungern.“

„Lass uns erst einmal einen Schluck trinken. Das weckt die Lebensgeister.“

Eric führte sie in die Küche und füllte zwei Whiskygläser, von denen er eines an Heather weiterreichte. Indem sie sich umwandte, fiel ihr Blick auf die Küchenzeile.

„Was ist das denn?“

„Ein Kühlschrank, würde ich sagen!“

Heather stellte das Whiskyglas weg und ging an den Kühlschrank, befühlte die bauchige Front und öffnete ihn. Sofort erkannte sie ihren eigenen Kühlschrank an der abgebrochenen Ecke des Flaschenfaches.

„Das ist *meiner*.“

„Ja, in der Tat.“ Eric wirkte reichlich amüsiert. „Ich habe mir erlaubt eine neue Front dafür zu besorgen. Natürlich ist sie original. Bosch, 1960.“

„Aber warum?“ Heathers Stimme war etwas schrill, also räusperte sie sich schnell.

Eric zog die Stirn kraus. „Eigentlich dachte ich, du

würdest dich darüber freuen."

„Ja. Ja, das tue ich doch … aber ich verstehe nicht … Wieso steht er hier?"

Das Klingeln der Türglocke kam seiner Antwort zuvor.

„Ah", sagte er nur und wandte sich Richtung Eingang. Noch immer auf eine Antwort wartend, folgte ihm Heather.

Als Eric die Tür öffnete, stand eine junge dunkelhäutige Frau vor der Tür. Ihr krauses Haar hatte sie streng am Kopf zurückgebunden, so dass es in einem kleinen Springbrunnen an ihrem Hinterkopf explodierte. Sie hatte ein schönes, wenn auch sehr strenges Gesicht und musterte Heather eindringlich.

„Ist das die neue Besitzerin?", fragte diese aufgebracht, noch ehe Eric dazu kam, den Gast zu begrüßen.

Eric konnte sich ein Lächeln nicht verkneifen, während die Fremde die makellose Stirn runzelte.

„Ich habe hier etwas für Sie, Agent Moore."

Erst als sie Eric einen Umschlag gab, fiel er Heather auf.

„Vielen Dank, Sally."

Heather riss die Augen auf und ihr Kiefer klappte willenlos nach unten.

„Sally?" Sie zeigte in einer etwas kindlich überraschten Geste mit dem Zeigefinger auf sie. „*Sie* sind Sally?"

Die Andeutung eines Lächelns trat auf Sallys Gesicht. „Guten Morgen, Inspector MacLean."

Tatsächlich. Die Stimme war dieselbe.

„Tut mir leid. Ich … ich habe Sie mir ganz anders vorgestellt."

Sally nickte ungerührt. „Ich weiß. – Das sind die aktuellen Grundbuchauszüge, Moore. Der Notar hatte sie erst heute Morgen gefaxt."

„Danke, dass sie sie persönlich vorbeigebracht haben, Sally."

„Kein Problem. Der entstellend fassungslose Gesichtsausdruck von Inspector MacLean entschädigt mich hinlänglich. – Einen schönen Tag noch für Sie beide."

„Für Sie auch, Sally." Eric hob die Hand zum Abschied, während es Heather nachhaltig die Sprache verschlagen hatte.

Er schloss die Tür und ging wieder in die Küche. Sie folgte ihm.

„Sie sieht ganz anders aus, als ich sie mir vorgestellt habe."

Eric riss das Kuvert auf und blätterte durch die Unterlagen. „Das sagtest du schon."

„Was ist das?"

War das etwa ein Hauch von Nervosität auf seinem Gesicht, als er ihr die Papiere vor die Nase legte?

„Das ist für dich."

„Für mich?"

„Für dich. Heather Sarah MacLean."

Beim Klang ihres vollständigen Namens runzelte sie die Stirn. Zögerlich griff sie nach den Papieren. „Was ist das?"

„Ein Grundbuchauszug."

„Wovon?"

„Von diesem Haus."

„Und was soll ich damit. Muss ich darin jetzt den Namen der neuen Besitzerin nachlesen, weil du dich nicht traust es mir zu sagen?"

„Ja, so ähnlich."

Heather blätterte durch die Eintragungen und Löschungen der vergangenen Jahre, bis sie zur letzten Eintragung kam und erstarrte.

„Eric?"

„Ja, bitte?"

„Warum steht da mein Name?"

Als sie aufsah, gab er ein beinah entschuldigendes Achselzucken von sich. „Weil ich es dir überschrieben habe."

„*Was?!?*", rief sie. „Warum hast du das getan?"

„Es passt zu dir."

„Es passt zu mir? Bist du denn verrückt? Du kannst mir doch kein Haus überschreiben."

Nun richtete er sich auf. „Es ist mein Haus. Ich kann damit machen, was ich will. Und es passt zu dir. Das wusste ich schon, bevor du hier warst."

Sie blinzelte irritiert. „Bevor ich hier war? Wann hast du es mir denn überschrieben?"

„Nachdem wir aus Schottland zurück gekommen sind. Dieses Haus ist an keine Bedingungen geknüpft, falls das deine nächste Frage ist. Ich habe es von meiner Großmutter bekommen. Und jetzt bekommst du es von mir."

Heather machte den Mund zu und schüttelte wieder den Kopf. „Ich verstehe das einfach nicht. Warum tust du so etwas? Das ist dämlich. Das ist unwirtschaftlich. Das ist -"

„Liebe", komplettierte er ihren Satz, dessen Ende zweifellos von ihr anders geplant war. „Ich liebe dich. Und deshalb schenke ich es dir. Weil ich glaube, dass du hier glücklich sein wirst."

„Soll das heißen, du willst nicht mit mir zusammen hier wohnen?"

Die Worte waren nur so aus ihr herausgesprudelt und brachten Eric sofort zum Lächeln.

„Nun, ich möchte mich nicht aufdrängen."

Heather schüttelte noch immer fassungslos den Kopf. „Eric, ich kann das nicht annehmen … wie soll …? Ich habe nicht einmal im Ansatz etwas Gleichwertiges, das ich dir schenken könnte."

„Du hast den Kühlschrank!"

„Ich soll dir den Kühlschrank schenken?"

Er machte ein abwägendes Geräusch. „Er ist schön. Soweit ich weiß, soll er von Bosch sein. 1960. Ein Klassiker."

Unwillkürlich zuckten Heathers Mundwinkel. „Du schenkst mir ein Haus, und im Gegenzug soll ich dir einen Kühlschrank schenken?"

Er machte einen Schritt auf sie zu, so dass sie den Kopf in den Nacken legen musste, um ihm in die Augen zu sehen. „Heather, ich will gar nichts geschenkt. Ich liebe dich. Der Gedanke, dass du glücklich bist, ist meine größte Freude. Ich wusste einfach, dass dir das Haus gefallen würde. Und als wir das erste Mal gemeinsam hier waren, war ich mir sicher."

Er schlang seine kräftigen Arme um sie und unwillkürlich schmiegte sie sich an seine Brust. Er war wahnsinnig, schlichtweg wahnsinnig.

„Und um auf deine vorige Frage zurückzukommen. Ich würde sehr gerne mit dir hier wohnen. Ich habe mich hier in Dartfort immer wohl gefühlt. Es ist still. Und ich mag das Wasser. Und wenn du mich tatsächlich wieder loswerden willst – was ich mir nicht vorstellen kann – dann könnte ich wieder in mein Haus zurückgehen."

„Du bist völlig verrückt."

„Ich bin nicht verrückt, ich bin verliebt. Wobei ich zugebe, dass die Übergänge fließend sind."

Sie löste sich aus seiner Umarmung, um ihm in die Augen sehen zu können. „Ich hätte nicht gedacht, dass ich je wieder so glücklich sein könnte. Ja, mehr noch … ich glaube, ich habe mich noch nie so wohl gefühlt, so glücklich und vollständig, wie in deiner Gegenwart."

Sie küsste ihn und spürte die köstliche Flamme der Erregung in sich, die durch seine Berührung innerhalb kürzester Zeit zu einem Buschbrand wurde. Eric schob seine Finger an ihrem Rücken hinab und unter den Bund ihrer Jeans.

„Wie stabil diese Insel wohl ist", murmelte er an ihren Mundwinkel.

Heathers Schoß pulsierte heftig. „Mach ja nicht meine Kücheninsel kaputt", gab sie kichernd zurück und stieß einen spitzen Schrei aus, als Eric sie mit einer ungestümen Bewegung auf die Marmorplatte der Kochinsel setzte und ihr die obersten beiden Knöpfe ihres Hemds aufknöpfte.

Gerade als Heathers Hände zielstrebig zu seinem Hosenbund hinabglitten, läutete es.

Heather erstarrte. „Hast du das gehört?"

Eric atmete schwer und hielt die Augen geschlossen. „Nicht, wenn das bedeutet, dass du aufhörst."

„Wer kann denn da an der Tür sein?"

„Keine Ahnung, aber wenn wir nicht hingehen, gehen Sie vielleicht wieder weg."

Heather schob ihn von sich und knöpfte sich hastig das Hemd zu. Unsicher sah sie durch das Küchenfenster, wo plötzlich etwas Schwarzes auftauchte.

„Oh, großer Gott!", rief sie.

Eric fuhr herum und hatte schon seine Waffe in der Hand, ließ sie aber schnell wieder sinken.

„Schwester Anne?", fragte er verblüfft.

Die Nonne winkte mit ihrem freundlichsten Grinsen durch das übergroße Fenster, während ihre schwarze Kutte im Wind wehte.

Heather kletterte hastig von der Küchenplatte und spürte, wie ihr dir Röte in die Wangen schoss.

„Wie viel hat sie wohl gesehen?", murmelte sie. „Und warum ist sie überhaupt hier?"

Eric strich sich das Hemd glatt und winkte der Nonne zurück. „Ich komme an den Eingang", rief er ihr zu und zeigte zur Haustür, woraufhin die Nonne nickte und sich abwandte.

„Heute ist Dienstag", sagte er zu Heather. „Wir wollen

heute mit Liam Ponyreiten fahren."

„Das hatte ich ganz vergessen."

„Ja, und Schwester Anne dachte dasselbe offenbar auch von mir. Sie hatte uns ja schon angedroht, dass sie Liam zur Not auch bringen würde."

Eric ging zur Eingangstür und sah wie Schwester Anne sich einige Blütenblätter seiner … nein Moment! … ihrer Rhododendren von der Kutte klopfte.

„Guten Morgen, Mr. und Mrs. Moore", sagte sie etwas atemlos. „Ich weiß, ich habe sie gestört."

Heather wollte der Anrede widersprechen, war aber so irritiert, als die Nonne plötzlich jugendhaft kicherte, dass sie es vergaß.

„Aber Liam zieht mir seit Sie bei uns waren die Haut ab, ob es schon Dienstag wäre. Und heute Morgen war er um halb vier auf den Beinen. Und zwar angezogen. Ich weiß ja nicht, ob Sie sich noch an Ihr Versprechen halten möchten, aber -"

„Doch, in jedem Fall. Ich habe sogar -"

Ein gedämpfter Schrei ließ ihn verstummen. Der Blick an Schwester Anne vorbei zeigte, dass sich Liam offenbar selbst aus seinem Kindersitz befreit hatte und nun von innen gegen die Scheibe klopfte und nach ihnen rief, um auf sich aufmerksam zu machen.

„Oh, er ist aufgewacht." Schwester Anne raffte ihre Kutte und lief die Einfahrt hinunter zum Wagen.

Heather sah schmunzelnd zu Eric auf, dessen Lächeln verriet, wie sehr er sich auf den Jungen freute.

Die Wagentür ging auf, Liam sprang heraus und lief auf Eric zu. Der Anblick des freudestrahlenden, rotblonden Jungen rührte Heather zutiefst. Eric ging in die Hocke und Liam sprang ihm förmlich in die Arme, was Heather genauso verblüffte, wie freute.

Er schlang die kurzen Beinchen, die in dunkelgrünen

Cordhosen steckten, um Erics Brustkorb und krallte sich in seine Schultern.

„Ich habe mich so gefreut", quietschte er. „Endlich sind wir hier. Wir fahren doch zu den Ponys? Oder? Oder, Sir?"

„Natürlich." Eric stellte ihn auf dem Boden ab. „Und ich heiße Eric, nicht Sir. Und das ist Heather."

Er zeigte auf Heather und deren Herz schmolz dahin, als der Junge aus großen, dunklen Augen zu ihr aufsah und ihr artig die kleine Hand hinstreckte. „Guten Tag."

Heather ging in die Hocke und gab ihm die Hand. „Hi, Liam."

„Fährst du mit zu den Ponys?", fragte er.

Heather sah etwas unschlüssig zu Eric auf. „Tja, ich weiß nicht ..."

„Du darfst bestimmt auch mit, wenn ich mitdarf", sagte Liam. „Nicht, Eric?"

Eric schien sichtlich amüsiert. „Wenn du möchtest, nehmen wir Heather mit."

Sie war verblüfft, wie selbstverständlich er mit Liam umging, wie sehr der Junge ihn mochte. Er würde ein wundervoller Vater sein, schoss es ihr durch den Kopf.

„Au ja, wir nehmen Heather mit!" Er hüpfte auf der Stelle und griff sich Heathers Hand. „Wir fahren zu dritt zu den Ponys! Keines der anderen Kinder kommt mit! Nur wir! Wie bei einer Familie! Bei einer richtigen Familie."

Heather schmolz bei diesen Worten förmlich dahin und warf einen Blick zu Schwester Anne, die plötzlich sehr still geworden etwas abseits stand und ein wissendes Lächeln auf dem Gesicht trug.

„Warte mal, Liam", sagte Eric plötzlich. „Ich habe etwas gekauft für dich."

Zu Heathers großer Verwunderung verschwand er für einen Moment im Haus und kam wenige Sekunden später wieder mit einem Paket zurück.

„Das ist für dich", sagte er und gab den Karton Liam.

Der Junge riss vor Freude die Augen so weit auf, dass Heather schon meinte, sie würden ihm jeden Moment aus den Höhlen kullern. Er riss an den Ecken des Kartons, ließ sich kurzerhand damit auf den Boden nieder, bis er die widerspenstige Lasche endlich geöffnet hatte.

„Oh, ein Helm! Ein Helm! Guck mal, Schwester Anne! Ich habe einen richtigen Reithelm!" Er fuhr zu Eric herum, der sich vor ihn kniete und ihm den Helm abnahm.

„Ein richtiger Reiter braucht einen richtigen Reithelm", erklärte er und stellte das Rädchen so ein, dass es Liam passen sollte. „Denkst du nicht auch, Heather?"

„Aber auf jeden Fall", erklärte diese grinsend.

Die Freude des Jungen wärmte sie und schien all die Traurigkeit und Schrecken der Vergangenheit in den Hintergrund zu drängen. Seine Euphorie war ansteckend.

Eric setzte Liam den Helm auf und schloss den Verschluss unter seinem Kinn. „Perfekt!", befand er. „Jetzt kann es losgehen."

Wieder hüpfte Liam auf und ab, während Eric seine Autoschlüssel holte. „Komm, Liam. Wir bauen deinen Kindersitz aus Schwester Annes Wagen."

Wie ein geölter Blitz schoss Liam voraus zum Auto und sah dabei mit seinem nagelneuen Kinderreithelm einfach großartig aus.

„Sie machen ihm eine riesen Freude", sagte Schwester Anne mit feuchten Augen. „Es ist wundervoll."

„Wir passen gut auf ihn auf", versprach Eric. „Und ich bringe ihn heute vor sieben Uhr zurück."

„Könnte er auch über Nacht bleiben?"

Schwester Anne sah Heather genauso verblüfft an, wie Eric. Diese zog die Schultern ein und sah entschuldigend zu ihm auf.

„Ich meine, wir könnten Pizza bestellen und irgendeinen

dieser Disneyfilme ansehen. Dann bringen wir ihn morgen vorbei.“

Eric war noch einen Moment wie vom Donner gerührt, dann befreite er sich plötzlich aus seiner Starre und küsste Heather aus einem Impuls heraus.

Mit einem jungenhaften Lächeln ließ er von ihr ab und ging zum Wagen. Heather war etwas perplex und wurde das Gefühl nicht los, dass sie gerade über viel mehr als Pizza und Zeichentrickfilme gesprochen hatten.

Sie wandte sich Schwester Anne zu, die mit vor dem Schoß verschränkten Händen stumm lächelte.

„Sagen Sie mal“, begann Heather zögerlich, „diese Adoptionen. Welche Voraussetzungen muss man da erfüllen? Ich meine, … wie läuft so etwas ab?“

Wie ein Zauberer aus dem Hut zog Schwester Anne aus ihrer Kutte einen dünnen Umschlag hervor, den sie Heather mit einem verschmitzten Lächeln entgegenhielt.

„Ich habe hier zufällig etwas vorbereitet“, flüsterte sie.

Heather nahm das Kuvert entgegen. Dabei beobachtete sie, wie der Mann den sie liebte, das von Freude quietschende Kind in die Luft warf und wieder auffing.

„Kommst du, Heather?“, rief Eric.

Indem sie den Umschlag einsteckte, zwinkerte sie Schwester Anne verschwörerisch zu.

„Ich komme schon“, rief sie und lief den beiden entgegen.

Ende.

Auch erschienen von Lara Steel der

Nr.1-Bestseller

5139617R00169

Printed in Great Britain
by Amazon.co.uk, Ltd.,
Marston Gate.